# WE ARE *unique* LIKE *Snowflakes*

Hannah Ruppenthal

# WE ARE unique LIKE Snowflakes

Hannah Ruppenthal

## Bisher von Hannah Ruppenthal erschienen:

Fatura - Die Prüfung der Dunkelheit
Fatura 2 - Die Rückkehr der Dunkelheit

Eine Kerze in der Dunkelheit - Sprüche und Gedichte
Vom Leben im Leben - Poesie
Von Gedanken so wolkenfederleicht - Gedankenpoesie

We are colorful like Autumn Leaves - cold seasons 1
**We are unique like Snowflakes - cold seasons 2**

**Impressum**


Jahr: 2022

ISBN: 9789403681979

Lektorat/ Korrektorat: *Hannah Ruppenthal*
Covergestaltung: *Hannah Ruppenthal*
Weitere Mitwirkende: *Hannah Ruppenthal*

*Illustrationen: Hannah Ruppenthal*

Verlagsportal: bookmundo.de

# Über die Autorin

Hannah Ruppenthal, geboren am 30. Dezember 2002, lebt in einem Dorf in Rheinland - Pfalz. Sie ist Autistin und drückt sich von Kindesalter an mithilfe von geschriebenen Worten aus. Ihre Bücher schreibt sie allein, ohne Hilfe, was sie nicht perfekt und nicht fehlerfrei, aber dafür besonders macht. Im Alter von fünfzehn Jahren schrieb sie den ersten Teil der Fantasy Trilogie „Fatura“ und veröffentlichte ihn drei Jahre später unverändert mit all seinen Fehlern. Mit ihren Worten möchte sie Licht in die Herzen der Menschen bringen, die es noch suchen und zeigen, dass nicht alles perfekt und fehlerfrei sein muss 🤗

Am liebsten verbringt Hannah ihre Zeit mit Wandern, Zeichnen und ihrem Hund Hanni. Aber auch das Lesen ist zu ihrer Welt geworden. Und seit 2021 bloggt sie auch als Buchbloggerin auf Instagram in der Buchbubble „Bookstagram“ unter dem Namen @hannahruppenthal 🖤

*Für Mama,*
*weil du eine Kämpferin und mein*
*großes Vorbild bist. Weil du immer meine*
*Chloé warst.*

*Als Erinnerung an all die Kämpfer:innen da draußen, dass es okay ist, am Boden zu liegen. Ich lag auch da. Aber auch als Erinnerung daran, dass es so vieles gibt, was hinter diesem Schlachtfeld auf uns wartet.*

ARC DE TRIOMPHE
AVENUE VICTOR HUGO
RUE SAINT DIDIER
LOUISES WOHNUNG
SEINE

AVENUE DES CHAMPS ELYSÉES
SEINE
QUAI BRANLY
EIFFELTURM

# Vorwort

Liebe/r Leser/in,

Ich glaube ich habe in einem Buch noch nie so vieles vereint, was mir von Herzen viel bedeutet, was ich liebe und dann so vieles, das ich abgrundtief hasse und vor dem ich mich so sehr fürchte.

Allein die Tatsache, dass ich darüber schreibe ist eine große Überwindung für mich. Denn da sind diese Ängste in mir...

Anorexie. Ich habe unter Anorexie gelitten, beziehungsweise kämpfe immer noch gegen sie. Andere Menschen kennen sie unter dem Begriff Magersucht, Essstörung etc. Eine Krankheit, die ganz oft komplett falsch oder gar nicht verstanden wird.

„Hast du zu viel Germany's next Topmodel geschaut?"

„Für wen willst du denn schlank sein?"

„Iss doch einfach mehr, dann gehts dir besser!"

Das und weiteres dürfen sich Betroffene anhören und das leider nicht selten. Mehr als jede/r zehnte erkrankte stirbt an dieser lebensgefährlichen Krankheit oder an ihren Folgen. Ich selbst war nicht weit davon entfernt.

Hinter dieser Krankheit steckt so viel mehr als der Wunsch, dünn zu sein. Um genau zu sein ist das nur ein winzig kleines Symptom, eine kleine Spitze des riesigen Eisberges, der unter der

Oberfläche verborgen liegt. Aber wer macht sich schon die Mühe, zu graben?

Leider viel zu wenige.

Mit diesem Buch möchte ich sagen „Hey, da ist noch so viel mehr!“ Ich möchte mehr Aufmerksamkeit auf dieses Thema lenken. Aber auch Betroffenen zeigen, dass sie nicht alleine sind. Dass da jemand ist, selbst wenn das nur ich bin, versteckt hinter einem Buch, hinter den Worten, die ich über Monate hinweg getippt habe, der sie versteht. Ich möchte hier Hailey McEllens Geschichte erzählen, die in „We are colorful like Autumn Leaves“ ihren Anfang gefunden hat. Haileys Geschichte will erzählt, Hailey will gehört werden. Und deshalb ist es jetzt hier. Deshalb hältst du jetzt gerade dieses Buch in deinen Händen. Denn in „We are unique Snowflakes“ findet auch Paris, meine Herzensstadt ihren Platz. Und wir lernen Chloé kennen.

Kurz: Auch dieses Buch bedeutet mir wahnsinnig viel. Ich bin immer noch nicht perfekt, werde es auch nie sein und ich mache auch immer noch alles selbst. Deshalb sind in diesem Buch Tippfehler, Logikfehler und keine Ahnung was sonst noch alles drin. Und glaub mir, ich habe oft gedacht, ich würde alles wieder löschen aus Angst vor den bohrenden Zweifeln in mir. Aber dieses Buch, diese Worte wollen in die Welt rausgetragen werden und wer kann einem Buch schon widersprechen…?

Ich wünsche dir eine ganz tolle Zeit mit Hailey und Chloé in Paris und Brightwood!

Hannah

METRO
TRIUMPH
Little nonna

# Playlist

Snowman - Sia
Skinny Love - Birdy
Snowflakes - White Apple Tree
Everything Is Lost - Maggie Eckford
frozen halos - Au/Ra
Paris - The Chainsmokers
Scars To Your Beautiful - Alessia Cara
Skeleton - Jessie Paege
O Holy Night - Ellie Goulding
Recovery - James Arthur
Just the Way You Are - Bruno Mars
In The Stars - Benson Boone
I'll Be Home - Meghan Trainor
Broken - Isak Danielson
you were there for me - Henry Moodie
Smaller Than This - Sara Kays
Do They Know It's Christmas? - Band Aid 30
Heal - Tom Odell
Invisible - Skylar Grey

„Wusstest du, dass jede Schneeflocke einzigartig ist? Jeder Kristall ist wunderschön und keinen gibt es zweimal, auch wenn sie vielleicht gleich auszusehen scheinen. Und wir... sind auch so. Wir sind einzigartig wie Schneeflocken."

- Chloé Morel

# Triggerwarnung

Dieses Buch behandelt sensible Themen wie Anorexie, Essstörung, Selbstzweifel, Suizidgedanken und Panikattacken. Bitte lies achtsam achte auf das, was dir persönlich gut tut und was nicht.

Eine Essstörung, bzw. eine Anorexie ist eine lebensgefährliche und ernstzunehmende Krankheit, die ganz verschieden aussehen kann. Ich spreche in diesem Buch NICHT für alle Menschen mit dieser Krankheit!

Außerdem möchte ich erwähnen, dass Haileys Vergangenheit eine sehr krasse Ursache für Anorexie ist. Ich leide auch unter der Krankheit und durfte mit meiner tollen Familie eine wunderschöne Kindheit leben. An dieser Krankheit muss keiner Schuld tragen!

# Prolog

## *Hailey 2021 (vor einem Jahr)*

„Hast du Lust, Pizza essen zu gehen?“, wollte Chloé mit ihrem sehr starken, französischen Akzent in der Stimme von mir wissen und zum ersten Mal seit einem Jahr breitete sich keine Panik in mir aus. Nein, da war nur dieses Kribbeln, dieses Gefühl in mir, selbst über mein Leben bestimmen zu können. Das Gefühl, nach langer Zeit in Gefangenschaft endlich wieder frei zu sein.

„Ja“, antwortete ich und grinste meine heiße Tasse an, die ich fest umklammert hielt. So als würde diese Tasse Ursache meines Glücks, Ursache dieses Gefühls sein. Der Kakao darin und die Tatsache, dass ich ihn schon über die Hälfte leer getrunken hatte, machten mein Grinsen nur noch breiter.

Ich hob den Kopf und blickte zu dem Eiffelturm, der keine zwanzig Meter vor uns in den von grauen Schneewolken verhangenen Himmel ragte. Die Wiese, vor der unsere Bank stand, sah aus wie ein gigantischer grüner Teppich, der nur zu Ehren dieses riesigen Gebäudes ausgerollt worden war. Erste weiße Schneeflocken hatten sich auf das kupferfarbene Metall des Wahrzeichens von Paris, aber auch auf die Wiese und die Bank, auf der wir saßen, niedergelassen. Menschen liefen an uns vorbei, in dicke Mäntel gehüllt, mit Wollmützen auf dem Kopf, dicken Stiefeln und diesem Funkeln in den Augen, das nur eine Stadt wie Paris im Winter hervorrufen konnte.

„Ey, Träumerin!“, kam es von Chloé lachend. Sie stieß mir den Ellbogen in die Rippen und schüttelte ihre dunkelbraunen, sich kringelnden Locken. „So kommen wir heute nicht mehr bei der Pizzeria an.“ Ihre braunen Augen blitzten amüsiert auf und sie schob sich das rote Band auf ihren Haaren zurecht. An jedem anderen hätte es ausgesehen wie ein Hausmädchen-Look, aber nicht bei ihr.

Chloés Ausstrahlung war die einer waschechten Pariserin voller Selbstbewusstsein und mit einem Strahlen im Gesicht das die Macht besaß, jeden meiner Schatten verschwinden zu lassen. Ich konnte nicht glauben, dass ich sie gerade mal zwei Wochen lang kannte.

„Hallo?!“, fuhr ich sie gespielt empört an und lachte. „Ich bin Touristin und darf starren und staunen und Selfies machen!“

„Dann starre schneller, von solchen wie dir gibts hier nämlich eine ganze Menge und die schnappen uns unsere Plätze weg.“

Ich rollte belustigt mit den Augen, stürzte wehmütig noch den letzten Schluck Kakao runter und warf die weiße Papp-Tasse in den Mülleimer neben der Bank. Ein eiskalter Wind fuhr mir durch mein schwarzes Haar, das mir mittlerweile bis zum Po reichte und ließ mich frösteln. Trotz der dicken Jacke und den zwei übereinander geschichteten Jeans zitterte ich erbärmlich vor Kälte. Früher war mir nie kalt gewesen...

Für einen Moment blieb ich noch an der Bank stehen, hob mein Kinn leicht an und ließ die fernen Gespräche, die hupenden Autos und staunenden Touris hinter einer imaginären, schalldichten Wand verschwinden. Da waren nur noch ich, der Eiffelturm, die zarten Schneeflocken, die in der Luft tanzten, und dieser kalte Wind. Dieser Wind, der mich so stark an Stacy erinnerte, dass es sich anfühlte wie ein Messerstich in die Brust. Stacy hätte das hier gefallen. Nein, sie hätte es geliebt. Und jetzt war *ich* hier. Ich, die Enttäuschung meiner Eltern, ich, die nichtmal ein Studium auf die Reihe bekam, ich, die sogar beim Essen versagte. Ich, die...

„Hailey!“, riss Chloé mich aus meinem Abgrund voller Ängste und Selbstzweifel. Wie so oft in letzter Zeit.

Sie wollte mich am Arm packen und mit sich ziehen, als sie scheinbar etwas auf meinem Gesicht sah, das sie innehalten ließ.

„Ist... ist alles okay?“, wollte sie auf einmal sanft wissen und schaute mir tief in die Augen. Sorge keimte in ihren auf.

Tränen.

Dieses Etwas in meinem Gesicht, das sie gesehen hatte waren Tränen, die mir nun heiß über meine kalten Wangen liefen.

Ein freudloses Lächeln kam mir über die Lippen.

„Kennst du das Gefühl, niemals genug zu sein? Niemals genug

zu können, zu... ersetzbar zu sein? So als könntest du einfach jeder Zeit verschwinden und es würde niemanden interessieren?"

In Chloés Gesicht konnte ich plötzlich Schmerz erkennen. Ihre Augen wirkten trüb und etwas in ihr schien gebrochen, dunkel. Wie ein Schatten, der im Bruchteil einer Sekunde über ihre Seele huschte.

Allerdings konnte das auch Einbildung gewesen sein, denn im nächsten Augenblick schenkte sie mir ein warmes Lächeln und hakte sich bei mir unter. Sie rannte auf die weite Wiese vor uns und zog mich einfach mit. Ich stolperte hinter ihr her.

In der Mitte blieb sie stehen, packte mich bei den Schultern und drehte mich so, dass der Eiffelturm direkt mittig meines Sichtfeldes stand. Schneeflocken tanzten um das Wahrzeichen von Paris. Dann legte sie einen Arm über meine mittlerweile viel zu schmalen Schultern.

„Weißt du, ma petite amie", setzte sie mit leiser Stimme an, als seien die nächsten Worte nur für mich bestimmt. „Ich glaube, dass jeder von uns einzigartig ist und einen Platz auf dieser Welt hat. Wir alle sind besonders und haben etwas, was diese Welt zu einem Ort voller Veränderungen und Überraschungen macht. Schau", erklärte sie und kam neben mich. Sie sah mir fest in die Augen, wischte mir eine Träne mit dem Daumen von der Wange und deutete in den Himmel. „Wusstest du, dass jede Schneeflocke einzigartig ist? Jeder Kristall ist wunderschön und keinen gibt es zweimal, auch wenn sie vielleicht gleich auszusehen scheinen. Und wir... sind auch so. Wir sind einzigartig wie Schneeflocken."

Kleine weiße glitzernde Flocken verfingen sich in ihrer dunklen Lockenmähne und ihren schwarzen, dichten Wimpern. Sie lächelte und zwinkerte mir zu.

„Danke“, hauchte ich und meinte es vollkommen ernst. Es war über ein Jahr her, dass ich jemanden so weit hinter meine Maske, meine Fassade hatte blicken lassen. Hinter diese Mauer, die ich mir errichtet hatte. Eine Mauer aus Arroganz und Kälte. Niemand hatte es je geschafft, sie einzureißen. Niemand hatte sich je die Mühe gemacht. Keiner, außer Stacy. Und keiner… außer Chloé.

Eine Wärme legte sich um mein eiskaltes Herz wie eine Decke und hüllte mich ein in eine Blase, die alles um mich herum in den Hintergrund rücken ließ.

„Excuse me?“, trällerte eine hohe Stimme in miesem Englisch und zerplatzte damit meine Blase. „I want to take a picture“, sagte eine blonde Frau mit dunkelrotem Lippenstift, hohen Highheels und einem mini Kleid trotz der Minusgrade. Sie lächelte gequält und wirkte gehetzt. Neben ihr stand ein Schrank von einem Mann, ein Stativ und eine fette Kamera in der Hand.

„Oh sorry“, entschuldigte sich Chloé für uns und zog mich ein Stück abseits der Wiese. Sie kicherte. „Touristen.“

Ein Grinsen stahl sich auf meine Lippen. „Ich bin eine von ihnen!“

„Nicht, wenn du bei mir bist“, entgegnete sie festentschlossen und ich ließ ihr diese Meinung. „Weißt du, vielleicht werde ich dich eines Tages mal in deinem Brightwood besuchen kommen. Dann bin *ich* die touristique.“

„Vielleicht...“, murmelte ich und blickte in den Himmel über Paris. „Ich würde mich sehr freuen, wieder eine Freundin zu Hause zu haben.“

# Kapitel 1

## *Hailey 2022*

Zwanzig Tage voller Freude, Lachen, Glücksmomente.

Zwanzig Tage voller Energie, Leichtigkeit und Seelenglück.

Zwanzig Tage Freiheit.

Auszeit.

Ich war frei gewesen, hatte jeden Tag gelebt wie er gekommen war.

Frei von all diesen Erwartungen, Ängsten, Sorgen, dunklen Gedanken und frei von dieser verdammten scheiß Stimme in meinem Kopf.

Der Himmel war klar gewesen, selbst bei Regen.

Der Horizont so unendlich, in der Ferne nur der Eiffelturm zwischen Wolken, die so weit gewesen schienen.

So leicht.

Wie schweben.

Und dann... dann waren sie vorbei gewesen.

Diese zwanzig Tage.

Die Tür schlug zu und schloss mich ein in meiner eigenen Dunkelheit.

Sie hatte mir diese wertvolle Freiheit genommen und mir all die Erwartungen, Sorgen und Ängste wieder aufgeladen, die mich zurück auf den Boden drückten.

Die mir die Luft zum Atmen nahmen.

Ich wusste plötzlich nicht mehr, wie das ging.

Dieses Leben.

Da war wieder diese Realität. *Meine* Realität.

Da war diese Gewissheit, dass ich keine Gewissheit mehr hatte. Dass da eine Zukunft auf mich warten würde, der ich noch nicht gewachsen war. Für die ich einfach noch nicht bereit war.

Aber wer wartete schon auf mich?

Die Zeit nicht. Das Leben nicht.

Die Menschen erst recht nicht. Ihnen konnte es doch nicht schnell genug gehen. Alles musste geplant sein, alles musste feststehen, durfte nicht verändert werden. Und Zeit zu schweben? Die hatte doch keiner. Die durfte man sich nicht leisten. Man musste arbeiten, es in seinem Leben zu etwas bringen. Und wer das nicht schaffte? Der war dem Leben nicht gewachsen, landete auf der Straße, oder vielleicht auch irgendwo dazwischen. Denn diese Menschen schienen keinen Platz auf der Welt zu haben. *Ich* schien keinen Platz auf der Welt zu haben.

Da war dieses Gefühl der Dunkelheit in meiner Brust, die sich wie ein Pfeil in mein Herz bohrte... Dieses Gefühl, dass mein Leben vor einem Abgrund endete, über den anscheinend keine

Brücke führte. Und trotzdem wurde ich unablässig nach vorne geschoben. Schritt für Schritt. Ich wurde geschoben von den Erwartungen, dem Druck und meinen eigenen Ängsten. Keine Ahnung, wie lang es dauern würde, bis ich einfach in den Abgrund fiel. Einfach... verschwinden würde, weil die Last des Lebens mich erdrückte.

Diese zwanzig Tage...

Diese zwanzig Tage in Paris waren mir wie ein ganzes Leben vorgekommen.

Eins, das ich hätte haben *können*. Eines voller Freude und Lachen. Voller... *Lebendigkeit*. Es war, als hätte mir jemand gezeigt, wofür es sich lohnte zu kämpfen, weiterzumachen, nur um mir dann, nach meiner Rückkehr, alles wieder zu entreißen.

Tränen tropften auf die gerade erst niedergeschriebenen Worte. Auf die blaue Tinte auf weißem Papier. Sie verlief und bildete einen kreisrunden Fleck, das Papier wellte sich.

Ich stieß einen frustrierten Laut aus, riss das Blatt von meinem Collegeblock und zerknüllte es in einer Faust. Den Füller knallte ich gegen die Wand wo er zersprang, und einen blauen Fleck auf der weißen Wandfarbe hinterließ. Meine Fingernägel bohrten sich in den unschuldigen, fast fertigen Brief, den ich nun schon zum zehnten Mal angefangen hatte zu schreiben. Die Faust begann zu zittern, meine Schultern zu beben und ein ersticktes Schluchzen kam mir über die Lippen.

Wie ferngesteuert öffnete ich meine Hand wieder und faltete den Papierball auseinander.

Liebe Chloé,

Ich weiß, ich habe dir versprochen mich bald zu melden. Jetzt ist schon fast ein ganzes Jahr vergangen und es kam immer noch nichts von mir. Ich... vermisse Paris, die Wohnung deiner Tante, die Croissants, die Pizza, das Picknicken am Eiffelturm... ich... vermisse DICH.

Du hast mir seit langer Zeit das Gefühl gegeben, wieder zu leben. Das klingt irgendwie, als hätte ich es aus einem Buch geklaut, aber so war es.

Und jetzt... Zuhause... Hier ist es so dunkel, Chloé.

Und ich finde das Licht nicht mehr, weil

Genau da endete der Brief mit einem dicken Wasserfleck. Er war nicht der Grund, warum ich meine Worte nicht weiter schrieb. Es waren die Worte, die davor standen. Die Worte, die ich noch keinem Menschen anvertraut hatte, weil es sich so anfühlte, als würde ich eine Karte ausbreiten. Eine Karte meiner zerstörten, zitternden, leidenden und tiefschwarzen Seele. Eine Karte, die jeden Winkel dieser Seele zeigte und nichts versteckte.

Ich wollte sie ihr so gerne zeigen, wollte ehrlich zu Chloé sein. Warum ich einen Brief und keine Mail oder WhatsApp Nachricht schrieb, wusste ich selbst nicht so genau. Vielleicht, weil ich mich selbst bestrafen wollte für das was ich ihr geantwortet hatte, als direkt nach meiner Ankunft zurück zu Hause eine Nachricht von ihr gekommen war.

`Hey 👋`

`Ich bin es, Chloé. Bist du gut angekommen? Und geht es dir gut? Ich habe deinen Blick gesehen, Hailey. Bitte melde dich, ich bin für dich da.`

Diese Worte zu lesen hatte mir wieder diese Wärme geschenkt, dieses Gefühl, für jemanden wertvoll zu sein. Und gleichzeitig war da mein eiskaltes Herz, das niemanden an sich ranlassen wollte. Da war meine Mauer, die jede Wärme, jedes Licht einfach so abblockte und ich konnte nichts dagegen tun.

Deshalb hatten meine Finger wie von selbst getippt:

`Alles okay, mir gehts perfekt ☺️`

Das Lächeln des Emojis hinter meiner Nachricht machte die Lüge nur noch unglaubwürdiger.

Ich schnaubte wütend, knüllte den Brief wieder zusammen und pfefferte den Papierball zu den anderen neun neben meinen Schreibtisch auf den Boden. Meine Hände zitterten und ich spürte wieder diesen Wirbel aus Chaos in mir. Dieser Strudel aus Gefühlen und Gedanken, der sich nicht greifen ließ und mich jedes Mal in den Wahnsinn trieb.

Abermals schrie ich frustriert auf. Weil ich nicht wusste, wohin mit all dem angestauten Schmerz und den ungeweinten Tränen in mir. Es tat weh und gleichzeitig spürte ich nichts. Als wären meine Gefühle taub geworden, als wäre *alles* an mir taub geworden.

Meinen Fehler bemerkte ich zu spät.

Erst, als ich schnelle, hektische Schritte im Flur widerhallen hörte, wurde mir bewusst, wie laut ich geschrieen hatte.

*Fuck.*

„Hailey!“, brüllte Dad auch schon meinen Namen, noch bevor er die Tür zu meinem Zimmer aufriss und mich aus seinen kalten, stechend blau-grünen Augen ansah, als wäre ich die größte Enttäuschung seines Lebens. Vermutlich war ich das auch.

„Ich habe einen potentiellen Kunden hier und wenn du mir dieses Geschäft versaust, kannst du was erleben“, drohte er mit gefährlich leiser Stimme, die mich augenblicklich um zehn Zentimeter in meinem Stuhl zusammenschrumpfen ließ.

Mit seiner steifen, kerzengeraden Haltung, dem schwarzen Smoking, das er gefühlt Tag und Nacht trug und den akkurat zurück gegeelten dunklen Haaren, dem kantigen Kiefer, der sich noch nie zu einem Lächeln gehoben hatte, passte er perfekt in das Klischee des reichen, strengen und leblosen Schnösels. Nur, das dieser Schnösel eben mein Vater war. Leider.

„Sorry Dad“, murmelte ich und ballte meine Hände zu Fäusten. Ich hätte mich selbst ohrfeigen können. Normalerweise war ich nie um einen dämlichen Spruch oder einen bissigen Konter für ihn verlegen gewesen. Aber seit... Ich war nicht mehr die, die ich mal gewesen war.

„Sei jetzt bitte so freundlich und geh in den Speisesaal mit Viola essen, ich kann nicht. Und danach tu bitte etwas vernünftiges, indem du dich mit deinem Studium auseinandersetzt.“

„Ist gut“, presste ich zwischen zusammengebissenen Zähnen hervor und bohrte meine Fingernägel tief in meine Handballen, um das Zittern in ihnen zu verbergen.

*„Jetzt.“*

Damit verschwand er aus meinem Zimmer und ich hörte wie sich seine Schritte in die andere Richtung des Flurs entfernten.

Ich stieß zittrig die angehaltene Luft aus und vergrub mein Gesicht hinter meinen Fäusten.

*Essen. Das Studium. Essen. Das Studium. Essen, essen, essen.*

Diese Gedanken kreisten in meinem Kopf wie Aasgeier, die nur darauf warteten, sich auf mich zu stürzen.

Adrenalin flutete meine Adern und mein Herzschlag pochte an meinen Schläfen, in meinem Kopf, in meinen Ohren.

Die eiskalten Handflächen auf meine Ohren gepresst wippte ich vor und zurück und erstickte den aufkeimenden Schrei in meiner Kehle sofort im Keim.

Mit einem Ruck erhob ich mich von meinem Stuhl, um an die Tür zu taumeln. Mir drehte sich alles und mein Atem ging, als wäre ich einen Zehn-Kilometer-Marathon gelaufen.

Die Kiefer fest aufeinander gebissen lehnte ich mich gegen den gigantischen Kleiderschrank neben der Tür mit den weißen, in Hochglanz gehaltenen Fronten. Für einen Augenblick schloss ich die Augen und sammelte Kräfte, woher auch immer ich die noch nahm.

Rote gelockte Haare, eine Hakennase, ein Pelzmantel und goldene Kreolen erschienen vor meinen geschlossenen Augen. Viola Claire, der Abschaum höchstpersönlich, wartete in der Küche auf mich. Dieser Abschaum von Mensch, der Hunde illegal gezüchtet, krank gemacht und verkauft hatte, bevor Jason, Clara und ich ihre Machenschaften aufgedeckt hatten.

Dieser Abschaum, der sich meinen Dad gekrallt, ihn sich um den Finger gewickelt und ihn mit ihrem falschen Lächeln sogar dazu gebracht hatte ihr zu glauben, dass sie ihren Hunden nie etwas böses gewollt hatte.

Dieser Abschaum, den ich meine Stiefmutter nennen durfte.

*Zweites Klischee. Cinderella Vibes irgendwer gefällig? Ich könnte gut darauf verzichten.*

Ein Fauchen drang mir aus der Kehle, bevor ich mich vom Schrank abstieß und mein Zimmer verließ.

*Auf ins Krähennest.*

# Kapitel 2

## *Hailey 2022*

Schweiß bildete sich auf meiner Stirn, mein Knie begann wie von selbst auf und ab zu wippen. Mein Herz schlug mir schmerzhaft schnell gegen die Rippen und mein Magen verknotete sich.

Und all das... nur wegen einem Teller *Nudeln*.

Stechend grüne Augen ruhten in einer Mischung aus Skepsis und Häme auf mir... oder diesem jämmerlichen Haufen, der noch von meinem ehemaligen Ich übrig geblieben war.

„Iss was", befahl Viola mir vom anderen Ende der weißen Tafel mit einem gespielt unschuldigen Unterton und schob sich so provozierend langsam wie nur möglich, eine Gabel mit Spaghetti in den Mund.

Automatisch verkrampften sich meine Finger, meine Atmung wurde schneller. Der Angstschweiß kroch aus jeder Pore meines Körpers.

*Sie weiß es*, schoss es mir durch den Kopf.

*Sie weiß, dass ich kämpfe und ergötzt sich daran, wie ich in diesem Kampf leiden muss.*

*Nein. Sie weiß, dass ich den Kampf längst verloren habe.*

„Ich... hab keinen Hunger", flüsterte ich und mein knurrender, schmerzender Magen strafte meine Worte Lügen.

„Das sagst du jedes Mal", bemerkte meine Stiefmutter, die ich seit geraumer Zeit einfach *Krähenfresse* nannte. Sie ließ ihr Besteck sinken und musterte mich abschätzend, wie sie es immer tat, wenn Dad nicht dabei war. „Denkst du wirklich, du wirst hübscher oder gar mehr *wert*, wenn du abnimmst?" Ein ekelhaftes Lachen drang aus ihrer Kehle, das jede echte Hexe vor Neid hätte erblassen lassen.

„Oh Hailey Schätzchen, machen wir uns nichts vor... Keine Diät der Welt macht aus dir eine Schönheit." Mit der Gabel deutete sie auf mich und eine ihrer perfekt gezupften Augenbrauen hob sich amüsiert. Hass flutete meine Adern.

Meine rechte Hand griff nach dem Messer neben dem Teller, umklammerte es so fest, dass meine Knöchel weiß hervortraten und mein ganzer Arm, mein gesamter Körper vor Wut und Abscheu zu beben begann.

„Du... hast... *keine Ahnung*", würgte ich hervor und schleuderte das Messer quer über den weißen polierten Tisch, bis es am anderen Ende klirrend über die Tischkante auf den teuren Marmorboden fiel.

Bevor Viola noch etwas erwidern konnte, stand ich so ruckartig auf, dass mein Stuhl nach hinten umkippte und stürmte wie ein wütendes Kind aus dem Esszimmer. Tränen sammelten sich in meinen Augen.

Es war mir egal, dass der Knall, mit dem meine Zimmertür ins Schloss fiel, noch lauter war als mein Schrei vorhin. Es war mir egal, ob mein Dad nochmal kommen würde, um mich zur Schnecke zu machen.

Langsam glitt ich mit dem Rücken an der Tür zu Boden und klammerte meine Arme um meine Beine, als könnte ich mich so zusammenhalten. Als würde ich so nicht auseinander fallen, auch wenn ich all die Scherben in mir schon gar nicht mehr zählen konnte. Ich ließ zu, dass ein Wimmern meinen Lippen entwich und mein ganzer Körper zu zittern begann.

Draußen im Flur vernahm ich wie durch Watte gedämpft das Geräusch von Schritten, die in Richtung meines Zimmers stapften. In meinen Ohren dominierte dieses Klingeln, das mich immer wieder daran erinnerte, eine Grenze überschritten zu haben. Zu schade bloß, dass mir auch das egal war.

Plötzlich wurde die Tür geöffnet und ich mit ihr, wie bei einem Scheibenwischer, einfach beiseite geschoben.

„*Raus*“, knurrte ich, kaum lauter als ein Flüstern.

Doch es war weder mein Dad, noch Viola.

„Geht es Ihnen nicht gut?“, wollte Becca wissen. Becca, Mitte vierzig, mit den dunkelbraunen Augen, den zu einem Dutt gebundenen braunen Haaren, der dunkelblauen Schürze, die ihren kurvigen Körper betonte, war unser Hausmädchen.

*Tada! Nächstes Klischee.*

„Danke Becca, es geht mir gut“, log ich und setzte noch ein falsches Lächeln auf. Sie nickte und verließ mein Zimmer wieder. Natürlich konnte ich ihr nichts vormachen. Wie es mir ging, stand mir buchstäblich ins Gesicht geschrieben. Und das seit einem Jahr.

Seit bereits zwei Jahren arbeitete Becca für meinen Dad und ihr warmes Wesen war immer sehr angenehm in diesem kalten Haus gewesen. Doch auch sie kam nicht gegen meine Mauern an. Niemand kam das. Niemand...

Ich erhob mich vom Boden, wischte mir mit dem Handrücken über meine Augen. Einen Moment lang war mir schwindlig, ich musste mich an meinem Kleiderschrank abstützen. Mein Magen knurrte laut und protestierend, meine Finger waren eiskalt.

Wieder ballte ich sie zu Fäusten und biss die Zähne zusammen. Dann ließ ich meinen Blick langsam durch mein Schlafzimmer wandern. Da war der gigantische Schrank mit den glänzenden, weißen Fronten, an dem ich lehnte. Daneben mein kastiger, nicht wirklich schöner, weißer Schreibtisch samt schwarzem Bürostuhl, jede Menge dicke fette Wälzer über Medizin und Biologie, die sich darauf stapelten. Seit neustem zierte nun ein stylischer, blauer Tintenfleck neben einer Pinnwand und einem Alan Walker Poster die Wand darüber.

Das Fenster neben dem Schreibtisch reichte vom Boden bis an die Decke und gab den Blick auf unseren *schicken*, absolut spießigen Vorgarten frei. Maßgeschnittene Hecken und blendend weißen Kies konnte ich Tag und Nacht beobachten.

*Klasse.* Unsere protzige - meiner Meinung nach - potthässliche und moderne Villa wollte einfach überhaupt nicht in das kleine verschlafene, gemütliche Brightwood mit seinen Land- und Fachwerkhäusern passen.

In der Mitte des Raums stand dann mein überdimensional großes graues Boxspringbett. Ansonsten befanden sich nur noch weiße marmorne Fliesen auf dem Boden und ein Mülleimer in der Ecke auf der anderen Seite der Tür in meinem Zimmer.

Ein *Traum.* Nicht.

Da war keine Wärme, keine Lichterkette, keine Kerze und abgesehen von den paar Fotos auf meiner Pinnwand und dem Poster meines Lieblings DJ's, gab es nichts in diesem Raum, was ihn als meinen auswies. Er hätte genauso gut aus einem teuren Möbelkatalog entsprungen sein können. Ich hasste dieses Zimmer. Doch aus irgendeinem Grund, hatte ich noch nie den Versuch unternommen, es zu ändern. Vielleicht ja, weil selbst ein gemütliches Zimmer die Kälte in dieser Familie nicht vertreiben konnte. Vielleicht, weil ich mich hier einfach nicht zu Hause fühlen *wollte.*

Schließlich wankte ich zu meinem Bürostuhl, ließ mich sinken und stützte meine Ellbogen auf dem Tisch ab. Meine Hand griff nach einem der fetten Wälzer, mit denen man locker einen erwachsenen Mann hätte erschlagen können. Auf dem Cover prangte der Titel **Der Mensch - Anatomie und Physiologie**.

Eigentlich hatte ich mein Studium abgebrochen, doch mein Dad schien das zu ignorieren.

Eine schwarze Hand legte sich um mein Herz und drückte zu. Ich spürte dieses hässliche schwarze Loch in meiner Brust und biss mir auf die Unterlippe, um nicht laut aufzuschreien. Nicht schon wieder. Denn niemand konnte dieses Loch sehen.

Während ich wie ferngesteuert das Buch aufschlug, wanderte mein Blick zu der Fotowand. Da strahlten mich so viele Haileys an. Glücklich, lebensfroh und voller Energie.

Haileys zusammen mit Stacys und seit einem Jahr auch mit Chloés. Chloé und ich vor dem zugeschneiten Eiffelturm, jede von uns einen *Starbucks Coffee* in der Hand. Stacy und ich in Tree Hills, auf dem Friedhof oder beim Plätzchenbacken. Chloé und ich in der besten Pizzeria in ganz Paris, auf der *Champs Elysées*, vor dem *Arc de Triomphe*, in verschneiten Gässchen mit Pariser Flair. Stacy und ich beim Tanzen, bei Aufführungen.

Ein Beben ging durch meinen Körper, als ich mit einer Hand die Bilder berührte. Ich fühlte nichts. Es war, als schaute ich mir Bilder an, die jemand anders gemacht hatte, die die Geschichte eines anderen Menschen erzählten. Nicht meine.

Und plötzlich nahm ich meinen leeren Magen, meine schon seit Tagen pochenden Kopfschmerzen und diese Sehnsucht, dieses Loch in meinem Herzen überdeutlich wahr.

Ohne wirklich darüber nachzudenken, griff ich nach meinem Smartphone, das neben dem Stapel Bücher lag, und tippte eine Nummer ein, die ich in den letzten Wochen viel zu oft gewählt hatte. Eigentlich hätte ich es besser wissen müssen, doch scheinbar war ich noch immer naiv genug, es wieder zu versuchen.

„Hailey?“, fragte eine weibliche Stimme am anderen Ende der Leitung und klang ziemlich gehetzt. Meine Hoffnung zerbarst in tausend Scherben.

„Mom“, erwiderte ich emotionslos. Ich wusste, was kommen würde, noch bevor sie die selben Worte aussprach, die ich in den letzten Wochen immer und immer wieder gehört hatte.

„Ich habe jetzt gerade keine Zeit, Hailey. Ich muss gleich zum nächsten Termin. Hast du dein Studium wieder aufgenommen und dich mittlerweile mal nach einer Wohnung umgesehen?“

„Klar, Mom“, antwortete ich wie auswendig gelernt. Die eisige Kälte in meiner Stimme hätte der meiner Mutter nicht ähnlicher sein können. Ich rechnete damit, dass sie gleich wieder auflegen würde, so wie sie es immer tat. Doch sie überraschte mich mit dem nächsten Hieb in die Magengrube.

„Und iss mal bitte etwas. Dein trotziges, kindisches Verhalten kann ich bald nicht mehr dulden. Du bist *zwanzig*.“ Damit legte sie auf. Kein netter Abschied, kein „wiedersehen“.

Ich merkte erst, als ich Blut schmeckte, dass ich mir zu fest auf die Unterlippe gebissen hatte, um nicht schon wieder zu weinen. Nein, ich hatte mittlerweile das Gefühl, sowieso leer zu sein.

Diese letzten Sätze meiner Mom hatten sein Ziel komplett verfehlt. Sie hatten sich nicht in meinen Verstand, sondern in mein Herz gebohrt. In diese Gedanken, diesen Schmerz und diese Stimme in mir, die sich seit einem Jahr in meinem Kopf eingenistet hatte. Sie trafen dort ein wie Öl, das in eine Stichflamme gegossen wurde. Fachten alles wieder an, was ich jeden Tag so sehr versuchte niederzuringen.

Ein Feuer der Verzweiflung fuhr durch mich hindurch und ließ nichts als brennende Ruinen zurück.

In meiner Wut hatte ich eine Seite aus dem Buch rausgerissen.

Ich zerknüllte sie und warf sie zu den anderen Papierbällen auf den Boden. Dann hob ich den Blick und drehte mich zum Fenster. Draußen rieselten hauchzarte Schneeflocken auf die zurecht gestutzten Hecken und den Kies. Und plötzlich verspürte ich das dringende Bedürfnis, dieses Haus zu verlassen bevor es mich noch erdrückte.

Der Kies knirschte unter meinen Stiefeln und ein eiskalter Wind erfasste meine Schultern. Ich erzitterte, doch die Kälte war mir egal. Vielmehr war sie mir innerlich wie äußerlich in dem letzten Jahr ein treuer Begleiter geworden. Naja, innerlich war ich wohl mit ihr aufgewachsen.

Ich ließ den Blick über die akkurat angelegten, akribisch von Unkraut befreiten Beete, die Hecken, den langen Kiesweg und das gewaltige eiserne Tor am Ende der Auffahrt gleiten. Nichts hiervon löste in mir ein Gefühl von Heimat oder Geborgenheit aus. Nein, es kam mir eher so vor wie ein Gefängnis. Wie ein Ort, an den ich nicht gehörte. Vielleicht nie gehört hatte.

Als Kind hatte ich hier draußen mit unserem damaligen Hausmädchen gespielt. Mom und Dad hatten nie Zeit für so etwas gehabt. Mom war ab und an gekommen. Sie hatte dann distanziert gelächelt und war wieder gegangen. In diesem Gefängnis war ich aufgewachsen, zusammen mit Menschen, die ich kaum zu kennen schien. Weder wusste ich was meine Mum am liebsten aß, noch was Dad‘s Lieblingsbuch war, falls er überhaupt las.

Der Druck auf meiner Brust wurde immer schmerzhafter und ich keuchte auf. Langsam schritt ich auf das große schwarze Tor zu und umklammerte die Streben mit meinen blau angelaufenen Händen. Das Metall war eisig kalt.

Mit einem Surren sprang das übergroße, protzige Tor auf, nachdem ich den vierstelligen Pinn in das Tastenfeld eingegeben hatte. *Als würden wir in einer so großen Metropole leben, in der eine solche krasse Sicherheitsvorkehrung nötig ist*, ging es mir durch den Kopf und ich schnaubte.

Wie in Zeitlupe öffnete es sich und augenblicklich wurde die Schlinge um meinen Hals lockerer.

Ich trat auf den Bürgersteig und ließ den Palast des Grauens hinter mir. Doch die Dunkelheit nahm ich mit. Schatten verfolgten einen, so sagte man. Dieser Schatten haftete mir schon seit meiner Geburt an.

Unter einer kleinen Tanne blieb ich stehen und sah mich in der Straße um. Überall erblickte ich Holzzaun, der die kleinen Vorgärten einrahmte, Fachwerkhäuser und tanzendes Kerzenlicht hinter Fenstern. In der kalten Novemberluft lag der Duft von Keksen und Kaminfeuer.

Allmählich spürte ich, wie die Panik in mir abflaute und nahm endlich die kleinen Schneeflocken um mich herum deutlicher wahr. Sie fielen mir aufs Gesicht, benetzten die Straße mit einer hauchzarten Schicht aus weißem Puder und ließen das Abendlicht weich wirken.

Wenn ich hier draußen war und dieses wundervolle kleine Dorf sah, wenn der Winter kam und ich die riesige Villa, die ich mein Zuhause nennen sollte ausblendete, dann fühlte ich eine tiefe Verbundenheit, eine Wärme und Vertrautheit in mir aufkeimen.

Doch seit einem Jahr währte sich nie lange.

Es tat einfach weh, all diese Lichter zu sehen und zu wissen, dass sie für mich nur ein Glimmen in weiter Ferne waren. Ich wandelte durch dunkle Gassen die niemand sah, eingehüllt in einen Mantel aus Kälte, Wut und Verzweiflung.

Aber vor allem waren da diese Erinnerungen an vergangene Tage. An Tage, dich ich zusammen mit Stacy in diesen Straßen verbracht hatte. An die ersten Worte die sie gesagt hatte, nachdem sie zum ersten Mal mit mir nach Hause gekommen war.

*„Sieht so aus als hätte jemand versucht, Dornröschen mit Dorfkind Feeling zu kombinieren und ist gewaltig gescheitert. Das sieht aus wie ein luxuriöser Hochsicherheitsknast."*

Für einen Moment schloss ich die Augen und versuchte die Stimme meiner besten Freundin etwas länger in meinem Kopf zu behalten. Doch jeden Tag schwand sie ein bisschen mehr. Alles, was mir geblieben war, waren Videos und Fotos.

Mein Magen knurrte und tat furchtbar weh. Ich wusste, es war leichtsinnig, gefährlich und ungesund. Aber ich hatte längst den

Punkt überschritten, an dem ich mich noch wehren konnte. Vielmehr war diese Stimme in meinem Kopf, die mir immer wieder zuflüsterte, ich sollte weniger werden, zu meiner neuen besten Freundin geworden. Ich hatte sie willkommen geheißen. Wen sonst hatte ich denn noch?

*„Wir sind einzigartig wie Schneeflocken."*

*Chloé.*

Mir wurde mit einem Mal klar, wie sehr ich sie vermisste. Paris und dieses Gefühl, etwas wert zu sein.

*Du musst nur einfach weiter machen, nicht aufgeben. Allein bist du besser dran,* schoss ein Gedanke durch meinen Kopf, der nicht meiner war. Und ich hatte längst aufgehört, mich gegen die Worte zu wehren. Ich glaubte sie, hinterfragte sie nicht und machte einfach weiter.

Ich war allein. So allein und doch nicht. Da waren diese Ängste, tief verborgen unter eine Decke, die die Stimme nach und nach über sie gelegt hatte. Da war die Gewissheit, dass es nicht besser werden würde. Aber ich glaubte ihr nicht mehr. Ich glaubte an gar nichts mehr.

Einzig an die Tatsache, dass jetzt gerade Schneeflocken fielen, die immer dicker wurden und mir für einen Moment diesen Druck von meinen Schultern nahmen.

*Chloé...*

# Kapitel 3

## *Chloé 2021 (vor einem Jahr)*

Draußen vor dem Fenster wirbelten dicke fette Flocken durch die Luft und begruben die Straßen und Gassen von Paris unter einer glitzernden weißen Decke. Die Autos, die sich stockend über die dreispurigen Straßen schoben, wirkten von hier oben winzig klein. Ich entdcckte einen alten kleinen roten Käfer, der gerade um die Ecke in unsere Straße bog. Er hielt bei der Häuserreihe gegenüber von unserer. Das kleine rote Auto mit dem vom Schnee bedeckten Dach inmitten dieser kleinen Straße, welche von den langen sandsteinfarbenen Häuserreihen gesäumt wurde mit schwarzen, verschnörkelten Geländern auf winzigen Balkonen, weckte meinen Drang, es zu zeichnen.

Doch wenn ich jetzt anfing, würde ich die Zeit vergessen, was ausgerechnet heute ziemlich unpassend gewesen wäre.

„Chloé, ma petite nièce?“, fragte plötzlich die samtene Stimme von Tante Louise.

Erschrocken wandte ich den Kopf zu meiner Zimmertür um, in der meine Tante stand.

Sie trug ihre dunkelbraunen Locken, die schon stellenweise etwas gräulich schimmerten, in einem Dutt. Außerdem hatte sie mal wieder eines ihrer knallbunten Kleider mit Punkten darauf an, eine wollene Strumpfhose darunter und ihre kuschligen Hausschuh-Boots, die eigentlich mal mir gehört hatten. Ihre warmen braunen Augen lagen fragend auf mir.

„Sollte ich dir nicht Bescheid geben wenn du dabei bist, deine Verabredung zu verträumen?“, hakte sie nach und ein amüsiertes Lächeln breitete sich auf ihrem elfenhaften Gesicht aus.

„Was?!“, entfuhr es mir, mein Herz rutschte eine Etage tiefer und mein Blick huschte zu dem Wecker, der neben meinem Bett auf dem kleinen Holzhocker stand. „*Merde*! Ich komme zu spät!“

„Oh Coco, du kommst *immer* zu spät“, erinnerte Louise mich grinsend, bevor sie ein dramatisches Augenrollen von mir erntete und das Zimmer wieder verließ.

Hastig krabbelte ich von meiner breiten Fensterbank mit dem nach oben spitz zulaufenden Fenster. Ich liebte diesen Platz und diese Dachgeschosswohnung.

Unsere Decken waren mit warmem Holz verkleidet. Louise und ich hatten in der ganzen Wohnung überall Lichterketten um die Holzbalken gewickelt, Kissen und Decken verteilt und Kerzen angezündet. Man konnte sagen, wir mochten es gern gemütlich. Selbst im Sommer hatte man in unserer Wohnung stets das Gefühl in einer winterlichen Holzhütte im pariser Stil zu wohnen.

Direkt neben der Nische mit der Fensterbank und dem dreieckigen Fenster stand mein großes Bett voller Kissen und Strickdecken, über das ich nun robbte. Ich hatte es direkt unter eine Dachschräge mit dicken Holzbalken gestellt. Eine lange Lichterkette schlängelte sich um diese und tauchte mein ganzes Zimmer in ein warmes Licht.

Der Dielenboden ächzte, als ich auf die andere Seite des Raums eilte. Zu meinem geliebten kleinen Kleiderschrank aus in weiß gestrichenem Holz, mit den kleinen schwarzen Griffen und den zarten Eichenholz Elementen.

Ich riss ihn auf und zog einfach einen meiner unzähligen schlichten braunen Sweater raus, eine karierte Hose wie ich sie gern trug und zog mich in rekordschnelle um. Rasch knipste und pustete ich alle Lichter und Kerzen aus, bevor ich auf den schmalen Flur mit den weißen Wänden raustrat, der immer in ein zartes Licht von Kerzen getaucht war. Gegenüber meiner Tür war der offene Durchgang zur kleinen gemütlichen Küche, in der meine Tante stand und scheinbar backte. Anouk, unsere zehn Jahre alte kleine Mischlingshündin mit dem langen weißen Fell tappte zu mir. Freudig schwanzwedelnd und mit schief gelegtem Kopf sah sie mich an.

„Pardon Nouki, dich kann ich nicht mitnehmen“, flüsterte ich ihr zu und kraulte kurz ihren kleinen flauschigen Kopf, bevor ich mich an meine Tante wandte.

„Ich bin dann weg!“, rief ich ihr zu und schnappte mir im gleichen Atemzug meine liebsten Loafer Schuhe, die Louise seit geraumer Zeit *Indianer Mokassins* nannte.

„Werd in deiner Eile nicht überfahren, Coco“, kam die Antwort amüsiert aus der Küche und ich schnaubte nur. *Coco* war mein Spitzname, den nur Louise verwandte. Genauer gesagt hatte sie ihn sich ausgedacht.

„Ich schreibe dir eine Nachricht, wenn ich angekommen bin, Deal?“

Sie streckte ihren Kopf mit dem Vogelnest Dutt in den Flur und nickte lächelnd. „Deal. Pass auf dich auf.“

Ein Klos bildete sich in meiner Kehle. Ich erwiderte das Nicken steif bevor ich die Wohnung verließ, das alte Treppenhaus mit dem gewaltigen Holzgeländer nach unten stürmte und in die eiskalte Luft von einem winterlichen Paris hinaustrat.

Der letzte Satz war in unserer kleinen Familie nicht nur eine Floskel. Immer, wenn ich das Haus verließ, sah ich diese Angst in ihren Augen. Die Angst davor, dass mir das gleiche passierte wie es Maman (Louises geliebte Schwester), Dad und... Maël passiert war.

Meine Unterlippe fing zu beben an, auch wenn es bereits zehn Jahre her war, schmerzte es noch immer wie am ersten Tag. Ich versuchte gegen die Traurigkeit anzukämpfen, schluckte meine Tränen runter und konzentrierte mich voll und ganz auf meine bevorstehende Verabredung.

Während ich die vollgestopften Straßen von Paris entlanglief, durch kleine alte Gässchen mit den typischen beige-grauen alten Wohnungen, die dicht an dicht gedrängt in den Himmel ragten und die ich so sehr liebte, wurde das Schneetreiben immer dichter. Schnee machte diese magische Stadt zu so viel mehr. Zu einer wunderschönen, glitzernden Welt voller Lichter und Gemütlichkeit. Große grüne Weihnachtstannen wurden an jeder Ecke aufgestellt und mit gigantischen roten und goldenen Kugeln geschmückt. Um die schwarzen, eisernen Geländer an den Fenstern und Balkonen der Wohnungen und Hotels waren grüne Tannengirlanden gewickelt worden. Die Schaufenster von Geschäften wie *Louis Vuitton, Chanel, Yves Saint Laurent* und vielen weiteren wurden weihnachtlich oder auch wie eine Schneelandschaft geschmückt.

In der Luft zwischen dem ein oder anderen Hauch Abgasen - oder weitaus widerlicherem - hing der Duft nach dem Zimt- und Lebkuchengebäck der Bäckereien. Menschen liefen eingehüllt in dicke Mäntel durch die Straßen, unzählige Tüten von Läden in der Hand haltend. Einige Touristen entdeckte ich, die sich mit dicken Koffern durch den Schnee mühten und verwirrt auf ihre Handys mit Google Maps starrten.

Ein Grinsen breitete sich auf meinem Gesicht aus.

So viele Menschen kamen her, um hier Urlaub zu machen, um alle Sehenswürdigkeiten abzuklappern und ich- ich lebte hier, durfte dieses Gefühl, diesen pariser Flair jeden Tag genießen, durch die Gassen schlendern ohne darauf zu achten, ja nichts zu verpassen. Die meisten der Touristen hetzten sich so ab, dass es fast schon lustig war. Urlaub war für uns Pariser eine etwas andere Definition.

Allerdings gab es auch diese Urlauber, die herkamen und es wirklich zu genießen schienen. Und eine davon würde ich gleich wieder treffen.

An einer Fußgängerampel blieb ich stehen und wartete, dass der Strom an Autos vorbeifuhr, bevor ich rüberlief und um die nächste Ecke den *Arc de Triomphe* erblickte. Den gewaltigen Torbogen mit den feinen Verzierungen, der den Mittelpunkt des großen Kreisels bildete, durch den man die sehr beliebte Straße *Champs Elysées* erreichen konnte.

Hier drängten sich noch mehr Menschen mit Tüten und vollen Taschen.

Kopfschüttelnd machte ich noch Halt an meiner gemütlichen kleinen Lieblingsbäckerei, kaufte mir ein Croissant und wandte mich in Richtung *Avenue de la Grande Armée*, die mich auf den Weg zu dem Hotel bringen sollte, wo ich Hailey gestern abgeliefert hatte.

*Hailey.*

Dieses Mädchen hatte etwas an sich gehabt, was ich von mir selbst irgendwie kannte. Da war dieser Gesichtsausdruck gewesen und diese Maske, die sich sich aufgesetzt hatte. Ich kannte sie gerade einmal einen Tag lang, doch ich würde dieses Gesicht niemals vergessen, das auch mich jahrelang durch den Spiegel angeschaut hatte. Das Gesicht, das man zeigte, wenn man sich hinter jemandem versteckte, der man nicht war.

Tief in Gedanken versunken bemerkte ich den Mann erst, als ich fast an ihm vorbeigegangen war. Er saß in zerlumpten

Kleidern unter einer schwarzen Laterne und zitterte vor Kälte. Sein strähniges Haar fiel ihm in die Stirn und er blätterte gedankenverloren in einem alten, sehr abgegriffen wirkenden Buch.

Mein Herz verkrampfte sich bei dem Anblick. Ich sah in der Stadt jeden Tag Menschen wie ihn und doch tat es jedes Mal weh. Es konnte jeden von uns treffen. Mich hätte es treffen können, als ich vor zehn Jahren eine Waise geworden war, wäre Tante Louise nicht da gewesen.

Festentschlossen trat ich zu dem Mann und streckte ihm meine noch warme Bäckertüte mit dem Croissant hin.

„Für Sie, Monsieur", sagte ich und lächelte ihn an.

Langsam klappte er das Buch zu, sah erst mich, dann die Tüte an und dann füllten sich seine Augen mit Tränen.

„Das kann ich nicht annehmen, Madame", lehnte er ab und ich konnte in seinen Augen sehen, wie sehr er es annehmen *wollte*.

„Sie können, es ist ein Geschenk", beteuerte ich, legte die Tüte neben ihm auf den Gehsteig. Nach kurzem Zögern zog ich mir meinen langen Mantel aus und ließ auch diesen bei ihm.

Bevor ich gehen konnte, griff seine eiskalte Hand nach meiner.

„Danke", sprach er mit so viel Herz, dass ich selbst mit den Tränen kämpfen musste. „Auch wenn ich mit diesem Zustand zu leben gelernt habe, ist es immer wieder ein Wunder, solch warmherzige Menschen wie Sie zu treffen."

„Von Herzen gern", erwiderte ich drückte sanft seine faltige, viel zu dünne Hand. Dann ging ich weiter meiner Wege.

Ich wusste, dass ich nicht all diesen Menschen helfen konnte, aber ich manchmal tat es einfach zu sehr weh, nicht hinzusehen. Und die Dankbarkeit dieser Menschen war es dann jedes Mal mehr als wert.

Das Wasser der *Seine* glitzerte in dem Licht, das der fallende Schnee wie einen weichzeichnenden Filter über die Welt warf.

Gerade überquerte ich die Brücke des *Boulevard Bineau*, die auf die kleine Insel *Île de la Grande Jatte* führte, als ich auch schon das kleine Hotel erblickte. Nervosität flutete meine Adern, als ich schon von weitem sah, dass eine zarte Gestalt mit endlos langen schwarzen Haaren vor dem Eingang stand.

Rasch wechselte ich die Straßenseite und lief an dem kleinen Supermarkt auf der Ecke vorbei zu dem süßen typischen pariser Hotel, zu welchem ich Hailey gestern noch den Weg gewiesen hatte. Es war gerade fünf Stockwerke hoch, hatte große weiße, mit Sprossen besetzte Fensterrahmen und eine weiße Fassade, auf der die schwarzen verschnörkelten Geländer der Fenster bestens zur Geltung kamen. Das *Hotel de la Jatte* schmiegte sich perfekt in die kleine Straße und bot einen tollen Blick auf den breiten Fluss. Hier war es ruhig und doch lebte man mitten in Paris. Abseits, aber mittendrin. Meiner Meinung nach eines der schönsten Hotels hier, auch wenn ich es noch nie von ihnen gesehen hatte.

Schließlich erreichte ich Hailey, die in eine dicke Winterjacke und die selbe, schwarze Jeans gekleidet war, die sie auch gestern schon getragen hatte. Ihr schwarzes Haar reichte ihr mindestens bis zum Po und ihre grünen Augen schimmerten mir stumpf entgegen.

Auch das war mir gestern schon aufgefallen. Wenn man Hailey nicht bewusst bemerkte, schien sie unterzugehen, wie ein Schatten in mitten von dunklen Gassen. Und durch welche Gassen sie auch immer gerade wandelte, es musste ein Kampf sein. Das erkannte ich nicht nur an den dunklen Ringen unter ihren Augen. Etwas zehrte sie aus. So sehr, dass ihr Gesicht kantig und eingefallen wirkte. Ja, sie war ein Schatten. Doch ich wagte es nicht, sie zu fragen. Sie kannte mich gerade erst ein paar Stunden lang und was immer sie quälte, ich war mir sicher, sie wollte gerade nicht daran erinnert werden.

Nach einer gefühlten Ewigkeit brachte ich endlich ein leicht heiseres „Hey" raus.

Sie hob ihre Mundwinkel zu einem Lächeln an, das ihre Augen nicht erreichte.

„Hi", grüßte sie zurück und ließ ihren Blick dann an mir vorbei schweifen, ganz so, als wollte sie mir nicht in die Augen schauen. Ich hatte keine Ahnung, wie ich mir vorgestellt hatte, sie heute wieder zu treffen, aber definitiv nicht so wortkarg.

*Merde! Wo ist meine Art, immer etwas zum Reden zu finden abgeblieben, wenn ich sie mal brauche?!*

Zögernd räusperte ich mich. Ihr Blick huschte zurück zu mir, als wäre sie gerade aus ihren Gedanken aufgetaucht.

„Ich kenne die beste Pizzeria in ganz Paris", begann ich also. „Wenn du möchtest können wir hingehen. Ich weiß, es ist erst elf

Uhr, aber manchmal esse ich auch vormittags schon was, denn"-

„Nein."

Irritiert hielt ich mitten im Satz an. *Nein*.

Ich beobachtete, wie sich Haileys ganzer Körper anspannte und sich ihre von grauen Strickhandschuhen bedeckten Hände zu Fäusten ballten. Sie kämpfte gegen etwas, das spürte ich. Gegen etwas, gegen das sie Tag und Nacht kämpfen musste und ich ahnte, dass es das war, was ihr ihre ganze Kraft raubte. Vielleicht wäre das jemand anderem nie aufgefallen. Doch dieses Mädchen vor mir sah meinem Ich von vor zehn Jahren so verdammt ähnlich und erinnerte mich an all den Schmerz in mir. Es war, als würde mir jemand einen Spiegel vor die Nase halten, in dem ich meine Vergangenheit sehen konnte. Ich wusste nicht, was sie belastete, aber ich fühlte mich mit ihr auf einer Ebene verbunden, die ich noch nie so empfunden hatte.

*Ich möchte, dass dieses Grün in ihren Augen wieder leuchtet und ich ihr Lachen kennenlerne. Dass diese dunkle Gasse bald für sie endet und auf eine Lichtung führt,* schießt es mir durch den Kopf.

„Okay...", setzte ich erneut an und atmete tief ein. „Was willst du zuerst kennenlernen? *Tour Eiffel*? *Arc de Triomphe*? *Louvre*?"

Sie überraschte mich, indem sie antwortete: „Das, wofür es sich zu leben lohnt. Die Magie vom Winter in Paris." Und dann schenkte sie mir ein Lächeln, das echt wirkte. Eines voll von Hoffnung. Hoffnung, auf einen Neuanfang.

„Wie gut, dass du mich gestern getroffen hast", verkündete ich euphorisch und hakte mich einfach bei ihr unter. „Niemand kennt die Magie von einem zugeschneiten Paris besser als ich."

Hailey ließ sich von mir mitziehen und von Minute zu Minute hatte ich immer mehr das Gefühl, als würde wieder etwas in ihr zum Leben erwachen.

*Ich kann nicht jedem Menschen helfen. Aber ich konnte diesem Mann heute morgen helfen. Und ich kann dafür sorgen, dass Hailey lächelt. Ich kann nicht jedem helfen, aber ihr. Und das werde ich.*

Denn auch wenn ich es vor zehn Jahren, an dem dunkelsten Tag in meinem Leben, nicht mehr hatte sehen können:

Das Leben konnte verdammt lebenswert sein! Und ich schwor mir, Hailey genau das zu zeigen.

# Kapitel 4

## Chloé 2022

Die *Rue Saint-Didier* lag im Dunkeln, nur schwach beleuchtet von ein paar schwarzen Laternen und den Lichtern in den Fenstern, als ich sie betrat. Eine ältere Dame leerte auf der anderen Seite der Straße gerade ihren Briefkasten und zog sich schließlich wieder fröstelnd in ihre Wohnung zurück. Im gelblichen Schein der Laternen tanzten hauchzarte Schneeflocken durch die Luft und der eiskalte Wind fuhr mir durch meine unbändigen Locken.

Wie jeden Samstag seit einem Jahr war ich beim *Hotel de la Jatte* gewesen. In der absurden Hoffnung, sie wäre dort. In der absurden Hoffnung, ich würde sie wieder sehen, irgendwas von ihr hören. Eine WhatsApp Nachricht hatte ich Hailey geschickt. Das war jetzt ein Jahr her. Und ich hatte nur eine knappe Antwort erhalten, von der ich wusste, dass sie eine Lüge gewesen war. Danach war nie wieder mehr etwas von ihr gekommen.

Etliche Male hatte ich überlegt, ihr eine Mail oder einen Brief zu schreiben, aber ich war mir sicher, dass auch das nichts ändern würde. Hailey meldete sich nicht mehr bei mir. Warum auch immer schien sie keinen Kontakt haben zu wollen. Oder... wollte sie sich melden, aber konnte es nicht? Ging es ihr überhaupt gut? Was, wenn ihr etwas passiert war und ich niemals etwas davon erfahren würde?

All diese Fragen quälten mich seit Anfang Dezember letzten Jahres, als sie in den Zug gestiegen war und ich diese Angst in ihren Augen gesehen hatte. Diese Angst das Leben, das sie hier kennengelernt hatte, wieder zu verlieren. Was, wenn genau das passiert war?

Ein leises Schluchzen entrann meiner Kehle und ich wischte mir rasch über die Augen, um meine Tränen zu verbergen. Ich wusste, dass wir uns nur zwanzig Tage lang gesehen hatten, uns quasi nur zwanzig Tage lang kannten. Und vielleicht war es auch lächerlich, dass ich mir Sorgen machte, aber ich konnte es einfach nicht verhindern. Genauso wenig wie ich verleugnen konnte, dass Hailey mir wichtig geworden war.

Das Geräusch von einem Fenster, das geöffnet wurde riss mich aus meinen Gedanken.

„Coco?", rief die Stimme von Tante Louise aus dem sechsten Stock zu mir runter.

„Ja?", antwortete ich und entdeckte dann den dunkelbraunen Lockenkopf, der sich weit aus dem kleinen Dachfenster über mir beugte.

„Bringst du die Post mit?"

„Oui!"

Ein lautes Klacken verriet mir, dass sie das Fenster wieder geschlossen haben musste. Also eilte ich die letzten Schritte bis zu unserer großen in blau gestrichenen, hölzernen Eingangstür.

In das kleine rechteckige Tastenfeld im Türrahmen gab ich die sechststellige Pinn ein, drehte den Schlüssel und huschte in den Eingangsbereich des großen Reihenhauses.

Hier herrschte nur Dämmerlicht, welches der alten Lampe an der hohen Decke entsprang, die schon kaputt war, seit ich mich daran erinnerte. Vor mir schraubte sich die wuchtige Holztreppe bis ins Dachgeschoss, in dem wir lebten, in die Höhe. Dieses Gebäude war so alt, dass es keinen Fahrstuhl gab. Was bedeutete, Lou und ich hatten täglich unser Fitnessstudio buchstäblich vor der Haustür. Ich *hasste* Sport.

Direkt neben der Tür befand sich eine hohe Wand voll mit metallenen Briefkästen. Den äußersten, der mit dem Namen *Morel* versehen war, öffnete ich und holte drei Briefumschläge raus. Mein Herz schlug automatisch etwas schneller. Doch als ich sah, dass keiner der drei an mich adressiert worden war, sanken meine Schultern nach unten. Ein bleischwerer Knoten bildete sich in meinem Magen. Wie jedes Mal, wenn ich die Post holte.

Der wunderbare Duft von Spekulatius schlug mir entgegen, als ich schließlich unsere Wohnung betrat. Anouk kam winselnd zu mir getippelt und stürzte sich mit Schleck-Attacken auf mich, als ich meine Schuhe auszog.

„Ist ja gut, lass mich mal ankommen!“, lachte ich und nahm die kleine Hündin auf den Arm.

Dem köstlichen Geruch folgend landete ich in unserer kleinen Küche mit den hellblau vertäfelten Wänden. Eine ziemlich winzige Küchenzeile mit weißen Holzfronten und schwarzen Griffen zierte die Wand neben dem Durchgang. In der anderen Ecke fand ein runder Holztisch mit vier Stühlen Platz und ein Sideboard passend zur Küche. Sie war klein, aber ich fühlte mich hier so wahnsinnig wohl. Wärme hüllte mich ein, als Tante Lou neben mir den Backofen öffnete, der das einzig wirklich große in unserer Wohnung war. Denn meine Tante liebte es zu backen. Daher war es unumgänglich für sie gewesen, einen großen Ofen zu haben, egal wie klein die Küche war.

Gerade zog sie ein Backblech mit dampfenden Keksen raus und stellte es auf den Tisch.

„Es gibt Kekse!“, verkündete sie euphorisch und ihre braunen Augen leuchteten in ihrem vor Hitze rotem Gesicht.

„Ach wirklich? Wäre ich nicht drauf gekommen“, erwiderte ich und grinste. „Spekulatius?“

Sie nickte begeistert und zog sich ihre rote Schürze aus. Auf der winzigen Ablagefläche zwischen Waschbecken und Herd stapelten sich drei Backbleche, zwei Töpfe, ein Rührgerät, lauter Ausstecher, Teigschaber und Löffel. Wenn man Lou beim Backen sah dachte man nicht, dass sie Anfang vierzig war. Ihre Freude dabei glich der eines Kindes und sie steckte mich jedes Mal damit an.

Anouk warf mir einen enttäuschten Blick zu, als ich sie auf dem Boden absetzte, um mich selbst zu setzen und mich über die Kekse herzumachen.

„Pardon Anouk, aber die kannst du nicht essen“, erklärte ich ihr bedauernd und als hätte sie verstanden tappte sie träge in ihr Körbchen neben dem Durchgang.

Mit einem Seufzen ließ sich Lou auf ihren Stuhl mir gegenüber fallen und fuhr sich mit den Händen übers Gesicht.

„Wie viel hast du heute schon gearbeitet, ma tante préférée?“

Louise lachte.

„Dass du mich deine Lieblingstante nennst ändert nichts an der Tatsache, dass du unsere Regel gebrochen hast“, gab sie pikiert zurück und schnappte sich einen heißen Spekulatius.

„Schon klar“, murrte ich und nahm mir auch von dem Gebäck. Es war heiß und brannte etwas auf der Zunge, aber sofort war da der unwiderstehliche Geschmack von Zimt, Nelken und Karamell. Spekulatius waren meine absoluten Lieblingsweihnachtskekse und Lou buk sie immer selbst. Sie fing Ende November damit an und ich liebte nichts mehr als diese Zeit. Diese Zeit, die mir so viel Geborgenheit und Zuhause schenkte, dass die Schatten der Vergangenheit für eine Weile überstrahlt wurden von all dem Licht.

„Du sollst mir immer schreiben, wenn du angekommen bist“, erinnerte mich Lou streng und da war wieder diese Sorgenfalte auf ihrer Stirn. Seit zehn Jahren wollte sie nicht mehr verschwinden. „Und heute wusste ich nicht einmal, wo du *überhaupt* warst.“

„Ich war einfach nur spazieren“, wich ich aus. Es war die halbe Wahrheit. Lou kannte mich zu gut.

„*Wo* warst du spazieren? Wenn du einfach so rausgehst, holst du immer Anouk mit. Aber Anouk war hier."

Unter dem Tisch ballte ich meine Hände zu Fäusten. Da war er wieder, der Streitpunkt. Die Wut kochte in mir hoch, ohne dass ich etwas dagegen tun konnte. Ich wollte es nicht, aber ich fuhr sie immer wieder an, wenn es darum ging.

„Merde, willst du mir demnächst vielleicht einen Peilsender an die Schuhe heften?! Ich bin zwanzig!"

„Aber du lebst bei mir und du bist mir wichtig! Ich will nicht..." Ihre Stimme versagte und als ich aufblickte sah ich, dass Tränen über ihre Wangen liefen.

Hastig stand ich auf, ging zu ihr und legte meine Arme um ihre Schultern. Sie griff nach meinen Händen und hielt sich fest. Es schnürte mir die Kehle zu und ich spürte, wie auch mir stumme Tränen das Gesicht runterliefen. Ich spürte ihre Angst in jedem Beben ihrer schmalen Schultern. Eine Weile hielten wir uns einfach nur fest.

„Je sais", flüsterte ich. „Ich weiß. Es tut mir so leid."

„Nein... ist schon gut", beteuerte Lou und holte tief Luft. „Ich muss lernen dich loszulassen und dir deinen Freiraum zu geben."

Ein Lächeln huschte über mein Gesicht.

„Brave Lou", wisperte ich in ihr Ohr und drückte sie nochmal ganz fest, bevor ich mir noch eine Schüssel schnappte, sie mit reichlich vielen Keksen füllte und gerade die Küche verlassen wollte. Doch meine Tante hielt mich nochmal zurück.

„Du warst auf der *Île de la Grande Jatte*, oder?"

Ich hielt inne und sah ihr in die Augen. Dann nickte ich.

„Ich weiß es ist bescheuert zu denken, dass aus zwanzig Tagen tatsächlich eine Freundschaft entstanden ist, aber… ich habe mich noch nie bei jemandem so gefühlt“, gab ich leise zu.

„Das ist gar nicht bescheuert“, widersprach Lou und stand auf. „Das ist was besonderes und wenn Hailey das auch so sieht, dann werdet ihr euch wiedersehen. Lass ihr Zeit. Ich glaube, sie hat viel zu kämpfen.“ Jetzt stand sie vor mir und nahm meine Hände in die ihren.

„Ja, ich weiß“, wiederholte ich.

*Und genau das ist es, was mir solche Sorgen macht.*

# Kapitel 5

## *Hailey 2022*

Eiskalter Wind pfiff mir um die Ohren, rauschte in den meterhohen Tannen und durch die kahlen, leicht mit Schnee bedeckten Äste der Laubbäume. Die Hose war an meinen Knien aufgeweicht und nass durch das Knien im zarten Pulverschnee. Seit einer Ewigkeit lief meine Nase und ich hatte allmählich das Gefühl, dass der Schnodder mir in den Nasenlöchern festfror.

Meine Hand ruhte auf dem kalten Stein, der vor mir aus der Erde ragte. Vor ein paar Monaten war das hölzerne Kreuz gegen einen glatt geschliffenen Grabstein ausgetauscht worden.

Der Friedhof lag totenstill da.

*Wahnsinn wie lustig ich bin.* Außer mir war niemand hier.

Die Zeit, in der ich hergekommen und mir das Herz in tausend Teile zersprungen war, war vorbei. Die Zeit, in der ich genau hier gesessen und Rotz und Wasser geheult hatte, war auch vorbei. In mir war eine viel zu laute Stille. Eine Taubheit, an der alles nur so abprallte.

Stacy Marie Falls 06.07.2001 - 18.08.2021

Geliebte Tochter, Schwester und Freundin

stand in den Stein gemeißelt da.

Über ein Jahr war es her, dass meine beste Freundin bei einem Flugzeugabsturz ums Leben gekommen war. Und viel zu schnell hatte ich mich an diese Stille gewöhnt, die Stacy stets gefüllt hatte. Ich hatte ihren Verlust verarbeitet, so weit man eben verarbeiten konnte, wenn man den wichtigsten Mensch in seinem Leben verlor. Den einzigen, mit dem man...

*Fuck!*

Jetzt füllten sich meine Augen doch mit Tränen.

Trotzdem fühlte ich nichts. Nichts... bestimmtes. Stacy war meine Familie gewesen, meine Schwester, alles, was ich in meiner leiblichen Familie nie bekommen hatte. Ihre eigene hatte mich immer aufgenommen, wie eine Tochter und mich auch so behandelt. Ich war... wichtig gewesen. Das hatte ich an dem Tag gespürt, als ich vor zwei Jahren den Autounfall gehabt hatte. Und dann... dann war plötzlich alles in sich zusammengefallen wie ein Kartenhaus.

„Geht es dir gut, Liebes?“, wollte auf einmal eine ruhige Stimme hinter mir wissen.

Ich schreckte hoch wie ein aufgescheuchtes Huhn und stolperte ein paar Schritte rückwärts.

Ein Stück vor mir stand eine alte Frau mit einem grünen Strickrock, einer dicken Winterjacke und langem grauen Haar, das sie zu einem Knoten zurückgesteckt hatte. Silbrig-graue Augen sahen mich voller Ruhe und Verständnis an.

*Heather*.

Stacys Nachbarin, die für sie immer wie eine Grandma gewesen war. Ein herzensguter Mensch, der immer zu wissen schien, was man gerade brauchte. Sie hatte Stacys autistischer Schwester Clara im vergangenen Jahr sehr geholfen.

„Ja alles gut“, log ich und wischte mir über meine gefrorene Nase, um unauffällig meine tränennassen Augen zu verstecken.

„Es ist okay, wenn es dir nicht gut geht, Hailey“, sagte sie nur. Natürlich konnte ich ihr nichts vormachen. „Das ist okay.“

Darauf wusste ich nichts zu erwidern.

„Wenn du mal jemanden zum Reden brauchst...“

„Ich komme klar“, fiel ich ihr harscher als beabsichtigt ins Wort und schob rasch noch hinterher: „Danke.“

Heather nickte nur und wandte sich zu Stacys Grabstein um. Das nutzte ich, um mich langsam zu entfernen und den Friedhof zu verlassen.

Der Geruch von Schnee hing in der Luft während sich große graue Wolken träge über den Abendhimmel schoben. Die *Pine Avenue* lag ruhig vor mir, eingerahmt von weiß bepuderten Vorgärten, kahlen Bäumen und schwarzen Laternen, die mich immer ein wenig an Paris erinnerten. Der Sonnenuntergang war vor einer halben Stunde gewesen und pünktlich sprangen die Laternen an, wie um mir den Weg zu leuchten.

*Was eine Ironie*, ging es mir durch den Kopf und ich schnaubte. Meine steif gefrorenen Finger hielt ich zu Fäusten geballt in meinen beiden Manteltaschen. Rechts und links sah ich warmes Licht in den alten Land- und Fachwerkhäusern brennen und roch Kaminfeuer, Kuchen und Kekse. Den Geruch von Brightwood im Winter. Den Geruch, der an unserer Villa wie an einer Glasglocke abzuprallen schien.

Ich erreichte die Bäckerei von Stacy's Familie genau in dem Moment indem John, Claras und Stacys Dad, das *geschlossen* Schild in das bodentiefe Fenster neben der Tür hängte.

Das kleine gemütliche Gebäude war von außen mit dunklem Holz verkleidet und besaß große Sprossenfenster, hinter denen stets Lichterketten leuchteten. Außer jetzt, denn offensichtlich machte John für heute Schluss.

Gerade wollte ich mich auf dem Heimweg machen, als die Tür geöffnet wurde und der Vater meiner besten Freundin den Kopf nach draußen streckte.

„Hailey?", fragte er, als wäre er nicht ganz sicher, ob ich es wirklich war. Ich konnte es ihm nicht verübeln. Diese Hülle die ich war, sah meinem früheren Ich nicht mehr ähnlich.

Zögernd hob ich meine Hand zum Gruß und lief die schmale Einfahrt an der großen Eiche mit der Holzschaukel vorbei zur Bäckerei.

John hatte dunkelblondes zerzaustes Haar, trug wie immer ein kariertes Hemd und dunkle Jeans, beides voller Mehl. In seinen gräulich-grünen Augen lag ein unsicherer Ausdruck.

„Hey“, sagte ich nur. „Du schließt schon?“ Von früher wusste ich, dass er immer bis spät abends noch geöffnet hatte. Jeder in Brightwood und Umgebung liebte diese Bäckerei, in der es einfach alles gab; von zuckerfrei über Kalorienbombe bis hin zu sogar veganen Backwaren.

Stacys Dad nickte und schenkte mir ein Lächeln.

„Clara und Jason sind heute allein im *Herbstblätter* und haben mich um Hilfe gebeten.“ In seiner Stimme lag der Stolz, den er für seine Tochter empfinden musste. Sie hatte trotz Einschränkungen ihres Autismus zusammen mit Stacys Freund ein Büchercafé in der *Oak Street* eröffnet und damit ihren Traum verwirklicht. Nach Stacys Tod war für sie eine Welt zusammengebrochen. Aber sie heilte. Sie war den richtigen Weg gegangen, hatte das Licht im Leben wieder gefunden. Im Gegensatz zu mir.

„Hailey?“, wiederholte John und ich blickte ihn verwirrt an. „Möchtest du noch kurz reinkommen?“, wollte er wissen und lächelte warm. Mein Herz verkrampfte sich. Denn mein eigener Dad hatte mich nie so angesehen. So, als wäre ich etwas wert, als könnte man sich um mich sorgen.

„Ich möchte dich nicht aufhalten“, gab ich zu bedenken und räusperte mich, weil ein Klos in meinem Hals feststeckte.

„Tust du nicht, komm schon“, widersprach er und machte eine einladende Geste ins warme Innere der Bäckerei, aus der ein köstlicher Duft nach heißer Schokolade, Croissants und warmen karamellisierten Nüssen mit Zimt strömte.

Unsicher trat ich ein und genoss die Wärme, die mich innerlich wie äußerlich empfing. Die alten dunklen Holzregale voller Mehl, Süßwaren und Backbüchern, die die Wände füllten, die knarrenden Dielen, die Lichterketten, die üppig bestückte Theke und all die Liebe, die in dieser Bäckerei steckte. All das erweckte Erinnerungen in mir. Mit Stacy war ich hier gefühlt öfter gewesen als bei ihr zu Hause. Jeden Morgen vor dem Tanztraining hatten wir uns hier getroffen...

*Tanztraining.*

Dieses eine Wort versetzte mir einen Hieb in die Magengrube. Wenn ich nur...

„Ich hab noch genau ein einziges übrig", unterbrach mich John und kam aus dem Küchenbereich hinter der Theke. In seiner Hand hielt er ein mit Zimt-Schokolade gefülltes Croissant. Mein absolutes Lieblingsteil. Ich hatte es mit Stacy immer vor dem Training verdrückt.

Er kam rüber und reichte es mir. Gemeinsam setzten wir uns auf die beide Holzstühle neben der Theke.

„Danke", gab ich heiser zurück und spürte, wie mir der kalte Angstschweiß ausbrach. Mein Puls begann zu rasen, als ich das noch leicht warme Gebäck entgegennahm und mir der süße Duft entgegenschlug. „Ich... ich werde es zu Hause essen."

Eine unangenehme Stille breitete sich zwischen uns aus und noch bevor er seine nächste Frage stellte wusste ich schon, was jetzt kommen würde.

„Hailey, wie geht es dir?"

*Guck dir meine bleiche Haut und meine tiefen Schatten unter den Augen an, die jeden Zombie neidisch machen würden. Dann hast du deine Antwort. Aber ich glaube, du weißt es sowieso schon. Warum verdammt fragst du dann? Warum sagst du nicht irgendwas, was mir helfen könnte? Warum sagst du mir nicht einfach, dass ich...*

Nichts davon sprach ich aus. Stattdessen kam mir nur mein mittlerweile einstudiertes: „Ganz gut", über die Lippen. Und ich hasste mich dafür. Aber gleichzeitig war es wie ein Schutz. Ein Schutz vor dem Schwall an Tränen und Schmerz, in dem ich ertrinken würde, wenn ich zuließ dass jemand diesen Schutz einriss.

Er glaubte mir nicht. Das sah ich daran, wie John den Mund verzog, eine Augenbraue hob und mich voller Mitleid ansah. Doch er sagte nichts. Dafür kam ich ihm zuvor.

„Ich muss los, ich hab noch eine Menge zu tun."

*Die fetteste Lüge in der Geschichte der Lügen.*

„Okay kein Problem Ich schätze, ich sollte auch langsam mal rüber zu Clara und Jason gehen."

Rasch erhob ich mich und stürmte fast schon in Richtung Ausgang, als Johns Stimme mich nochmal zurückhielt.

„Hailey?" Ich blieb stehen und wandte mich ihm zu. In seiner Hand hielt er das Croissant. „Du hast es vergessen. Soll ich es dir einpacken, oder...?"

„Nein... nicht nötig", beeilte ich mich zu sagen, kam zu ihm, nahm das Gebäck und eilte wieder zur Tür. „Ich werde es unterwegs essen.“

*Lüge, Lüge, Lüge.*

„Und wenn du mal vorbeikommen möchtest…“, sagte er dann zögerlich. „Du bist immer noch bei Amanda und mir willkommen. Und vielleicht freut sich auch Clara…“

„Danke“, würgte ich hervor, die Hand schon an der Türklinke. Und bevor er noch etwas sagen oder fragen konnte, verließ ich die Wärme und trat zurück in die beißende Kälte und die Schwärze der nahenden Nacht. Zurück in die Schatten.

Kaum hatte ich die *Pine Avenue* verlassen und war in den kleinen menschenleeren Park abgebogen, brach ich unter einem Baum zusammen.

Meine Hände zitterten und krallten sich in das zermatschte Croissant. Etwas drückte mir die Luft ab, ich rang verzweifelt nach Atem. Kaltes Nass bohrte sich durch meine Jeans und ließ mich noch heftiger zittern. Das einzige, was mich davon abhielt vollends am Boden zu liegen, war der breite Stamm der Tanne in meinem Rücken. Parkbänke standen im fahlen Schein der Laternen vor mir, von leichtem Schnee bedeckt. Lichterketten schlängelten sich um vereinzelte Bäume und der kleine Teich in der Mitte des Parks war zugefroren.

Schluchzer schüttelten mich und ich versuchte irgendwie, mich selbst zusammenzuhalten. Mein schwarzes Haar fiel mir wie ein Vorhang ins Gesicht. Der Angstschweiß hatte den Pullover unter meinem Mantel durchnässt und kühlte mich nun komplett aus.

Den Blick hatte ich die ganze Zeit über auf dieses dämliche Croissant in meiner Hand gerichtet.

*Wenn du es isst, dann bist du schwach. Alle werden denken, es geht dir wieder gut. Du musst weniger werden. Nur noch ein bisschen weniger, nur noch ein bisschen mehr wie ein Schatten.*

„Scheiße, scheiße, scheiße", fluchte ich und kämpfte gegen das Brennen in meinen Augen an. Ich versuchte diese Stimme in meinem Kopf zum Schweigen zu bringen, aber ich hatte keine Kraft mehr.

*Du bist nichts wert. Wenn du immer weniger wirst, werden sie sich endlich Sorgen machen. Dann bist du wichtig. Sei stark und hungere. Nur noch einmal.*

Aber ich wusste, dass es nicht nur noch einmal war. Ich wusste, dass diese Stimme längst die Kontrolle über mich übernommen hatte. Dass ich komplett machtlos war.

Und deshalb wehrte ich mich nichtmehr, als ich zitternd vom Boden aufstand und den Mülleimer neben einer der Holzbänke ansteuerte. Adrenalin flutete meine Adern und mein Herz schlug viel zu schnell. Ich verdrängte den Gedanken an Stacy, daran wie enttäuscht sie wäre, würde sie mich jetzt sehen. Daran, wie viel Mühe sich John dabei gab, diese Waren zu backen. Daran, dass ich selbst viele dieser Croissants gebacken hatte. Daran, dass ich heute noch nichts gegessen hatte. Ich verdrängte meinen vor Schmerz pochenden, leeren Magen.

Längst liefen mir Tränen in Strömen über das Gesicht. Da war dieser Kampf, den ich wieder führte. Den ich mit mir selbst führte und seit einem Jahr jedes Mal verlor.

*Du kannst das, du bist stark. Wirf es rein!*

Und ich warf es in den Mülleimer.

Meine Hand bebte, war blau angelaufen und quasi taub. Ich hatte gehorcht. Schon wieder.

Die Stimme in mir verstummte und in meinen Ohren rauschte die Angst über das, was ich hier tat. Über das, was ich seit fast einem Jahr tat. Doch meine Angst reichte nicht mehr aus. Die Einsamkeit in mir war größer geworden. Und diese Stimme in mir war ohne dass ich es ihr je erlaubt hatte, zu meiner neuen Freundin geworden.

*Nein.*

Ich hatte es ihr erlaubt und tat es jeden Tag.

Und zum zweiten Mal an diesem Tag brach ich zusammen. Nur wollte ich diesmal nicht mehr aufstehen.

# Kapitel 6

## *Hailey 2021 (vor einem Jahr)*

Ich wusste nicht mehr wie sich das anfühlte, wirklich frei zu sein.

Bis zu diesem Moment. Bis dieses pariser Mädchen mit den dunkelbraunen Locken in mein Leben getreten war. Es war verrückt, ich kannte sie kaum zehn Tage und schon hatte sich eine Verbindung zwischen uns aufgebaut, die ich nicht verstand. Bei ihr hatte ich das Gefühl, nicht allein zu sein mit all meinen Schatten.

Der sanfte Klang von dem Lied *Believe* drang an mein Ohr. Es wurde scheinbar auf einer Drehorgel gespielt.

Ich wandte mich von der gigantischen Winterlandschaft ab, die in dem Schaufenster vor mir aufgebaut worden war. Das Geschäft kannte ich zwar nicht, aber es sah teuer aus. Langsam drehte ich mich zur *Avenue des Champs Élysées* um. Menschen schlenderten die berühmte Straße entlang, etliche Tüten in der Hand und in dicke Jacken gehüllt. Auf dem Boden lag pudriger Schnee und die Lichterketten in den Schaufenstern der unzähligen Läden warfen ein warmes Licht in die Dunkelheit der herannahenden Nacht.

Mein Handy gab plötzlich ein Vibrieren von sich und ich erlitt dabei fast einen Herzkasper, so tief in Gedanken versunken war ich gewesen.

Mit steif gefrorenen Fingern zog ich mein kleines Smartphone aus meiner Manteltasche und tippte auf die gerade eingegangene Nachricht.

`Hey, ich bin bei LV. Wo bist du??`

Ich hob den Blick vom Display und sah mich irritiert um, bevor ich eine rasche Antwort tippte.

`Sehe dich nicht` 🥴

Eine weitere Nachricht kam nicht, denn im nächsten Augenblick packten mich zwei Hände von hinten an den Oberarmen und drehten mich so schnell um, dass ich fast mein Handy fallen ließ.

„Das hier ist nicht *Louis Vuitton*, ma petite amie!“, begrüßte sie mich vorwurfsvoll und stemmte die Hände in die Hüften.

„Ist aber genauso teuer“, murrte ich zurück und lächelte leicht.

„Non“, widersprach Chloé und grinste dann breit. „Hier kannst du mit einer Kette ein ganzes Haus bezahlen.“

Augenrollend schüttelte ich den Kopf und zuckte gleichgültig mit den Schultern. Meine Mom könnte sich mal eben so spontan locker zehn von diesen Ketten leisten *und* noch Häuser dazu bauen lassen. Eins für jede Kette. Aber das wusste Chloé nicht. Ich hasste es, auf ein reiches Kind reduziert zu werden. Vielleicht hatten wir viel Geld, aber dafür fehlte uns die gleiche Menge, die wir an Reichtum besaßen, an wahren Schätzen. An Dingen, die wirklich wertvoll waren und die wir niemals besitzen würden. Die Kälte, mit der ich aufgewachsen war, war ein Teil von mir geworden. Doch Stacy...

„Hailey?", kam es von Chloé skeptisch. Sie hob fragend eine ihrer braunen, perfekt gezupften Augenbrauen.

„Sorry", murmelte ich und schenkte ihr ein Lächeln, das meine Augen nicht erreichte. Und mein Herz schon gar nicht. Denn da war plötzlich wieder diese dunkle Hand, die danach griff und zudrücken wollte. All der runtergeschluckte Schmerz und die ungeweinten Tränen kamen wieder in mir hoch. Ich schluckte beides runter, so wie ich es schon immer getan hatte. Seit dieses scheiß Flugzeug meine beste Freundin mit sich in den Tod gerissen hatte.

„Wir können das heute auch lassen...", bot Chloé vorsichtig an und legte dabei den Kopf schief. In ihren Augen lag Verständnis. Verständnis für etwas, das sie wohl in meinem Blick gesehen haben musste. Für etwas, das sie kannte. Das sie selbst durchlebt hatte. Ich wusste nicht, was es war, aber ich wusste, dass es da war. Und dass es eines der Dinge sein musste, die uns verbanden.

Hastig schüttelte ich den Kopf und setzte - viel zu spät - ein etwas echteres Lächeln auf. *Hoffentlich.*

Der große Weihnachtsmarkt auf dem *Quai Branly*, das Seine-Ufer direkt am Eiffelturm, lockte mich warmen Lichtern und dem Klang von bekannten Weihnachtsliedern. Über einhundert Hütten aus Holz und sogar eine kleine Schlittschuhlaufbahn waren hier mit Blick auf das Wahrzeichen von Paris aufgebaut worden. Es duftete nach gebrannten Mandeln, Punsch und Crêpes. Der Eiffelturm thronte über dem Markt und leuchtete in strahlendem Licht. Lichterketten schlängelten sich um die Dächer der Stände, Süß- und Backwaren wurden angeboten, Weihnachtsdekoration und weihnachtliche Souvenirs zierten einzelne Hütten. Auf den Dächern dieser war dunkelgrüner Tannenreisig befestigt, den man auch an den schwarzen Laternen hier und da entdeckte. Die Menschen tranken Glühwein im Schein der Lichter, versammelten sich um Standöfen und lachten.

Eine lang vergessene innere Wärme breitete sich in mir aus, ein Gefühl, das ich schon ewig nicht verspürt hatte. Ich *fühlte* die Weihnachtsstimmung in meinen Adern und diese fast kindliche Vorfreude, die sie in mir auslöste.

„Job erfüllt", kam es von Chloé neben mir. Aus ihrer Stimme hörte ich ein Lächeln. Doch ich war nicht fähig, meinen Blick von diesem wunderschönen Weihnachtsmarkt, der sich von der Dunkelheit des Abends so stark abhob, abzuwenden.

„Was meinst du?", wollte ich halb abwesend wissen.

„Na du grinst so breit, dass man zwischen deinen Mundwinkeln locker eine Lichterkette spannen könnte", entgegnete Chloé dann lachend. Schließlich wandte ich mich ihr doch zu. Und in dem Moment spürte ich dieses Grinsen auf meinem Gesicht auch in meinem Herzen.

„Du wolltest mich zum Lächeln bringen?", fragte ich erstaunt. Darauf senkte sie den Blick und fuhr sich durch ihre dunkle wilde Lockenmähne, die sie heute offen trug.

„Ja", antwortete sie so leise, dass ich mir nicht sicher war, ob ich es mir nicht nur eingebildet hatte.

Rasch hob sie den Kopf wieder und hakte sich bei mir unter.

„Wir werden heute Abend jedenfalls den schönsten und besten Weihnachtsmarkt in ganz Paris unsicher machen!" Sie hob das Kinn und zog mich ins Getümmel.

„Warst du denn schon auf jedem?", hakte ich grinsend nach, woraufhin sie den Kopf schüttelte.

„Non, weil das hier einfach der beste *ist*!"

Ich schnaubte belustigt, musste ihr aber recht geben. Das hier war definitiv das schönste, was ich bisher in meinem Leben gesehen hatte. Der leichte Schnee setzte dem Ganzen nur die Krone auf.

Uns durch die ziemlich große Menschenmenge schlängelnd steuerten wir - oder eher Chloé - auf eine Hütte zu, die scheinbar Punsch und Glühwein verkaufte.

***Punch et vin chaud*** kündigte ein großes Holzschild in geschwungenen Lettern an. Wir hatten Glück und mussten nicht lange warten bis Chloé der netten, korpulenten Frau mit der

Weihnachtsmütze in der Hütte unsere dampfenden Becher mit Glühwein abnahm.

„Komm“, meinte sie dann und zog mich einfach weiter, bis wir eine etwas weitläufigere Stelle des Marktes erreichten. Hier war die kleine Schlittschuhlaufbahn aufgebaut, umrandet von einem massiven Holzzaun. Kinder und Eltern, Paare und Freunde glitten über das beleuchtete Eis und strahlten.

„Dreh dich um“, flüsterte mir Chloé ins Ohr und ich folgte ihrer Aufforderung.

Mir geriet der Atem kurz ins Stocken, so wunderschön war der Ausblick, der sich mir bot.

Der Eiffelturm ragte vor mir in den Nachthimmel. Tausende von kleinen Lichtern in dem Stahlgebilde blinkten, sodass es aussah als würde er glitzern. Die Hütten des Marktes sahen zu seinen Füßen winzig aus. Im Schein der Laternen und Lichter des Marktes wirbelten dicke Schneeflocken durch die Luft und landeten kühl auf meinem Gesicht. Der Becher mit Glühwein wärmte meine Hände und der Dampf schlug mir ins Gesicht, zusammen mit diesem wunderbar würzigen Duft. Eingerahmt wurde der Ausblick von mit Glühbirnen erhellten Tannen.

„Das... ist...“, stammelte ich und versuchte Worte für dieses unglaubliche Glücksgefühl in meiner Brust zu finden.

„Der schönste Weihnachtsmarkt in ganz Paris?“, half mir Chloé schmunzelnd auf die Sprünge.

„Nein“, gab ich zurück und sie legte skeptisch den Kopf schief. „Das ist der schönste Ort, an dem ich in meinem ganzen Leben gewesen bin“, hauchte ich.

„Ich war als kleines Kind mit meinen Eltern und meinem etwas jüngeren Bruder Maël jedes Jahr hier“, erzählte sie dann und ich nahm deutlich den erstickten Ton in ihrer Stimme wahr.

„Jetzt... nicht mehr?“, hakte ich vorsichtig nach und sah sie an.

Den Blick weiterhin auf den Eiffelturm gerichtet seufzte sie und ich übersah das Beben nicht, das sie durchlief.

„Non...“, erwiderte sie dumpf und schluckte schwer. „Sie... sind nicht mehr hier.“ Eine Träne lief aus ihrem Augenwinkel über ihre Wange und tropfte auf ihren Hals.

Ohne wirklich darüber nachzudenken machte ich einen Schritt auf sie zu und schloss sie in die Arme. Zuerst schien sie überrumpelt zu sein, doch dann erwiderte sie die Umarmung. Ich fühlte mich so sicher und richtig, wie schon lange nicht mehr. Der Wind spielte mit unseren Haaren und Schneeflocken verfingen sich in unseren Wimpern.

Ich zuckte zurück, als etwas heißes mir meine Haut im Rücken verbrannte.

„Autsch!“, fluchte ich und Chloé prustete plötzlich los.

„Der Glühwein“, japste sie unter Tränen und deutete zuerst auf ihren, dann auf meinen nun leeren Becher. Ich verstand und musste auch lachen.

Doch dann wurde ich wieder ernst und sah Chloé in die Augen. „Meine beste Freundin... sie ist auch nicht mehr hier“, wisperte ich und schluckte den Klos Tränen runter, der sich in meinem Hals anstaute.

Ihre Augen weiteten sich.

„Sie... war *meine* Familie."

„Oh Hailey... es tut mir so"-

„Ist okay", unterbrach ich sie, bevor ich ertrinken würde. Bevor die Tränen sich ihren Weg bahnen und nie wieder versiegen würden. Doch ich hatte mich in Chloé getäuscht. Sie war nicht so leicht abzuwimmeln, wie all die anderen Menschen um mich herum.

„Nein, es ist nicht okay", widersprach sie, warf ihren jetzt leeren Pappbecher in einen Mülleimer neben uns und legte ihre Hände auf meine Schultern. „Das Leben nimmt uns Menschen, nimmt uns Zeit und manchmal nimmt es uns auch uns selbst weg. Und wir dürfen *immer* darum trauern, Hailey. Denn wenn wir das nicht tun, frisst uns der Schmerz irgendwann auf. Man muss die Blutung einer Wunde stoppen, um nicht zu verbluten. Aber irgendwann müssen wir mit dieser Wunde leben, uns trotz dem Schmerz, der von ihr ausgeht, weiterbewegen. Denn wenn wir das nicht tun, verlernen wir vielleicht irgendwann, wie man lebt."

Eine ganze Weile sagte ich nichts mehr, lauschte nur den Kufen der Schlittschuhe, die neben uns über das Eis schlitterten und dem leisen Dudeln der Weihnachtsmusik im Hintergrund.

Dann ließ ich los.

Ich ließ die ganzen Tränen über mein Gesicht laufen und die Schluchzer aus meiner Kehle brechen.

Ich weinte. Um Stacy.

Aber vor allem um die Familie, die ich nie gehabt hatte. Um diese Zuneigung, die mir nie entgegengebracht worden war. Um jede einzelne Wunde, jede einzelne Narbe in und auf meinem Körper. Und zum ersten Mal nach einer sehr langen Zeit fühlte ich mich angekommen, frei und vollkommen gewollt. Hier. In Paris. Bei Chloé.

# Kapitel 7

## *Chloé 2022*

Draußen vor dem großen Fenster heulte der eiskalte Wind um das Gebäude. Der Nieselregen ging allmählich in Schnee über und die Menschen liefen an dem Studio mit großen Regenschirmen vorbei. Aber unter ihnen war nicht *sie*. Es war bescheuert, denn ich *wusste*, sie würde nicht durch diese Tür kommen.

„...Chloé?!“, riss mich die nervtötende schrille Stimme aus meinen Gedanken, die ich fünf Tage die Woche ertragen musste.

Langsam wandte ich mich vom Fenster ab und sah meiner sehr kleinen kurvigen Chefin mit der größten schwarzen Brille, die ich je gesehen hatte in die dunklen Augen. Jetzt gerade waren sie zu schmalen Schlitzen verengt. Ups.

„Wie oft, Madame Morel“, wetterte sie auch schon los, „wie oft muss ich Ihnen denn noch sagen, dass Sie sich konzentrieren müssen wenn Sie diesen Job behalten wollen?!“ Madame Durand funkelte mich aufgebracht an und deutete auf die Kamera in meiner Hand. Ich hatte das falsche Objektiv angebaut.

Doppeltes Ups.

„Pardon, das wird nicht mehr vorkommen“, murmelte ich, schraubte das Teleobjektiv ab und nahm das Normalobjektiv aus dem Regal neben mir.

Augenrollend kam meine Chefin nochmal näher zu mir. „Mir geht mit Ihnen allmählich die Geduld aus!“, zischte sie und bohrte mir ihren manikürten, verdammt spitzen Fingernagel in den Arm. „Wir haben Kundschaft und die wartet nun fünf Minuten länger als vereinbart!“

Nun musste ich mir ein Augenrollen verkneifen. Wie sehr sie doch immer alles dramatisieren konnte.

Aber ich hielt wie üblich den Mund und räumte das lange, schwere Teleobjektiv zurück auf seinen Platz. Weil es eine Brennweite von 800mm hatte, um Beispielsweise mega krasse Nahaufnahmen vom Mond oder Vögeln zu schießen, war es natürlich vollkommener Blödsinn, es für ein Portraits-Shooting zu nutzen.

Durand war längst wieder wie vom Erdboden verschluckt, als ich den Hauptraum des *Studio Photo Novak* betrat. Diesmal mit der richtig Ausrüstung.

Das ganze Studio war nobel in Schwarz und Weiß gehalten, mit hohen Decken und Stuckleisten, die alle Kanten rundlicher wirken ließen. Es gab drei Räume für das *Fitting* mit großen, gut beleuchteten Spiegeln, Schränken voll mit Make-Up Utensilien und Haarstyling Tools. Dann hatten wir vier große Shooting Säle, bestückt mit je drei Leinwänden (weiß, schwarz und grün), teuren

Softboxen, Ringlichtern und sonstigen Lampen, die zur Belichtung dienten.

Einen davon steuerte ich gerade an, als ich von einer genervt dreinschauenden Kaitline abgefangen wurde.

„Merde Chloé, wo warst du so lange?!“, wisperte sie angespannt und strich sich einige ihrer langen dunkelblonden Strähnen aus dem Gesicht. Kaitline war meine liebste Arbeitskollegin hier. Naja zumindest meistens.

„Ich bin heute nicht so ganz auf der Höhe“, gab ich zerknirscht zurück, als ich ihren leicht panischen Gesichtsausdruck richtig wahrnahm. „Was ist denn überhaupt los?“, wollte ich dann wissen. „Heute sind alle so angespannt…“

*„Sie* ist heute hier Kundin!“, fuhr sie unwirsch dazwischen, als würden mir mit dieser Antwort alle Lichter aufgehen.

„Aha“, erwiderte ich deshalb nur trocken. Doch zum Fragen kam ich nicht mehr, denn schon schrie Durand schrill *„Chloé*!!“ durch das ganze Studio. Da hatte wohl jemand *beste* Laune.

„Ich geh dann mal besser.“

Und schneller als ich gucken konnte war Kaitline auch schon um die nächste Ecke verschwunden. Ich straffte die Schultern, stellte an der Kamera schonmal ein paar Standart-Einstellungen ein und wagte mich dann in die Löwengrube.

Kaum sah ich die große weiße Leinwand und vor allem die Person, die mir den Rücken zugewandt davor stand, ließ ich fast meine Kamera fallen.

„Hailey?“, entfuhr es mir atemlos.

Doch die Frau, die sich zu mir umdrehte und mich abschätzig musterte, war nicht meine Freundin. Sie war wie die ältere Version von ihr, hatte die gleichen langen schwarzen Haare, fast die gleiche Größe und *diese* grünen Augen. Allerdings musste sie mindestens Mitte vierzig sein.

„Pardon“, entschuldigte ich mich rasch und tat so, als müsste ich noch etwas an der Kamera einstellen.

„Wieso haben Sie mich gerade mit dem Namen meiner Tochter angesprochen?“, wollte die Frau dann in schlechtem Französisch wissen und mir blieb die Spucke weg.

„Zufall“, entgegnete ich schulterzuckend. Keine Ahnung, warum ich log. Vielleicht, weil diese Frau etwas an sich hatte, dass mich abstieß. Eine Kälte, die die Temperatur im Raum um einige Grade fallen ließ.

*Das ist ihre Maman...*

Hailey hatte mir nie viel über ihre Familie erzählt. Sie hatte bei dem Thema Familie immer so verschlossen gewirkt, dass ich nicht hatte nachhaken wollen. Jetzt, da ihre Mutter vor mir stand, mit dem kalten, abschätzigen Blick und in ziemlich teuer aussehende Kleidung gehüllt, wurde mir auch klar warum. Alle im Studio waren so aufgeregt *ihretwegen*. Sie musste irgendeine wichtige Persönlichkeit und verdammt reich sein. Kein Wunder, dass Durand wollte dass alles rund lief heute. Und ich hatte die Ehre, Fotografin für sie zu sein. *Wunderbar*.

„Können wir dann loslegen?“, fragte Hailey's Mutter ziemlich ungehalten. Himmel, ich kannte ja nichtmal ihren Nachnamen!

„Klar Miss... ehm“, gab ich relativ unprofessionell zurück.

„McEllen“, half sie mir genervt auf die Sprünge, als würde ich ihr kostbare Zeit stehlen. Was ich vermutlich auch tat. „Ich bin hier, weil ich Bilder für meine neue Kollektion machen möchte. Die Models dürften gleich fertig sein. Allerdings bräuchten wir noch etwas mehr Licht. Hören Sie bitte auf, mich so anzustarren und sehen Sie zu, dass Sie alles nötige aufbauen!“

„Bien sûr“, murmelte ich und schraubte an dem Stativ vor mir rum, bis es die richtige Höhe erreicht hatte. Anschließend huschte ich in ein paar der ungenutzten Shooting-Säle um noch ein paar der Softboxen zu holen. Ich hasste es, mich so umher scheuchen zu lassen, doch blieb mir eine Wahl?

Die Models von Miss McEllen waren gekleidet in einer ziemlich bekannten Marke, wie mir direkt auffiel.

*Versace.*

Ich gab mein bestes, Haileys Maman nicht dauernd unauffällig anzustarren. Trotzdem konnte ich nicht verhindern, wie meine Gedanken zu kreisen begannen.

Sollte ich sie nach Hailey fragen? War sie der Grund, weshalb diese Dunkelheit in ihrer Tochter war? Wie oft konnte sie wegen ihres Berufs wohl bei Hailey sein? War sie auch zu ihr so kalt und abweisend?

„Miss Morel!“, riss mich diese Kälte wieder aus den sich endlos kreisenden Fragen in meinem Kopf.

Grüne Augen starrten missbilligend zu mir rüber. *Merde.*

„Ja?“

„Bitte holen Sie mir eine andere Fotografin.“

Ich schluckte und meine Kehle wurde kratzig.

„Ich gebe mein bestes“, entschuldigte ich mich wissend, dass es für mich vorbei wäre, würde ich jetzt jemand anderen holen.

„Ihr Bestes reicht mir nicht“, zischte sie und kam mir in den hohen Schuhen und dem Hosenanzug entgegen, mit dem sie wirkte wie eine strenge Direktorin einer Privatschule. „Ich habe nicht sonderlich viel Zeit, aber die die ich habe ist teuer.“

„Teuer, aber scheinbar nicht wertvoll“, entgegnete ich und mit einem Mal wurde es ganz still im Saal.

Ich ließ von meiner Kamera ab und hob das Kinn. Es war ein dummer, dummer Fehler, das wusste ich, aber ich konnte es nicht lassen. Viel zu lange schon hatte ich mich in diesem Studio von niemals zufriedenen Kunden zusammenstauchen lassen.

Damit war Schluss. Vor allem, weil ich das Gefühl nicht loswurde, dass diese Frau Schuld an Haileys Dunkelheit hatte. Egal aus welchem Gründen. Ich hatte diese gebrochene Seele in Haileys Augen gesehen und würde sie nie vergessen.

„Sie scheinen nicht zu wissen, was wirklich wertvoll ist. Würden Sie das, dann wäre Ihre Tochter letztes Jahr nicht nach Paris gekommen, verloren, gebrochen und allein!“

Meine Stimme war schrill geworden, doch ich hörte nicht auf. Denn in Miss McEllens Augen flimmerte es. Es mochte Einbildung sein, doch ich hatte so eine Ahnung, damit einen wunden Punkt getroffen zu haben.

„Dann hätte Hailey nicht dauernd gezittert und diese Schatten in den Augen gehabt, wenn ich sie nach ihrer Familie gefragt habe. Teuer, ja. Aber Sie scheinen mir keine Ahnung von wahrem Wert zu haben."

Mit wachsender Genugtuung bemerkte ich, wie der Unterkiefer dieser kalten Frau zu beben begann. Wie sich ihre Hände zu Fäusten ballten. Wie sich etwas in ihrem Gesicht verdunkelte. War da etwas sowas wie... Reue?

„Sie werden heute den letzten Tag hier gearbeitet haben."

„Das war es mir *wert*", presste ich noch hervor, bevor ich den Saal samt den verdatterten Models, den Softboxen und einer vor Wut kochenden McEllen verließ.

Selbst das heiße Wasser der Dusche auf meiner Haut konnte das Zittern nicht vertreiben, das in mir alles durcheinander wirbelte.

*Was hab ich getan?*

*Was zur Hölle hab ich da getan?*

Diese Gedanken kreisten in meinem Kopf und ich konnte sie nicht stoppen. Ich hatte in meinem Job stets alles nur stumpf runtergeschluckt. Bis heute.

Natürlich hatte Madame Durand übergeschäumt vor Wut.

„Gehen Sie und kommen Sie nicht wieder!", hatte sie mir ins Gesicht gespuckt, wobei ihr rundes Gesicht so rot geworden war, dass ihre kinnlangen schwarzen Haare wie eine Perücke gewirkt hatten. „Wie können Sie nur so mit einer Kundin reden und dann auch noch mit einer so wichtigen!?"

Die Antwort lautete: Keine Ahnung.

Ja, ich sagte meistens offen was ich dachte. Aber ich war nie zuvor so... *wütend* auf jemanden gewesen. Miss McEllen hatte mich rasend gemacht und ich konnte nichtmal sagen, warum denn überhaupt. Ich hatte zwar ins Schwarze getroffen, aber mein Gefühl hätte mich auch täuschen können. Mal ganz davon abgesehen, dass ich ein Mädchen versucht hatte zu beschützen, das sich seit über einem Jahr nicht mehr bei mir meldete und das ich gerade mal zwanzig Tage lang kannte.

Ich hatte nur gedacht... Da war diese Vertrautheit gewesen. Ja ich wusste, dass da auch einiges war, was sie mir nie erzählt hatte. Vielleicht weil sie mir nicht vertraute, was ich auch verstand, denn wie auch nach so kurzer Zeit...? Doch dieser Moment letztes Jahr auf dem Weihnachtsmarkt, in dem ich gedacht hatte...

„Chloé?“, hörte ich Lou rufen und die Wohnungstür ins Schloss fallen. „Bist du etwa schon da?“

Die Augen schließend stellte ich das heiße Wasser ab und lehnte meine Stirn gegen die angelaufene Scheibe der Duschkabine. Lou musste meine Schuhe gesehen haben. Normalerweise hatte ich immer erst gegen sieben Uhr abends Feierabend. Es war gerade mal halb fünf.

„Chloé?“

Ich konnte meine Zimmertür sich ächzend öffnen hören.

„Ich... bin im Badezimmer“, krächzte ich und bezweifelte, dass meine Tante es gehört hatte. Doch wenn es um mich ging, schien sie übermenschliche Sinne zu haben.

„Duschst du?“

„Ja.“

„Du bist früher als sonst zu Hause.“

„Ja.“

Stille.

„Ich koche uns einen Tee und dann erzählst du mir bei ein paar Spekulatius was passiert ist, ok ma petit Coco?“

„Okay“, flüsterte ich. Doch Lou hatte verstanden und ich hörte ihre Schritte leiser werden, dann wie es in der Küche schepperte und klapperte.

Einmal noch atmete ich tief ein und aus, bevor ich mich aufrichtete, abtrocknete und mich in Jogginghose, Kuschelpulli und Stricksocken warf.

„Ich bin eine Idiotin. Wie konnte ich nur so…“

Ratlos rang ich die Hände.

„Stark sein?“, beendete Lou meine Frage und legte den Kopf schief. In ihren Augen blitzte Sorge, aber vor allem Stolz auf. Eine dunkelbraune Locke fiel ihr in die Stirn, die sich aus ihrem Dutt gelöst hatte.

„Hirnlos wäre mein Wort gewesen.“

„Coco…“

„Ich… der Job… hat mir viel bedeutet, Lou. Keine Ahnung, ob mich jetzt noch irgendein anderes Fotostudio will.“ Frustriert fuhr ich mir durch meine widerspenstigen Locken und seufzte auf. Ein dicker Klos aus Tränen hatte sich in meiner Kehle gebildet.

„Ich verstehe einfach nicht, was mit mir los ist“, gab ich zu und meine Stimme brach.

„Oh Coco“ Tante Lou stand von ihrem Stuhl auf, kam zu mir und ging vor meinem Stuhl in die Hocke. Sie griff nach meinen Händen und sah mir in die Augen. „Du hast letztes Jahr einen Menschen getroffen, den du offensichtlich sehr schnell in dein Herz geschlossen hast. Es ist normal, dass du so fühlst. Und das was du getan hast mag leichtsinnig gewesen sein. Aber Fakt ist, du hattest ein richtiges Gefühl bei dieser Frau. So ehrlich zu sein erfordert enorm viel Stärke. Ich bin stolz auf dich.“

„Nicht wütend?“, hakte ich leise nach und senkte meinen Blick auf meinen mittlerweile kalten Tee und die unberührten Kekse.

Aus dem Augenwinkel sah ich meine Tante heftig den Kopf schütteln. Sie drückte meine Hände fester.

„Vielleicht etwas besorgt, weil du nicht schlecht verdient hast, da bin ich ehrlich, aber das ist gerade zweitrangig. Ich gewähre dir Unterschlupf in meinem bescheidenen Heim.“

Ein Grinsen stahl sich auf meine Lippen und ich sah ihr wieder in die braunen Augen. „Danke.“

Dann wurde mein Herz schwer und ich sprach endlich aus, was ich so lange mit mir herumtrug.

„Da ist nur diese Angst in mir, dass Mum und Dad enttäuscht von mir wären, würden sie mich heute sehen“, presste ich hervor und spürte warme Tränen auf meiner Wange.

Abermals verneinte Lou heftig. „Hör zu, ma petit Coco. Sie wären so stolz auf dich, wie ich es bin. Du hast ein gutes Herz und auf es gehört. Das war richtig. Und sind wir ehrlich, du hast schon länger unter Durand gelitten, richtig?“

Zögernd nickte ich.

„Und…“, setzte sie an und ich bekam plötzlich das Gefühl, das ihr die nächsten Worte schwer fielen würden. „Und ich finde, du solltest Hailey besuchen gehen. Du weißt doch, wo sie lebt?“

Mir klappte der Mund auf, ich starrte meine Tante an.

„Bist… bist du sicher?“ Ich wusste dass sie Angst hatte, jedes Mal wenn ich das Haus verließ. Angst, dass sie auch mich verlieren, dass auch mir etwas zustoßen würde.

„Oui.“

„Was, wenn sie mich nicht sehen will?“

„Dann weißt du es und kommst zurück.“

„Aber du…“

„Ich komme klar“, unterbrach sie mich und lächelte. „Du bist erwachsen Chloé, und ich glaube du brauchst diese Gewissheit.“

Die Küchentür quietschte leicht und Anouk tippelte rein. Die kleine weiße Hündin beäugte uns mit schiefem Blick, dann kam sie zu uns und schleckte über unsere verschränkten Hände.

Meine Tante lachte. „Ich glaube, Nouki ist meiner Meinung.“

Ein Seufzer schüttelte mich, als ich aufatmete.

„Also auf nach Brightwood“, wisperte ich und konnte es selbst noch nicht ganz glauben.

# Kapitel 8

## *Hailey 2022*

Das schmerzhafte Pochen in meinen Schläfen und mein leerer, knurrender Magen verhinderten, dass ich mich auf die Worte vor meinen Augen konzentrieren konnte. Sie verschwammen zu einem Strudel, ich las ein und den selben Satz einmal, zweimal, dreimal, viermal. Selbst nach dem fünften Mal blieb kein einziges Wort in meinem Hirn hängen.

Frustration staute sich in mir auf und ich schlug das fette Buch mit dem Titel ***Forensische Medizin*** mit einem dumpfen Knall zu.

Die Fäuste in meinen Haaren vergraben, beugte ich mir vor und legte meinen Oberkörper auf dem Buch ab. Ich biss mir selbst ins Handgelenk bis es wehtat und schrie einen erstickten Schrei. Jeder Zentimeter meines Körpers zitterte.

Vor Wut.

Vor Angst.

Vor Verzweiflung.

Vor Kälte.

Leise fluchend stieß ich mich mit dem Stuhl vom Schreibtisch ab und rollte zum großen Fenster. Mit mehr Wucht als nötig schloss ich es und bediente mit dem Touchpad daneben an der Wand meine Fußbodenheizung. Draußen hatte Regen den Schnee nun abgelöst und prasselte laut gegen die Scheibe.

Langsam schob ich den Stuhl zurück zum Tisch. Ein Kribbeln ging durch meinen Körper und ich wusste auf einmal nicht mehr, wohin mit meiner Wut von der ich nichtmal wusste, woher sie noch kam. Sie war nur einfach... zu viel. Sie dehnte sich in mir aus, war zu groß für meinen schwachen Körper.

Rastlos lief ich in meinem Zimmer hin und her.

Der Raum heizte sich langsam auf. Trotzdem blieben meine Finger blau und meine Lippen taub. So war es immer.

Vom Bett schnappte ich mir meine Decke und wickelte sie um mich, um mich schließlich doch wieder an den Schreibtisch zu setzen.

Es war Schwachsinn. Ich hatte das Studium abgebrochen und doch versuchte ich mir krampfhaft dieses Zeug einzuprügeln. Für meine Eltern, die immer noch der Meinung waren ich sollte das Studium weiterführen? Für mich? Um die Leere in mir zu füllen? Für... Stacy?

Schnaubend schüttelte ich den Kopf und schob den Stapel Bücher über den menschlichen Körper so heftig zur Seite, dass er auf der anderen Seite meines Tisches laut zu Boden krachte.

Ich zuckte unwillkürlich zusammen.

*Kacke.*

Schritte erklangen im Flur auf dem blanken Marmorboden.

„Miss Hailey?“, fragte die tiefe Stimme von Becca durch die Tür gedämpft. „Ist alles in Ordnung bei Ihnen?“

„Klar“, fauchte ich und bereute es sofort. Unser Hausmädchen konnte nichts dafür. Für gar nichts. „Alles gut“, schob ich also noch eilig hinterher.

Diesmal war sie allerdings nicht so schnell abzuschütteln.

„Ich glaube nicht.“

Unwirsch ballte ich die Hände zu Fäusten und rollte die Augen. „Mir... mir sind ein paar Bücher runtergefallen, die... teuer waren, Becca. Sonst nichts.“

Eine Weile herrschte Stille vor der Tür.

„Wem versuchen Sie eigentlich etwas vorzumachen?“, murmelte sie dann noch, bevor sie hörbar verschwand.

*Gute Frage*, stimmte ich ihr in Gedanken zu.

Einen Moment noch blieb ich regungslos sitzen und starrte die Pinnwand über meinem Schreibtisch an. Die Fotos, die daran hingen und dieses Gesicht... mein eigenes Gesicht, das mir in dem letzten Jahr so fremd geworden war.

Schließlich schnappte ich mir einen Stift und ein Blatt Papier aus der rechten Schublade. Ich wusste nicht, ob ich diesmal Worte finden würde, aber ich *musste* ihr einfach schreiben. Wenn sie mich in dieser langen Zeit nicht schon längst vergessen hatte.

Meine Hand mit dem Stift schwebte über dem Papier und ich

wusste nicht, wo ich anfangen sollte. Was ich schreiben sollte. Ob ich diesen Brief dann überhaupt wegschicken würde.

Mit einem Schnauben klaubte ich die großen weißen Kopfhörer aus meiner anderen Schublade, steckte sie in mein Smartphone und setzte sie auf. Ich suchte auf Spotify nach meiner Playlist und spielte sie ab. Das erste Lied darin war *Everything Is Lost* von Maggie Eckford.

Die ersten Zeilen erreichten meine Ohren und die traurige, leichte Melodie.

*„My hope is blood on broken glass*
*a shattered hole, a scattered past."*

Die kleinen Härchen auf meinen Armen stellten sich auf und ich spürte jede Note, jeden Ton in meinen Adern.

Dieses Lied war so zerstörend, so düster und hoffnungslos und doch liebte ich es. Ich liebte es dafür, dass es mich verstand. Die Worte drangen in mein Herz und ich fühlte mich nicht mehr allein. Denn ja, gerade fühlte sich mein Leben an als *wäre alles verloren und meine Hoffnung Blut auf gebrochenem Glas.*

Aber niemand um mich herum schien dieses Blut oder gar das in tausend Teile zersprungene Glas zu bemerken. Niemand, außer dieser Musik, diesen Lyrics.

Und so fing ich an, getragen von dem Lied das meine Gefühle besser beschrieb als alles andere, den Brief zu schreiben. Zum tausendsten Mal. Aber diesmal *fühlte* ich, was ich auf dieses Blatt vor mir schrieb.

Chloé,

Ich schreibe dir, weil ich glaube ich endlich die Worte gefunden habe, die ich dafür brauche. Es tut mir so leid, dass ich so lange gewartet habe. Aber meine Familie... mein Zuhause hier... das ist nicht so einfach. Und ich... ich denke ich bin auch nicht einfach. Ehrlich gesagt weiß ich nichtmal, was ich überhaupt noch bin.
Denn da ist diese Stimme in meinem Kopf, dieser Schatten in meinem Körper, der mich aussaugt. Und ich... ich lasse es zu. Weil dieser Schatten mich so unsichtbar und krank macht, wie ich es sein will. Ich will, dass sie es sehen. Dass sie sehen, wie kaputt ich bin. Dass ich einfach nicht mehr kann.

Mir ist klar, wie gefährlich das ist. Ja, ich bin mir über mein Handeln so klar, wie über sonst nichts.
Aber weißt du, was das schlimmste ist?
Es ist mir egal. Wenn ich daran sterbe... Wenn ich irgendwann so wenig bin, so schwach, dass ich abends einschlafe und am nächsten Tag nichtmehr aufwache... Dann ist das okay für mich.
Dann

Ein dicker Wassertropfen wellte das Papier an der Stelle, an der ich gerade hatte weiterschreiben wollen.

Ich konnte die Tränen nicht zurückhalten, weil mir in diesem Moment klar wurde, dass ich aufgegeben hatte. Dass ich es akzeptieren würde, zu gehen. Dass ich mir selbst egal geworden war. Und ich weinte, weil da vielleicht irgendwo in mir noch ein Teil gewesen war der gehofft hatte, dass es irgendwie besser werden würde. Dass ich *nur noch ein bisschen weniger* werden müsste, und dann würde alles gut werden. Dann würde ich wieder gesund werden.

Aber ich *wollte* nicht mehr gesund werden.

ist es vorbei. Dann ist die Stimme in mir endlich still. Dann hört diese beschissene Welt damit auf, mir mehr auflasten, als ich tragen kann. Dann sehen sie es. Dann sehen sie, was in mir alles zerbrochen ist. Nur wird es dann zu spät sein. Es ist mir egal.

Ich möchte dir danken, Chloé. Für diese zwanzig Tage voller Freiheit, voller Leben.

Keine Ahnung, ob dich dieser Brief jemals erreichen wird, aber du sollst wissen, dass die Zeit mit dir mir für diese paar Tage wieder etwas Licht geschenkt hat.

Vielleicht habe ich nie mit dir über diesen Schatten in mir geredet, weil sich nie jemand dafür interessiert hat. Ich war immer besser darin, die Mauer um mich herum stabil und undurchdringlich zu halten.

Du kamst irgendwie durch sie durch. Und ich vermisse diese Zeit. Vermisse dich, auch wenn ich dich nicht lange kenne und nichtmal weiß, was deine Lieblingsfarbe, dein Lieblingsbuch oder dein Lieblingslied ist. Wir kennen uns nicht und doch schienst du mich besser zu kennen, als ich mich selbst. Du... warst für mich in zwanzig Tagen, was meine Familie in zwanzig Jahren nie für mich gewesen ist.

Danke.

Hailey McEllen 18.11.2022

Die letzten Zeilen des Songs *Skinny Love* von Birdy spielten in meinen Kopfhörern, als ich den Brief faltete, ohne ihn noch ein einziges Mal durchzulesen.

Gerade wollte ich ihn in einen Umschlag steckten, als es an der Tür zu meinem Zimmer klopfte.

Erschrocken hob ich die Kopfhörer an und legte sie mir um den Hals.

„Was?“, wollte ich gereizt wissen, doch die Schärfe, die ich in meine Stimme hatte legen wollen, blieb aus.

„Deine Mutter ruft an“, antwortete Dad, noch bevor er die Tür öffnete und in seinem Nadelstreifen Anzug mit Krawatte, glatt gegeeltem Haar und diesem gefühlskalten Blick in seinem kantigen Gesicht, eintrat.

Ich gab ein abfälliges Schnauben von mir und schüttelte vor Unglauben den Kopf. „*Jetzt* hat sie also plötzlich Zeit, ja?“

„In fünf Minuten im Wohnzimmer“, entgegnete Dad, meine bissige Frage ignorierend und verschwand wieder genauso schnell wie er gekommen war.

„Aber sicher doch“, trällerte ich übertrieben hoch und ballte die Hände zu Fäusten. Alles in mir sträubte sich dagegen, jetzt in unser viel zu großes, kaltes Wohnzimmer zu gehen und mit Dad zusammen - Mom via Facetime - einen auf perfekte Familie zu machen.

Trotzdem erhob ich mich, vergaß den Brief auf meinem Tisch und schlüpfte in den Flur. Schnell huschte ich in die Eingangshalle mit der gewaltigen breiten Treppe. Die schwarz-weißen Fliesen, das schwarze Geländer und die Marmorstufen schienen mich zu verspotten, als ich am Fuß der Treppe innehielt.

Mein Atem rasselte viel zu schnell in meiner Lunge und mir drehte sich der Kopf. Ich spürte ein schmerzhaftes Ziehen unterhalb meiner linken Brust, das mich kurz und leise aufheulen ließ.

*Reiß dich zusammen.*

Ich biss die Kiefer fest zusammen und nahm die ersten Stufen, die mir vorkamen, als würde ich den Mount Everest besteigen.

Eine bleischwere Erschöpfung legte sich über mich und schien mich nach jedem Schritt immer weiter zu Boden zu drücken.

Ab der Hälfte konnte ich nicht mehr anders; ich musste mich kurz auf die Stufen setzen und durchatmen.

Dabei schweifte mein Blick an die hohe Decke zu dem teuren, übertrieben großen Kronleuchter, den vier Meter hohen Fenstern neben der schwarzen Haustür, den weißen Wänden und dem schwarzen massiven Geländer. Hier war es schon immer wie in einem schwarz-weiß Film gewesen. Alles in Hochglanz natürlich.

Wie sehr ich es hasste, dieses Haus. Was würde ich nur geben für eine winzige Wohnung mit Farbe und Holz.

Schritte von hohen Absätzen, die in der leeren, hohen Eingangshalle widerhallten, ließen mich aufschreckten. Ich kannte diesen Gang.

„Hailey, Schätzchen dein Vater wartet auf dich", erinnerte mich Viola mit einem provokativen Kopfschütteln. Ihre roten gelockten Haare trug sie offen und ihr nahezu makelloser Körper steckte in einem schwarzen Skinny-Kleid aus glänzendem Leder.

„Sag ihm, ich komme gleich", gab ich matt zurück. Ich war schwach. Mein Körper zitterte und ich spürte überdeutlich die Knochen in meinem Hintern auf der harten Treppe.

„Oh, wo ist denn deine Schlagfertigkeit abgeblieben?", hakte sie dann noch aufgesetzt unschuldig nach. Viola hatte mich noch nie sonderlich leiden können. Aber seit ich letztes Jahr zusammen mit Jason und Stacys und Claras Eltern ihren illegalen Welpenhandel aufgedeckt hatte, hasste sie mich zutiefst. Und das ließ sie mich bei jeder Begegnung mit ihr überdeutlich spüren. Es sei denn natürlich, mein Vater war dabei. Nicht, dass er sich dann für mich eingesetzt hätte, hätte er es jemals mitbekommen. Nein, für die beiden war ich doch nichts als unnötiger Ballast.

In meiner Kehle stieg bittere Galle auf, die ich runterschluckte. Ohne auf ihre Provokation zu reagieren stand ich auf und kämpfte mich das letzte Stück der Treppe nach oben.

Gerade wollte ich an Viola vorbei, als sie mich schmerzhaft fest am Arm packte und mich zu sich zog. Der scharfe Geruch ihres künstlich stinkenden Parfüms drang mir in die Nase.

*Gott im Himmel, das Zeug ätzt mir die Nasenhaare weg!*

„James wird dich nie so lieben, wie er mich liebt", zischte sie mir ins Ohr. Dabei schlug mir ihr Mundgeruch derart heftig ins Gesicht, dass ich angewidert das die Luft anhielt. Wieder begann sich alles zu drehen und mein Kopf fühlte sich an, als sei er mit Watte ausgestopft.

„Und wenn schon", gab ich gleichgültig zurück.

„Du bist der einzige Grund, warum er und ich nicht glücklich zusammen sein können! Du und deine Mitleidstour. Aber lass dir gesagt sein, dass weder er noch ich dich bei deinen Träumen in der Zukunft unterstützen werden. Entweder du studierst weiter, oder du ziehst aus und auf der Straße wieder ein."

Ihre stählernen grünen Augen blitzen triumphierend auf und sie stieß mich mit einem Ruck von sich.

„*Fick dich*", presste ich mit einer vor Hass triefenden Stimme hervor. Mein Blut geriet in Wallung und mein Unterkiefer zitterte vor Abscheu. Ich musste an mich halten, nicht vor ihr auf den Boden zu spucken, denn das würde niemanden außer Becca bestrafen.

Ihre Adleraugen in ihrem spitzen Gesicht funkelten mich mit mindestens genauso viel Hass an. „Sag das noch einmal und das war es für dich!“, fauchte sie und mir schien, als hätte sie plötzlich alles menschliche verloren. Ich empfand zum ersten Mal in meinem Leben Angst ihr gegenüber. Denn sie hatte recht. Ich war in diesem Haus nichts wert. Ich gehörte nicht hierher, das hatte ich nie.

# Kapitel 9

## *Chloé 2021 (vor einem Jahr)*

Die Rollen des Koffers klackerten auf dem Asphalt, als Hailey und ich über die *Champs Élysées* liefen, beide mit einem Becher heißer Schokolade von Starbucks bewaffnet. In Haileys anderer Hand hielt sie ihren Trolli, der gepackt war für ihre Abreise. Bei dessen Anblick wurde mein Herz schwer. Dieses Mädchen hatte mir in den letzten zwanzig Tagen ein Gefühl von Freundschaft geschenkt, das ich noch nie im Leben hatte fühlen dürfen. Nicht, nachdem ich damals krank geworden war…

„Chloé?“, holte mich Hailey aus meinen Gedanken zurück. „Ist alles okay?“ Ihre langen schwarzen Haare fielen ihr über die schmalen Schultern und in ihren grünen Augen lag ein fragender Ausdruck. Es konnte sein, dass ich mir das einbildete, aber in den letzten Tagen war ein Teil der scharfen Kanten aus ihrem Gesicht verschwunden und ihre helle Haut hatte wieder einen leicht rosigen Hauch angenommen. Sie wirkte in ihrem großen Mantel nicht länger wie ein verlorenes Mädchen. Ja, sie war noch immer schrecklich dünn, aber wer war ich, darüber zu urteilen? Vielleicht war sie ja so gebaut.

„Es ist nur... es war wirklich schön“, gab ich schulterzuckend zurück und vergrub meine steif gefrorenen Finger in den Taschen meiner Jacke. Mein Atem formte kleine Wölkchen in der Luft. Heute morgen hatte es nochmal ordentlich geschneit, sodass ganz Paris von einer Schicht glitzerndem Weiß überzogen war. Die *Champs Élysées* strahlte in den Lichtern der unzähligen Lichterketten und weihnachtlichen Fensterdekorationen. Autos schoben sich über die breite Straße neben uns auf den *Arc de Triomphe* zu und tausende von Menschen tummelten sich auf dem großen Fußweg.

„Das war es“, stimmte Hailey zu und ich hörte ein Lächeln aus ihrer Stimme raus, das mir ein warmes Gefühl in der Brust gab.

So gerne hätte ich sie auch noch Lou vorgestellt, aber ich hatte angenommen, dass das vielleicht etwas zu viel für sie sein würde.

Wir liefen eine Weile schweigend nebeneinander durch das Getümmel von Menschen, Tüten, Taschen und Hunden. Links und rechts von uns erhoben sich die Häuserfronten der Länden in den Himmel mit ihren sandfarbenen Stuckfassaden und den schwarzen Balkongittern. Irgendwo spielte ein Drehorgelspieler *Let it snow*.

Schließlich blieb ich an dem Gebäude an der Ecke mit der rot-weißen Markise, den bodentiefen Fenstern und den beiden kleinen geschmückten Tannenbäumen links und rechts neben dem Eingang stehen.

„Hier sind wir“, erklärte ich Hailey und machte eine Geste mit dem Arm, die das ganze kleine Gebäude einschloss. „Das ist meine Lieblingsbäckerei.“

„Französisch“, kommentierte sie und legte den Kopf schräg.

Ich lachte. „Paris lockt Besucher durch das französische Flair, ma petite amie.“

„Aber es muss auch lecker sein“, merkte sie an.

„Das habe ich mal überhört“, schnappte ich gespielt empört. „In dieser Bäckerei gibt es die besten Croissants der Welt!“ Ich trat an die Tür und schob sie einen Spalt auf. Wärme und der köstliche Duft von frischem Gebäck und Weihnachts-Gewürzen strömte mir entgegen. Hailey folgte mir und hob eine schwarze Augenbraue.

„Vorsicht“, warnte sie grinsend, „in Brightwood hat der Vater meiner besten Freundin eine Bäckerei, die bisher noch keiner schlagen konnte.“ Kurz bemerkte ich, wie sich bei *meiner besten Freundin* etwas in ihren Zügen verdunkelte. Doch es verschwand so rasch wie es da gewesen war. Ich verstand sie.

„Das ist gemein“, fand ich und schob die Unterlippe vor. „Gib ihr eine Chance, s'il vous plait.“

Hailey schnupperte und grinste dann. „Einverstanden.“

Die Bäckerei *Petite Boulangerie* war, wie ihr Name schon sagte, eine kleine Backstube auf der Ecke eines typischen pariser Gebäudes. Gerade wurde der Eingang von innen von einer großen Tannengirlande geschmückt. Die drei kleinen runden Holztische, von denen wir uns einen aussuchten, mit den Holzstühlen, die alle vollkommen verschieden waren, zusammen mit den alten Regalen voller alter Kaffeemühlen und Kannen machte sie so gemütlich. Lichterketten rahmten die Fenster ein, die auf die in das Dunkel der Nacht gehüllte *Champs Élysées* und den Triumphbogen ausgerichtet waren.

Wir setzten uns an den einzigen der drei Tische, der noch frei war mit ebenjenem Ausblick.

Eine kleine untersetzte Frau mit Brille und schwarzen Locken kam auf uns zu und erkannte mich sofort.

„Ahh Chloé!", rief sie und strahlte mich an. „Schön, dass du wieder hier bist. Was darf es denn für euch beide sein?"

„Croissants s'il vous plait", sagten wir wie aus einem Mund.

„Danke Margoux", schob ich noch hinterher, bevor sie hinter der Theke mit den frischen Backwaren verschwand.

„Okay also die Aussicht aus dem Fenster schlägt die in meinem Dorf schonmal um Längen, das muss ich zugeben." Hailey nickte anerkennend zu den Lichtern der berühmten Straße, die sich von der Dunkelheit abhoben und hier und da den Schnee auf den Dächern der parkenden Autos, den Bäumen, Bänken und Laternen zum Glitzern brachten.

„Eins zu null", triumphierte ich lächelnd.

Und dann brachte Margoux uns auch schon die noch warmen Croissants. In der Winter Edition sogar mit einer Prise Zimt im Teig, wie sie stolz erzählte.

Kaum bissen wir von dem blättrigen Gebäck ab, musste Hailey Paris den Sieg zugestehen.

Die eisige Nachtluft fuhr mir durch die Haare, als wir die letzten Meter der *Champs Élysées* hinter uns ließen.

Plötzlich nahm ich aus den Augenwinkeln eine Gestalt unter einer Laterne wahr.

Erschrocken fuhr ich zusammen und blieb wie angewurzelt stehen. Hailey lief noch etwas weiter, ehe sie sich verwirrt zu mir umdrehte und mich fragend ansah.

Doch ich gab ihr keine Antwort auf ihre stumme Frage, sondern bewegte mich auf die Laterne zu. Denn ich hatte ihn erkannt.

„Salut Monsieur", begrüßte ich den Mann in den zerlumpten Kleidern und mit dem strähnigen Haar. Er sah noch genau so aus, wie vor neunzehn Tagen als ich ihn zum ersten Mal getroffen hatte. Mit einem Unterschied: Er trug den dicken grauen Mantel, der einst mir gehört hatte.

Ein Lächeln zeichnete sich auf meine Lippen.

Der Mann sah von seinem abgegriffenen Buch auf und mir in die Augen. Seine waren grau und leuchteten trotz dem, dass er hier in der Kälte des Winters unter einer einsamen schwarzen Laterne saß.

„Salut, Mädchen", grüßte er zurück und klappte sein Buch zu. Doch ich sah, wie er seinen Daumen zwischen die Seiten legte, um seine Stelle später wieder zu finden.

„Wie geht es Ihnen?", wollte ich wissen und stand etwas ratlos vor ihm im Schnee. Das schwache Licht der Laterne beleuchtete sein faltiges, freundliches Gesicht, welches stark ausgemergelt wirkte.

Er lachte rau und winkte ab. „Bitte nenn mich einfach Gabriel, Mädchen.“ Dann schweifte sein Blick hinter mich und mir fiel ein, dass Hailey ja auch noch bei mir war.

„Ich bin Chloé“, stellte ich mich vor und deutete hinter mich. „Das ist Hailey.“

„Salut“, sagte diese unsicher und trat mit ihrem Koffer ebenfalls in den Schein der Straßenlaterne.

„Und um zu deiner Frage zurückzukehren, es geht mir den Umständen entsprechend gut“, fügte er schließlich hinzu.

„Was liest du?“, kam es überraschend von Hailey.

Gabriel drehte, den Daumen immer noch zwischen den Seiten, das Buch so, dass wir das Cover sehen konnten. Es war vergilbt, voller Wasserflecken und rissig, aber ich konnte den Titel dennoch lesen: **Le Petit Prince - Antoine de Saint-Exupéry**.

„Der kleine Prinz“, hauchte Hailey und kam näher. „Stacy hat mir immer erzählt, dass es das erste Buch war, dass sie in ihrem Leben gelesen hat.“ Ihre Stimme zitterte leicht.

„Ein wundervolles Buch, das ich nun zum zweiundachtzigsten Mal in meinem Leben lese und ich werde es nie müde“, erzählte Gabriel und lächelte stolz. „Es war der einzige Gegenstand, der mir noch geblieben ist und mein größter Schatz.“

Mein Herz verkrampfte sich. „Das tut mir leid.“

„Oh das muss es nicht, Chloé“, winkte er ab. „Weißt du, ich bin keiner der Menschen ohne Dach über dem Kopf, die ihres durch einen schrecklichen Krieg oder ähnliches verloren haben. Ich habe meine Arbeitsstelle verloren und wurde dann krank, wodurch es mir nicht mehr möglich war, neue Arbeit zu finden. Leider gab es damals noch keine Hilfe, da wurden die Straßen von Paris mein Zuhause. Und ich sage, es gibt schlimmeres.

Ich musste nie in meinem Leben schlimmes Leid erfahren und dafür schätze ich mich glücklich. Ich darf jeden Abend in einer Einrichtung für Obdachlose eine warme Mahlzeit zu mir nehmen und bin mehr als dankbar dafür." Er hob die Hand mit seinem Buch in die Höhe. „Und mit dem kleinen Prinzen darf ich jederzeit auch aus dieser Realität verschwinden. Fantasie ist eine Kunst, die selbst vielen der reichsten und erfolgreichsten Menschen fehlt. Darum sehe ich mich als reich. Reichtum, den man sich nicht kaufen kann."

Mir fehlten einen Augenblick lang die Worte. Hailey schien es ganz genauso zu gehen. Niemals hatte ich es so gesehen. Und ich bewunderte diesen Mann und seine Sicht auf die Situation, in der er lebte. Er saß hier, im Schnee auf dem Boden mit nur einem Buch und einem Mantel als persönliche Gegenstände. Trotzdem trug er ein Lächeln auf den Lippen und Dankbarkeit im Herzen.

„Wie recht du hast", murmelte Hailey plötzlich neben mir und ich glaubte, Bitterkeit aus ihrer Stimme rauszuhören. „Und diese Menschen werden nie erkennen, dass sie in Wirklichkeit so viel ärmer sind, als sie es glauben zu sein."

Gabriel sah sie an und nickte verständnisvoll.

„Diese Art von Menschen, denen es an Güte, Herz und Liebe mangelt, können einen am meisten verletzen, wenn sie Teil deines Herzens sind, richtig Hailey?"

Irritiert sah sie ihn an. „Woher…?“

„Ich habe in den zwanzig Jahren auf der Straße gelernt, die Menschen zu lesen, Mädchen. Die Dunkelheit in deinen Augen kommt nicht von dir selbst.“

Mein Blick blieb an Hailey hängen, die sichtlich mit den Tränen kämpfte. Was war ihr nur passiert?

„Nun denn, macht es euch etwas aus, wenn ich jetzt noch ein wenig in meinem Buch weiterlese?“, wollte Gabriel wissen.

„Nein, absolut nicht“, beeilte ich mich zu sagen und mit einem Mal tat es mir furchtbar leid, kein Croissant oder etwas anderes für ihn dabei zu haben. „Ist es möglich, dich wiederzusehen?“

„Meine Heimat ist Paris“, entgegnete er rau, die Augen schon wieder auf sein Buch gerichtet. „Ich glaube daran, dass man sich immer dann findet, wenn man sich finden sollte.“

Das riesige sandsteinfarbene, langgezogene Gebäude des Pariser Bahnhofs lag üppig beleuchtet vor uns. Schnee hatte sich auf dem Vordach und den vor den gewaltigen Mosaikfenstern stehenden Statuen gesammelt. Den Haupteingang bildete der mittlere Teil mit einem hohen Spitzdach, das aus den in die Wand eingelassenen breiten Säulen gestützt wurde, einem halbrunden Fenster, mit der großen Uhr in der Mitte, das die gesamte Wand oberhalb des Eingangs einnahm.

Hunderte Menschen strömten trotz der späten Stunde mit Koffern und Taschen bepackt raus oder bahnten sich einen Weg nach drinnen. Die blecherne Stimme der Ansage schallte zu uns rüber, gepaart mit Weihnachtsmusik und dem Lärm losfahrender Züge.

„Es kommt mir so vor, als wäre ich erst gestern angekommen“, brach Hailey mit bedrückter Stimme unser Schweigen. Nur ein paar Meter trennten uns von dem Gleis, der das Ende unserer gemeinsamen Zeit hier bedeutete. Die Menschen teilten sich und liefen um uns herum.

„Kommt mir auch so vor“, flüsterte ich und schluckte schnell die dämlichen Tränen runter. Das hier... fühlte sich so endgültig an. Obwohl wir Nummern ausgetauscht hatten. Obwohl ich ihre Adresse kannte und sie meine.

Hailey atmete tief ein und aus und schnappte sich dann ihren Koffer, den sie neben sich abgestellt hatte. „Ich muss sehen, dass ich meinen Zug nicht verpasse“, bemerkte sie gedämpft.

Ich nickte und gemeinsam stürzten wir uns ins Getümmel.

Drinnen herrschte ein reges Treiben. Von der gewölbten Decke aus Glas hingen Lampen runter, die den Bahnhof beleuchteten. Kleine Hütten und Stände mit allerlei Souvenirs standen in einer Reihe vor den Bahnsteigen. In der Mitte hingen die Anzeigetafeln, auf der anderen Seite standen Stühle zum Warten und einige kleine Läden und Geschäfte wie Starbucks, die sogar noch geöffnet hatten.

*„Cher Monsieur ou Madame, an Gleis zwölf in Richtung Hut Valley Hauptbahnhof. Ihr Zug fährt in fünf Minuten ab. Bitte steigen Sie ein. Vorsicht bei der Abfahrt. Die Türen schließen automatisch. Merci beaucoup und Ihnen eine gute Fahrt“*, leierte

die automatische Ansage durch die Lautsprecher und wir hasteten auf Gleis zwölf zu.

Am Bahnsteig standen noch etliche andere Menschen, die sich mit ihren Koffern in den ICE quetschten. Hailey war die nächste.

Sie drehte sich noch einmal zu mir um und nahm mich so plötzlich in den Arm, dass mir kurz die Luft wegblieb.

„Ich werde Paris und dich vermissen", flüsterte sie erstickt an meinem Hals und ich erwiderte ihre Umarmung. „Ich werde dich auch vermissen Hailey."

Dann löste sie sich von mir, drehte sich um, griff nach ihrem Koffer und schlüpfe durch die sich schließenden Türen.

Hinter dem Fenster der Tür sah ich sie noch ein letztes Mal. Und ich wusste, ich würde diesen Blick, diese Schatten in ihren Augen niemals vergessen.

Diesen Blick der deutlich sagte, dass sie den Ort, an den sie nun zurückkehren musste, aus tiefstem Herzen verabscheute und fürchtete.

Der Zug setzte sich in Bewegung und ich blieb am Bahnsteig stehen, noch lange nachdem der ICE aus meiner Sichtweite verschwunden war.

Langsam wandte ich mich schließlich ab und schlurfte, die Hände in den Taschen meiner Jacke vergraben, durch die Menge an Menschen zurück durch den Bahnhof *Paris - Est* nach draußen.

Die eisige Kälte empfing mich mit einem Wind, der dicke weiße Schneeflocken mit sich trug.

Und ich spürte dieses drückende Gefühl in meiner Brust, das

mich schmerzhaft an die Zeit zurück erinnerte, in der mir alles genommen worden war.

Aber ich dachte an Gabriel und seine Worte. An seine Sicht auf die Welt.

*„Ich glaube daran, dass man sich immer dann findet, wenn man sich finden sollte.“*

Ja, und ich war sicher, dass ich Hailey hatte finden sollen. Und ich glaubte fest daran, dass wir uns eines Tages wieder sehen würden.

# Kapitel 10

## *Hailey 2022*

Vielleicht hätte ich auf das ungute Gefühl in meinem Bauch hören sollen, als ich das Wohnzimmer erreichte. Vielleicht hätte ich auf die Anzeichen meines Körpers achten sollen. Vielleicht wäre dann alles anders gekommen.

Vielleicht...

Dad hockte bereits auf dem großen schwarzen U-förmigen Sofa, das in dem Wohnzimmer fast zu verschwinden schien. Mit der gewölbten Decke, den weißen Wänden, den schwarz-weißen Teppichen, dem leinwandgroßen Fernseher gegenüber der Couch und den blank geputzten Fenstern, durch die die Mittagssonne schien, wirkte dieser Raum eher wie eine Modernisierung eines Ballsaals. Okay, eines in ein Wohnzimmer umfunktionierten Ballsaals.

Meine Schritte hallten in dem Raum wider, als ich ihn betrat und auf die Wohnlandschaft zulief wie auf meine persönliche Hinrichtung.

„Wo bleibst du nur wieder?“, begrüßte Dad mich genervt und schüttelte den Kopf. Er mit seinem geschniegelten Anzug passte einfach perfekt auf das Ledersofa. Das große iPad hielt er vor sich in der Hand. Ich in meiner schwarzen Jogginghose und dem roten Strickpullover passte nicht. Aber das wunderte niemanden mehr. Am wenigsten mich selbst.

*Es wäre dir doch eh scheißegal*, dachte ich bitter als Antwort auf seine Frage.

„Ich habe noch etwas gelernt“, log ich deshalb und setzte mich auf das kalte glatte Leder neben ihn. Auch wenn ich direkt neben ihm saß, war zwischen uns ein Abstand, ein Abgrund, den keiner von uns wohl jemals würde überbrücken können. Als wäre vor seiner Seite der Schlucht eine Wand aus Eis, die einen nie wirklich hindurchsehen ließ und jedes Durchdringen unmöglich machte.

Und auf meiner Seite… Auf meiner Seite war *meine* Mauer.

„Deine Mutter verspätet sich ein wenig“, stellte er nur sachlich fest, ohne auf meine Antwort einzugehen. Auch das war ich gewohnt.

Eine Stille breitete sich zwischen uns aus, in der man nur das Wischen und Klatschen wahrnahm, dass von Becca aus dem Flur kam, welchen sie soeben zu putzen begonnen hatte. Das machte sie ganze *zweimal* am Tag!

Bevor unser Schweigen unangenehm werden konnte, dudelte das iPad los und prompt erschien Moms Gesicht auf dem breiten Display. Ihre langen schwarzen Haare hatte sie sich zu einem strengen Dutt zurückgebunden und ihre grünen Augen starrten durch ihre schwarze Lesebrille zu uns.

„Ich habe gleich ein Meeting“, begrüßte sie uns und ich konnte ein verächtliches Schnauben nicht unterdrücken.

„Hailey, sei bitte dankbar dafür, dass sie überhaupt für einen kurzen Anruf Zeit hat“, herrschte Dad mich an.

Kapitulierend warf ich die Arme in die Luft. „Oh klar sicher, wie kann ich nur so dumm sein und denken, meine eigene Mutter hätte am Tag mehr als nur drei Minuten Zeit für mich!“

Dads Augen wurden groß und ich sah die Ader an seiner Stirn pochen. Wie immer, wenn er so richtig sauer war.

Sollte er doch sauer sein.

„Ich warne dich…“

„Schluss!“, fuhr Mom dazwischen, ihre Stimme klang durch den Lautsprecher blechern schrill. Sie verzog jedoch keine Miene. „Hailey, wie läuft es mit dem Studium.“

„Sie lernt“, antwortete mein Vater an meiner Satt.

„Gut“, lobte Mom, als hätte sie damit, was sie hatte wissen wollen.

„Selbstverständlich wird sie das Studium wieder aufnehmen“, fügte Dad dann noch hinzu, was meine Wut zum Überkochen brachte.

„Ach wirklich?!“, fuhr ich ihn kochend vor Wut an. „Einen Scheiß werde ich! Redet nicht von mir, als wäre ich eine verdammte Zuchtkuh, die in ihrem Leben nur eine einzige Aufgabe hat!!“

Mom wollte dazwischen gehen, doch ich kam ihr zuvor.

„Ich will diese ganze Scheiße nicht, kapiert!?“, brüllte ich jetzt und spürte mein Herz rasen. „Wann geht es denn endlich in euer beschissenes Hirn rein, dass ich nie die Tochter sein werde, die ihr euch gewünscht habt?! Mein Job ist die Rolle der Enttäuschung, schon vergessen?“

Ohne es zu merken war ich aufgesprungen und stand nun mit geballten Fäusten und wutschnaubend vor dem Sofa. Mein Blut rauschte in meinen Ohren und ich zitterte vor Adrenalin. Es war mir egal, dass ich mich vielleicht wie ein Kind benahm. Denn das hier war der erste Moment seit langer Zeit, in dem ich laut sagte, was ich dachte.

Dann kamen sie.

Die Worte, die meine Welt aus ihren Angeln hoben.

„Das ist nicht deine Rolle, Hailey“, knurrte Dad bedrohlich leise und funkelte mich an. „Du *bist* die Enttäuschung. Du wirst es in deinem Leben zu nichts bringen, wenn du kein vernünftiges Studium absolvierst. Und auf diesen Abwegen werden wir dich nicht unterstützen.“

*...werden wir dich nicht unterstützen.*

*...werden wir dich nicht unterstützen.*

*...werden wir dich nicht unterstützen.*

Der letzte Satz kreiste in Endlosschleife in meinem Kopf. Der Satz, den auch *Krähenfresse* schon so zu mir gesagt hatte. Doch ich hatte gedacht, das wäre nur eine ihrer leeren Drohungen gewesen. Denn tief im Herzen hatte ich dummes, naives Ding doch wirklich geglaubt, dass meine Eltern mich lieben würden.

*Mieser Fehler.*

Ich hörte noch, wie Mom zu einer Art Widerspruch ansetzte, aber ich hörte nicht mehr, was genau sie sagte.

Denn mein Fass war übergelaufen. Meine Grenze an Schmerz, den ich noch ertragen konnte, war erreicht.

Und ich rannte einfach los.

Durch den Flur, die Treppe runter, durch die Eingangshalle.

Ich ließ die Haustür mit solcher Wucht hinter mir ins Schloss krachen, dass ich mich selbst erschrak.

Durch einen Tränenschleiher sah ich das große Hoftor.

Keuchend stürzte ich darauf zu und tippte mit zittrigen Fingern den Pinncode ein. Doch immer wieder rutschte ich ab, weil ich so sehr zitterte.

Ich fluchte und atmete auf, als das Tor endlich aufsprang.

Die Eiseskälte biss mir in die Haut, die nur durch meinen Pulli und meine Jogginghose geschützt war. Meine Füße steckten in meinen Turnschuhen, die im Schneematsch innerhalb weniger Sekunden durchgeweicht waren.

Aber all das ignorierte ich.

Mein Sprint wurde holpriger, doch ich dachte nicht daran, eine Pause zu machen.

*Gib doch auf, gib doch endlich auf du scheiß Körper. Nur noch ein bisschen und ich werde zerbrechen. Ich will den Schmerz spüren, ich will erschöpft sein, ich will dass meine Kräfte endlich aufgeben!*

Das Wasser einer Pfütze spritzte an mir hoch und ich hielt doch inne, als ich bemerkte, dass ich in die *Pine Avenue* abgebogen war. Vor mir die Hofeinfahrt hoch lag das Landhaus von Stacys Eltern.

*„Und wenn du mal vorbeikommen möchtest…“*

John Falls Angebot kreiste in meinem Kopf.

*Das hast du nicht verdient. Wenn du jetzt da reingehst und sie dich so sehen, werden sie Hilfe holen. Und du willst doch nicht, dass dir geholfen wird, richtig? Du willst doch krank sein. Nur noch ein kleines bisschen mehr…*, hielt die Stimme des Schattens in mir dagegen.

Ich presste meine Hände an beiden Seiten an meinen Kopf, als könnte ich ihn so davor bewahren zu zerspringen.

Es fing an zu regnen, die Sonne verschwand und es wurde bitterkalt.

Der Kampf in mir trieb mir den Schweiß auf die Stirn.

Ich spürte die Erschöpfung in jeder Faser meines Körpers.

Spürte wieder dieses Stechen und Ziehen unterhalb meiner linken Brust. Das Ziehen und Stechen meines Herzens, das nicht mehr konnte. Das darum kämpfte, meinen ausgehungerten Körper am Leben zu halten. Das förmlich schrie, ich solle endlich aufhören.

Frustriert schrie ich auf, ignorierte die Autos, die die Straße entlangfuhren und das ältere Ehepaar, das im Vorgarten schräg gegenüber mir die Köpfe zuwandte.

*Nur noch ein bisschen. Nur noch etwas weniger werden…*

Und ich lief wieder los.

Die schönen Vorgärten zogen an mir vorbei.

Ich sah nur noch den kleinen Fleck Boden unter meinen Füßen, der stetig von Stein zu Wiese wechselte.

Ich hörte das immer lauter werdende Dröhnen in meinem Kopf erst, als ich auf dem eiskalten Boden aufschlug.

Gellender Schmerz explodierte in meinen Rippen und meinem Unterkiefer, der auf den Boden knallte.

Ich spürte das brennende Stechen in meinem Herz und schrie auf unter den Schmerzen. Es fühlte sich an, als würde mir jemand ein Messer in die Brust rammen. Immer und immer wieder.

Mit jedem Herzschlag.

Das letzte was ich hörte, bevor es endgültig schwarz um mich herum wurde, war eine bekannte Stimme.

Jasons.

# Kapitel 11

## *Hailey 2021 (vor einem Jahr)*

Während die schneebedeckte Landschaft an mir vorbeizog, spürte ich mein Herz immer schwerer werden.

Da war ein Klos in meinem Hals, den ich immer und immer wieder versuchte runterzuschlucken.

Da war diese plötzliche Gewissheit, dass es vorbei war.

Dass meine wunderschöne Glasglocke, die ich in den letzten zwanzig Tagen um mich herum aufgebaut hatte, zersprungen war.

Und jetzt war da nur die grausame Realität, auf die dieser Zug mit mir in ihm drin zufuhr.

Die Leichtigkeit in meiner Brust war dem Gefühl von einem Felsen zerquetscht zu werden gewichen. Es tat so verdammt weh.

All der Druck, den ich mit meiner Flucht nach Paris in meiner Heimat zurückgelassen hatte, stürzte sich hungrig auf mich, mit jedem Meter und Kilometer, dem ich mich dem Bahnhof von *Hut Valley* näherte.

Der Haufen an Fragen kehrte in meinen Kopf zurück und

begann damit, mich in den Wahnsinn zu treiben. Eine davon dominierte.

*Wie geht es weiter?*

Denn die Wahrheit war, ich wusste es nicht.

Ich wusste gar nichts mehr.

Mir war klar gewesen, dass die Reise nach Paris nur meiner Flucht vor genau dieser Frage gedient hatte. Aber niemals hätte ich ahnen können, dass diese Tage so viel mehr als eine Flucht gewesen waren.

Freiheit.

Ehrliche Freude.

Das Gefühl, wichtig zu sein.

Chloé.

Ich hasste mich dafür so naiv gewesen zu sein, zu denken, dass alles wieder gut werden würde. Nach dem, was ich in Paris wieder hatte empfinden können.

Und jetzt?

War all das nur noch Teil meiner Erinnerungen, die sich schon nach vier Stunden Zugfahrt nur noch wie ein Traum anfühlten.

Ein Traum von einer Realität, von einem Leben, das ich niemals würde haben können.

Mir entwich ein Keuchen, als sich mein Hals zuschnürte.

Mein Unterkiefer begann zu beben und ich konnte es nicht verhindern, dass mir Tränen über das Gesicht rollten.

Sie tropften an meinem Kinn runter auf meinen Hals und auf mein Handy, an das sich meine blau angelaufenen kalten Hände klammerten, wie an einen Rettungsanker.

Mein Magen knurrte hungrig.

Langsam zog ich meinen Rucksack aus dem Fußbereich hoch und öffnete den Reißverschluss. Eine Tüte mit einem Croissant aus der *Petite Boulangerie* strahlte mir entgegen, zusammen mit dem süßlichen Duft, der mir das Wasser im Mund zusammen laufen ließ.

Ich griff nach der Tüte, öffnete sie und hielt inne.

*Paris war toll. Aber wenn du jetzt nach Hause kommst und wieder isst, wieder lachst und gesund wirkst, werden sie sich nicht mehr um dich sorgen. Dann bist du nichts mehr. Dann hast du nichts mehr.*

*Du kannst das. Du bist stark. Du musst nur dem Hunger widerstehen, nur dieses Mal. Nur noch ein bisschen. Er geht weg. Irgendwann spürst du ihn nicht mehr. Das weißt du doch noch. Also lass es sein. Du kannst das!*

Ein Zittern durchlief meinen Körper und ich rang mit mir.

Ich hatte furchtbaren Hunger.

Aber diese Stimme in mir...

Sie war alles, was mir noch geblieben war.

Meine einzige Freundin...

*Aber Chloé...*, wollte ich in Gedanken dagegen halten. Doch die Stimme schob den Gedanken einfach weg.

*Sie ist genauso weg, wie Stacy.*

Das Gefühl, einen heftigen Schlag in die Magengrube verpasst bekommen zu haben breitete sich in mir aus.

Mir wurde schlecht.

Hastig stopfte ich die Tüte zurück in meinen Rucksack, nahm ihn an mich und quetschte mich an meinem Sitznachbarn vorbei auf den Gang.

Ich schwankte und hastete zur Zugtoilette.

Der Gestank nach Urin und Klostein schlug mir entgegen, aber das war mir egal.

Mich in die winzige Kabine quetschend sperrte ich die Tür zu und ließ meinen Rucksack zu Boden gleiten.

Schmerz, Angst, Verzweiflung und Wut wirbelten in mir alles durcheinander. Und da war diese Stimme in mir. Ich sah Mom und Dad vor mir. Viola.

*Du bist zu viel. Du bist nicht krank genug.*

*Zu viel...*

*Zu viel...*

*Zu viel...*

Zitternd schlug ich mir eine Hand vor den Mund und biss in die Handfläche, um einen Schrei zu ersticken.

Mein Brustkorb wurde immer enger und ich hatte das Gefühl, zu viel für meine eigene, viel zu enge Haut zu sein.

Dann beugte ich mich über die Kloschüssel und steckte mir zum ersten Mal in meinem Leben den Finger in den Hals.

Um einfach alles loszuwerden.

Um all das aus mir rauszuholen, das mich *zu viel* werden ließ. Und vor allem, um etwas anderes zu spüren, als diesen Sturm an Gefühlen, mit denen ich nicht umzugehen wusste.

Ich würgte Galle hoch und weinte, weil es so weh und einem kranken, verdorbenen Teil in mir aber auch so gut tat.

Der Bahnhof von Hut Valley war fast leer, als ich aus meinem ICE ausstieg. Meinen Rucksack geschultert, meinen Koffer in der einen und mein Handy in der anderen Hand trat ich auf den fast menschenleeren Bahnsteig, der vollkommen im Dunkeln lag.

Zwar war Hut Valley eine relativ große Stadt, aber um vier Uhr morgens schien wohl so gut wie niemand mehr Zug zu fahren.

Hier lag noch kein Schnee. Alles wirkte kahl und eisig.

Bibbernd vor Kälte entsperrte ich mein Smartphone und das erste, das mir entgegen sprang, war eine WhatsApp Nachricht von Chloé.

Hey 👋

Ich bin es, Chloé. Bist du gut angekommen? Und geht es dir gut? Ich habe deinen Blick gesehen, Hailey. Bitte melde dich, ich bin für dich da.

Ein trauriges Lächeln stahl sich auf meine Lippen. In mir war eine Wärme, die mir das Gefühl gab, wichtig zu sein. Aber die Kälte, die

Mauer in mir, die alles an sich abprallen ließ, gewann wieder die Oberhand.

Und so antwortete ich ihr mit einer Lüge, um mich selbst zu schützen. Weil ich nicht wusste, wie sehr es mich zerstören würde, ihr die Wahrheit zu sagen. Weil ich das Gefühl bekam, es nicht zu verdienen.

Chloé wusste viel über mich und Stacy. Aber wenig über *mich* und über den Menschen, zu dem ich nach dem Tod meiner besten Freundin geworden war. Und diesen Menschen liebte und verabscheute ich in gleichem Maße. Er war wie eine tickende Zeitbombe und ich wollte alle die mir etwas bedeuteten von mir stoßen, damit sie nicht da waren, wenn diese Bombe explodieren würde.

Ich suchte zitternd nach der Nummer meines Dads und schon als ich auf den grünen Hörer tippte, wurde es eiskalt in mir.

Er ging nicht ran. Natürlich nicht.

Entweder schlief er noch, oder er saß schon jetzt bei einem wichtigen Kunden. Ein Anruf von seiner Tochter, die zwanzig Tage lang einfach verschwunden war, war unwichtig.

„Scheiße!“, fluchte ich und kämpfte zum tausendsten Mal gegen die Tränen. Wie konnte ich auch nur so dumm gewesen sein zu glauben, mich würde irgendwer um vier Uhr morgens vom Bahnhof abholen?

Wütend auf mich selbst stapfte ich zu dem Bahnhofsgebäude, in dem ein schwaches Licht brannte. Doch statt rein ins Warme zu gehen, lehnte ich mich gegen die Wand des Backsteingebäudes und ließ mich langsam daran nach unten gleiten, bis ich auf dem eiskalten, gefrorenen Kopfsteinpflaster saß.

Ich zog die Knie an mich und stützte meinen Kopf darauf ab.

*Du hast nichts anderes verdient.*

*Du bist nichts wert.*

Mit jeder Minute wurde es kälter um mich herum und in mir drin. Die Kälte kroch durch meine Jacke, meine Jeans und in meine Schuhe.

Meine Kiefer schlugen klappernd aufeinander, aber ich stand nicht auf, um ins Warme zu gehen. Ich hatte das hier verdient.

Die Verzweiflung griff nach mir und riss mich in ein unendlich scheinendes schwarzes Loch von dem ich wusste, dass es daraus kein Entkommen gab. Denn ich kannte dieses Loch. Ich hatte die ganzen letzten Tage, Wochen und Monate darin verbracht.

Nein, wenn ich ehrlich war, sogar schon vor Stacys Tod. Davor war sie ein Licht in diesem Dunkel für mich gewesen. Sie hatte verhindert, dass ich in diesem Loch zu Grunde ging. Aber das Licht war erloschen. Erst Chloé hatte es wieder für ein paar Tage entzünden können. Doch jetzt... saß ich wieder im Dunkeln.

Ich war allein.

Und ich akzeptierte es.

„Hailey?“, riss mich eine Stimme aus den Abgründen meiner Gedanken. Ich hob den Kopf und sah die Gestalt einer jungen Frau auf mich zukommen. Als sie im Schein der Laterne direkt vor mir stehenblieb, erkannte ich sie.

„Paisley“, murmelte ich zurück. Paisley Summers war eine Klassenkameradin von Stacy und mir gewesen. Mit ihren unzähligen Piercings im Gesicht, den Hosen mit den riesigen Löchern, unter denen sie stets eine Netzstrumpfhose trug und den weiten, karierten Hemden fiel sie immer auf. Ihre langen, braunen Haare hatte sie zu einem Pferdeschwanz zurückgebunden. Über ihrem Arm sah ich einen weißen Kittel hängen.

Richtig, sie jobbte bei dem Tierarzt hier in Hut Valley.

„Was machst du hier?“, wollte sie von mir wissen und ging vor mir in die Hocke, als wäre ich ein kleines Kind. „Und warum hockst du hier in der Kälte anstatt drinnen, wo es gratis WLAN und Brötchen gibt?“

*Eben genau deswegen*, wollte ich gern antworten, zuckte aber nur mit den Schultern.

„Holt dich keiner ab?“

Mir entwich ein Geräusch, das eine Mischung aus Schnauben und einem freudlosen Lachen sein konnte. „Wer denn?“, blaffte ich sie an, obwohl sie nichts dafür konnte.

Doch Paisley ließ sich nicht beirren. Sie reichte mir die rechte Hand, die voll mit schwarzen Tattoos war. „Komm, ich nehm dich mit nach Brightwood.“

Wenn sie nur wüsste, dass das der letzte Ort war, an den ich gerade gehen wollte. Lieber noch würde ich hier auf dem eiskalten Pflaster übernachten, als Krähenfresse und Dad zu sehen. Das hätte ich auch getan, hätte Paisley mich nicht gefunden.

Sie wackelte ungeduldig mit den Fingern. „Was ist?“

„Was machst *du* überhaupt um vier Uhr morgens hier?“, fragte ich zurück und sie seufzte auf.

„Ein Notfall. Katze hat sich vergiftet. Ich hab am Bahnhof geparkt, weil es am nächsten an der Praxis ist.“

„Hat sie es überlebt? Die Katze?“ Keine Ahnung, warum ich das fragte. Vermutlich, um Zeit zu schinden. Aber das konnte ich bei Pais natürlich vergessen.

Sie rollte mit den Augen. „Ja. Und jetzt komm bitte, ich bin scheißmüde und muss um neun schon wieder raus.“

In mir fand ein Kampf mit mir selbst statt. Sollte ich ihre Hilfe annehmen? War ich dann schwach?

Doch Pais ließ mir nicht die Wahl, sondern packte mich einfach am Oberarm, zog mich auf die Beine und schnappte sich meinen Koffer.

„Wenn hier jemand tausend Fragen hat, dann ich“, stellte sie klar, als sie mich zu ihrem kleinen, dunkelblauen Auto zog, das fast mit der Dunkelheit der Nacht verschmolz. Ich wurde mit ihr gezogen und war so schwach, dass ich mich nichtmal wehren konnte. „Wo zum Teufel warst du? Niemand wusste was. Laut Jason bist du nach der Sache mit dieser Viola Claire einfach verschwunden.“

„In Paris“, gab ich monoton zurück und ignorierte das Ziehen in meiner Brust.

„Schade, du hast das große Weihnachtsfest verpasst“, teilte sie mir mit.

Am ersten Dezember kam das ganze Dorf zusammen und dekorierte jedes Gebäude weihnachtlich. Es gab Punsch, Kekse, heiße Schokolade und Kuchen und viele Lichterketten. Eines der schönsten Feste in Brightwood neben dem Weihnachtsmarkt und dem Herbst-Dekorieren am ersten Oktober.

„Ja schade“, gab ich zu. Ich bedauerte es, das einzige verpasst zu haben, was mir in meiner Heimat das Gefühl gab, wirklich dazuzugehören. Aber gleichzeitig musste ich an Chloé und den Weihnachtsmarkt unter dem Eiffelturm denken und schob das Bedauern beiseite. Ein schmales Lächeln zeichnete sich auf meine Lippen.

Doch als ich im Auto saß, die Tür zuschlug, die mich endgültig vom Bahnhof trennte, schlug auch diese Tür in meinem Innern zu, die mir in den letzten Tagen gezeigt hatte, dass es da noch Licht gab. Anscheinend nicht für mich.

# Kapitel 12

## *Hailey 2022*

Wie durch Watte gedämpft nahm ich Geräusche wahr.

Ein stetiges Piepen.

Murmelnde Stimmen.

Ein nervtötendes Quietschen.

Irgendein Brummen.

Ich versuchte langsam meine Augen zu öffnen, doch es war, als wären sie aus Blei. Mein Körper rührte sich nicht und ich spürte nichts als eine unendliche Schwere, eine Erschöpfung, die mich mit aller Gewalt zu Boden drückte.

In meiner Brust spürte ich das vertraute Ziehen und Stechen.

Ich kämpfte darum, meine Augen zu öffnen, irgendetwas zu sagen oder zu fragen.

Aber mir entwich nur ein Stöhnen, von dem ich nicht wusste, ob es überhaupt irgendwer gehört hatte.

Unter meinen Händen glaubte ich, etwas weiches wie eine Art Bettlaken zu fühlen. Doch ich war mir nicht sicher.

Auf einmal begann es in meinem Schädel schmerzhaft zu hämmern und zu pochen. An meinem Kinn brannte es.

Irgendetwas eiskaltes schien in die Adern meines rechten Arms zu laufen. Da steckte ein Fremdkörper in der Armbeuge. Er pikte.

Immer wieder versuchte ich meinen Kopf zu heben, mich so gut es ging irgendwie zu bewegen, weil diese Starre mich langsam panisch werden ließ.

Es war, als hätte ich keine Kontrolle mehr über meine eigenen Muskeln, über meinen eigenen Körper. Ich spürte alles, jeden verdammten Schmerz, aber es gelang mir nicht mich zu bewegen.

Mir war klar, dass ich irgendwo in einem Bett liegen musste, wusste aber nicht, wie ich dorthin gelangt sein könnte.

Schließlich gelang es mir, meine Augen ganz leicht zu öffnen.

Da war ein Raum, den ich nicht kannte.

Mit Sicherheit wusste ich das nicht, denn alles war komplett verschwommen und unscharf. Aber da waren definitiv gelbe Wände.

„Hallo?“, wollte ich fragen, brachte aber nur ein Ächzen hervor.

Doch augenblicklich verstummte das Murmeln der Stimmen.

Ein Kopf schob sich in mein Sichtfeld und blickte auf mich herab. „Sie wacht auf“, teilte eine mir fremde Stimme mit.

Dann kam ein zweiter Kopf in mein Blickfeld und ich keuchte erschrocken auf.

Das konnte nicht sein!

Oder doch?

„Chloé?“, krächzte ich und spürte, wie ich weinte.

# Kapitel 13

## *Chloé 2022 (drei Stunden vorher)*

Der Flughafen in Hut Valley war so klein, dass es für mich ein Leichtes gewesen war, mich zu orientieren.

Eine freundliche ältere Frau, die sich mir mit dem Namen Heather vorgestellt hatte, hatte mich dort aufgegabelt und mit nach Brightwood genommen. Normalerweise hätte ich mich nie mit einer fremden ins Auto gesetzt, aber ich kannte Heather aus ein paar Erzählungen von Hailey.

Sie war mit mir bis zu dem gewaltigen schwarzen Eisentor gefahren, vor dem ich nun stand und ratlos durch die Gitterstäbe in den weitläufigen Innenhof blickte. Da waren akkurat gestutzte Hecken, ein raspelkurzer Rasen und eine Einfahrt mit weißem Kies. Die gigantische Villa mit der cremeweißen Fassade, den schwarzen Fensterrahmen und teuren Autos in der Auffahrt wollte so gar nicht zu dem Brightwood passen, das ich bisher gesehen hatte. Wie ein Bruch in einem wunderschönen Kunstwerk.

Zögernd trat ich näher an das Tor. Ich entdeckte eine kleine Gegensprechanlage am schwarzen Pfosten neben der Hecke, die das gesamte Grundstück zu umranden schien.

Als ich auf den kleinen runden Knopf drückte, geschah eine ganze Weile lang gar nichts. Dann ertönte ein Knistern aus dem Lautsprecher und eine weibliche Stimme fragte: „Guten Tag, wer ist da? Sie sprechen mit Becca, dem Hausmädchen der McEllens."

Wow. Ein Hausmädchen.

„Salut", antwortete ich. „Ich bin eine...", ja was eigentlich? „Ich bin eine Bekannte von Hailey." Das Wort *Freundin* wagte ich noch nicht auszusprechen. Denn ich hatte keine Ahnung, als was sie mich sah.

„Haben Sie auch einen Namen?", kam es raschelnd zurück.

„Oh ehm pardon", entschuldigte ich mich. „Chloé. Chloé Morel. Hailey kennt mich aus Paris."

„Eigentlich darf ich heute niemanden reinlassen", meinte Becca und ich hörte in ihrer Stimme ein Zögern raus. Mein Herz verkrampfte sich. Sie hatte mich nicht erwähnt.

„Aber ich glaube, ich weiß wer Sie sind", schob sie dann nach und ich schöpfte Hoffnung. „Ich denke Sie sollten da etwas sehen."

Dann surrte es und das große Tor sprang auf.

Mein Puls beschleunigte sich automatisch, als ich den großen Innenhof betrat, der dem eines Schlosses in nichts nachstand.

Durch die schwarze Eingangstür der Villa schlüpfte nun eine kurvige kleine Frau mit dunkelbraunen Haaren und einer weißen

Schürze um die Hüften. Sie sah aus, wie aus *Gossip Girl* entsprungen. Ein typisches Hausmädchen.

„Ich kann Sie leider nicht reinlassen“, begrüßte sie mich außer Atem, als sie bei mir ankam. „Aber... ich kann Ihnen das hier geben.“ Sie reichte mir ein Stück Papier, welches ich erst jetzt bemerkte.

Skeptisch nahm ich es entgegen und entfaltete es.

Es entpuppte sich als ein Brief. Ein Brief an *mich*.

Ich erbebte.

„Diesen Brief habe ich auf ihrem Schreibtisch gefunden, als ich ihr Zimmer geputzt habe“, erklärte Becca, während sie sich immer wieder umschaute, als würde sie befürchten, dass uns jemand belauschte. „Sie hat ihn an Sie geschrieben“, fügte sie dann noch unnötigerweise hinterher.

Meine Freude flaute ab mit jeder Zeile, dich ich von dem Brief las.

Aber weißt du, was das schlimmste ist?

Es ist mir egal. Wenn ich daran sterbe... Wenn ich irgendwann so wenig bin, so schwach, dass ich abends einschlafe und am nächsten Tag nichtmehr aufwache... Dann ist das okay für mich.

Eine Faust krallte sich um mein Herz, als ich diese Zeilen las. In meiner Kehle ballte sich ein Klos, doch ich zwang mich, den Brief weiterzulesen. Als ich bei den letzten Zeilen angekommen war, konnte ich nichts mehr gegen die Tränen tun, die mir nun ungebremst aus den Augenwinkeln liefen.

**Du… warst für mich in zwanzig Tagen, was meine Familie in zwanzig Jahren nie für mich gewesen ist.**

Ich hatte keine Ahnung gehabt.

Ja, ich hatte gespürt, dass sie etwas quälte.

Aber nie war mir in den Sinn gekommen, dass es ihr so schlecht ging, dass sie sogar den Tod in Erwägung zog.

Mir wurde schlecht.

Plötzlich wallte ein Zorn in mir auf. Ich sah Haileys Mutter vor mir, wie sie mich so abschätzig angesehen hatte.

*…was meine Familie in zwanzig Jahren nie für mich gewesen ist.*

Sie litt. Und das nicht erst seit gestern.

„Wo ist sie“, presste ich hervor und fürchtete mich vor der Antwort.

Beccas Gesicht verdunkelte sich leicht und sie senkte den Blick. „Heute Mittag ist sie nach einem heftigen Streit mit ihrem Vater einfach weggelaufen", erzählte sie leise. „Ihr geht es sehr sehr schlecht. Sie isst immer weniger bis gar nichts und ich glaube, sie schläft auch so gut wie nicht mehr. Aber... sie will mit niemandem reden. Lässt keinen an sich ran."

Tiefes Bedauern schlich sich in Beccas Stimme.

„Wo ist sie?", wiederholte ich wispernd.

„Im Krankenhaus."

Für einen Moment stockte mir der Atem.

„Sie... Jason hat sie gefunden. Sie ist zusammengebrochen und nicht mehr aufgestanden. Er hat sofort den Krankenwagen gerufen. Das ist jetzt zwei Stunden her."

„Wie geht es ihr?", wollte ich wissen, obwohl ich die Antwort schon kannte. Meine Hände zitterten, den Brief noch immer fest umklammert.

„Viel weiß ich nicht, immerhin bin ich nur das Hausmädchen", erwiderte Becca und ich hörte eine Bitterkeit aus dem Satz raus.

„Und ihre Eltern? Ihr Dad? Ist er bei ihr?"

Ein trauriges Lächeln umspielte die Lippen der kleinen Frau. „Er war nie bei ihr, Chloé. Er war nie da."

Das gab mir den Rest. Ich war so wütend und verzweifelt, dass ich unbeabsichtigt den Brief zerknüllte, als ich meine Hände zu Fäusten ballte. „Wo ist das Krankenhaus?" Die Frage war nur noch ein Flüstern.

„In Tree Hills. Jason und Paisley sind bei ihr. Und ich glaube ihre Mutter hat sich auch auf den Weg von Paris hierher gemacht. Mehr habe ich nicht mitbekommen."

Becca tat mir leid. Man sah ihr an, wie sehr sie sich um Hailey sorgte. Vermutlich mehr, als sich ihre eigenen Eltern je um sie gesorgt hatten.

„Ich gebe Ihnen Bescheid, wenn ich mehr weiß“, versprach ich ihr und sie lächelte mich an.

„Danke.“

„Ihre Mutter ist auf dem Weg hierher?“, hakte ich dann doch noch nach und konnte ein Schnauben nicht unterdrücken. „Das kann ich mir fast gar nicht vorstellen.“

„Grace McEllen mag kalt wirken, aber sie liebt ihre Tochter. Sie selbst musste schon einiges im Leben durchmachen, das sie zu dem Menschen hat werden lassen, der sie heute ist“, erklärte Becca. „Auch wenn sie ihre Gefühle sehr selten zeigt... Im Gegensatz zu Haileys Vater hat sie welche.“

Darauf wusste ich nichts zu erwidern. Denn wenn mir ihre Maman schon so gefühlskalt vorgekommen war, wollte ich besser gar nicht wissen, wie ihr Vater drauf war.

„Gehen Sie“, forderte mich das Hausmädchen auf.

Unsicher schaute ich zurück zum Tor.

„Was, wenn sie mich nicht sehen will?“, gab ich zu bedenken. „Außerdem habe ich kein Auto...“

„Nehmen Sie meins“, sagte sie schnell und zog aus der Tasche ihrer Schürze einen abgegriffenen Schlüssel hervor. „Es steht auf dem Gehsteig vor dem Tor. James McEllen möchte das *schäbige Teil*, wie er es nennt, nicht in seinem Hof stehen haben.“

Ich nahm ihr die Schlüssel ab und sah ihr tief in die Augen.

„Danke.“

Es war lange her, seit ich das letzte Mal Auto gefahren war. Der alte kleine Opel von Becca war etwas widerspenstig, aber ich kam damit klar. Außerdem war der Verkehr auf den Straßen in Richtung Tree Hills nichts gegen den in Paris.

Trotzdem wurden meine Hände am Lenkrad schweißnass.

*Reiß dich zusammen*, schalt ich mich gedanklich.

Doch ich konnte die Angst nicht unterdrücken, die in mir mit jeder Minute, die ich in dem Auto saß, wieder aufkeimte.

Das letzte Mal, dass ich in einem Wagen gesessen hatte, war auch das letzte Mal gewesen, dass ich meine Familie gesehen hatte. Sie hatten den anderen genommen. Ich war mit Lou direkt hinter ihnen gefahren, als es passiert war…

Die Knöchel an meinen Fingern traten weiß hervor, so fest umklammerte ich das Lenkrad. Mein Kopf kämpfte gegen die Bilder an, die sich in meine Gedanken drängen wollten. Und ich gewann.

Nur zehn Minuten später erreichte ich das große weiße Gebäude mit den quadratischen Fenstern. Die Sonne war untergegangen und nur noch ein matter, roter Streifen zog sich durch den dunkelblauen Himmel.

Neben dem verglasten Eingang des Krankenhauses hing ein Schild mit der Aufschrift *Tree Hills Hospital*.

Einmal noch atmete ich tief die kalte Abendluft ein, ehe ich die Tür aufdrückte und mich der Geruch von Desinfektionsmitteln und kranken Menschen einhüllte. Ich erschauderte.

An der Rezeption erfuhr ich, in welchem Zimmer sie Hailey untergebracht hatten und ich war schonmal heilfroh, dass es nicht die Intensivstation war.

Mit wackligen Knien trat ich also aus dem Fahrstuhl, als dieser im zweiten Stock hielt und die Türen sich aufschoben.

Der sterile Geruch stach mir in die Nase und unbewusst atmete ich flacher.

Immer wieder hörte ich das Rollen von Betten, das Quietschen von Turnschuhen auf Linoleumboden und das Piepen von diversen Geräten aus den Zimmern. Weiße Wände zierten die breiten Flure und quadratische Deckenlampen warfen ein gelbliches Licht.

Dann erreichte ich das Zimmer mit der Nummer *148*.

Meine Hand zitterte, als ich an die Tür klopfte. Zuerst war es still, doch dann öffnete mir ein junger Mann mit blonden Haaren, braunen Augen und einer breiten, sportlich wirkenden Statur. Er sah ziemlich fertig aus, trug einen dunklen Hoodie und blaue Jeans.

„Bist du Jason?“, wollte ich leise wissen.

Er nickte skeptisch.

„Ich bin Chloé“, stellte ich mich vor. „Hailey und ich haben uns in Paris kennengelernt. Eigentlich wollte ich sie besuchen... aber Becca hat mir gesagt...“

„Komm rein“, unterbrach er mich und ließ mich ins Zimmer.

Sofort blieb ich stehen.

Die Hailey in dem Krankenbett war nicht die, die letztes Jahr bei mir in Paris gewesen war.

Sie war furchtbar dünn, ihr Gesicht eingefallen und kalkweiß, die schwarzen langen Haare lagen wie ein Kranz um ihren Kopf auf dem weißen Kissen und ließen sie noch blasser aussehen. In ihrer Armbeuge steckte eine Infusionsnadel, die sie mit einer Flüssigkeit zu versorgen schien, welche aus einem Beutel an einem Ständer neben dem Bett tropfte.

Ihr Schlüsselbein ragte furchtbar spitz unter dem Kragen des Nachthemds hervor. In diesem Bett wirkte sie so verloren. Ihre Augen waren geschlossen und ließen sie fast leblos aussehen. Das einzige Bisschen Farbe im Gesicht verlieh ihr eine rote, geklammerte Platzwunde am Kinn.

Mir schnürte es die Kehle zu bei dem Anblick. Erst da fiel mir der Monitor auf der anderen Seite des Bettes auf. Kabel waren an ihn angeschlossen, die unter dem Nachthemd von Hailey verschwanden. Auf dem Monitor war eine Zickzack-Linie zu sehen, die die Herzfrequenz von ihr zu messen schien. Immer wieder gab das Gerät ein Piepen von sich.

„Die Schwester meinte vorhin, sie ist wieder so weit stabil, dass sie das Messgerät gleich abmachen können“, informierte mich die Person, die ich in diesem Raum noch gar nicht wahrgenommen hatte.

In der anderen Ecke des Raums in einem Stuhl saß eine Frau mit langen braunen Haaren, Piercings im Gesicht und einer Jeans, die tellergroße Löcher hatte. Das musste diese Paisley sein.

„Dann... wird sie wieder?“, wollte ich zaghaft wissen.

Paisley nickte, doch ihr Blick blieb finster.

„Hailey hat eine sehr leichte Herzrhythmusstörung. Auch wenn sie leicht ist, ist damit nicht zu spaßen. Als sie weggelaufen ist, ist ihr Herz überanstrengt gewesen. Da sie seit Tagen nichts mehr gegessen hat, war es also auch kein Wunder, dass sie irgendwann einfach zusammenklappt.“

„Ich...“

Weiter kam ich nicht mehr, denn in dem Moment gab Hailey ein leises Stöhnen von sich, das uns verstummen ließ.

Die Tür öffnete sich abrupt und eine Schwester mit blonden Haaren und einem blauen Kittel kam rein.

„Sie wacht auf“, stellte sie fest und klippte ihr eine kleine Klammer an den Finger. Ein Blutdruckmessgerät. „Ihr Blutdruck ist zu niedrig, aber das ist kein Wunder“, murmelte sie. „Zum Glück sind die Sauerstoffwerte noch im grünen Bereich.“

Dann sahen wir schweigend mit an, wie die Schwester Haileys Hemd leicht anhob und kleine kreisförmige Noppen von ihrem Bauch, ihren Rippen und ihrer Brust entfernte. Den Monitor schaltete sie aus und schob ihn aus dem Raum.

Langsam ging ich auf das Bett zu und beugte mich über sie.

Haileys Augen zuckten und ich glaubte kurz, Unglauben in ihrem Gesicht zu lesen. Als sie sie dann ein Stück weiter öffnete, krächzte sie: „Chloé?“

Ich konnte nicht mehr an mich halten und nahm sie vorsichtig in den Arm. Es war mir egal, dass Jason und Paisley mich weinen sahen. Es war mir egal, dass mich in diesem Raum niemand außer Hailey kannte. Und es war mir auch egal, dass selbst sie nur zwanzig Tage von meinem Ich kennengelernt hatte.

Zitternd und als würde es sie unendlich viel Kraft kosten, legte sie ihre viel zu dürren Arme um meinen Oberkörper und hielt sich fest. „Du bist hier“, wisperte sie in mein Ohr und ich hörte das Schluchzen aus ihrer Stimme.

„Ja“, hauchte ich. „Ja, ich bin hier.“

Plötzlich verschwamm alles vor meinen Augen. Und in meinen Armen hielt ich nicht mehr Hailey, sondern Maël.

Meinen kleinen Maël.

Aber er atmete nicht mehr.

Sein Herz schlug nicht mehr.

Der Monitor neben seinem Bett zeigte nur noch eine gerade Linie ohne Bewegung an. Das alarmierende Piepen schrillte mir in den Ohren und ich schrie dagegen an.

Eine Schwester zog mich sanft von ihm weg.

„Sag ihm auf Wiedersehen, Mädchen“, flüsterte sie sanft. „Er ist jetzt an einem anderen Ort und passt auf dich auf.“

Aber ich wollte nicht, dass er an einem anderen Ort war. Ich wollte, dass er hier war, bei mir. Mein kleiner Bruder...

Das Klacken der Tür, die ins Schloss fiel, holte mich zurück ins Hier und Jetzt. Ich zuckte zusammen und löste mich von Hailey. Sie sah mich an als hätte ich, in meine Erinnerungen versunken, tatsächlich laut geschrien.

„Es gibt gute Neuigkeiten“, teilte eine männliche Stimme mit. Als ich mich umdrehte, sah ich einen älteren Mann mit weißem Kittel und einem iPad in der Hand im Raum stehen. Neben ihm erkannte ich die Schwester von vorhin wieder. „Miss McEllen hat eine so leichte Herzrhythmusstörung, dass sie mittels Medikation wieder in den Griff bekommen werden kann. Eine Operation wird nicht nötig sein.“

Erleichterung durchflutete mich und ich nahm Haileys schlaffe Hand in meine. Ihr Gesichtsausdruck war schwer zu deuten.

„Aber“, setzte der Arzt fort, „sie sollte sich nicht überanstrengen und unbedingt darauf achten, genug Nahrung und wichtige Nährstoffe zu sich zu bekommen.“

Bevor er weiterreden konnte ging die Tür schon wieder auf und mir wurde abermals an diesem Tag übel.

„Wie geht es meiner Tochter?“, rief Grace McEllen in den Raum, ihre Stimme schrill, ihr Gesichtsausdruck panisch. Sah ich da etwa Sorge in ihrem Blick?

Dann schien sie Hailey zu bemerken und die Tatsache, dass sie wach war. Sie schloss die Augen und legte sich eine Hand auf die Brust um sich zu beruhigen.

„Sie sind die Mutter von Hailey?“, wollte die Schwester wissen.

Miss McEllen nickte.

„Es tut mir leid, Ihnen das zu sagen Miss, aber Ihre Tochter leidet unter Anorexia Nervosa. Haileys Gesundheitszustand hat sich überhaupt erst so verschlechtert, weil sie magersüchtig ist."

Eine ganze Weile herrschte Grabesstille in dem Zimmer.

Mein Blick ging zu Hailey die aussah, als würde sie furchtbare Schmerzen erleiden. Aber ich wusste es besser: Sie war sich dessen bewusst. Hailey hatte gewusst, dass sie unter dieser Krankheit litt und hatte es für sich behalten.

„Das ist unmöglich", beharrte ihre Mutter, doch sie schien sich selbst nicht zu glauben.

„Du bist doch nie da!", zischte Hailey und begann vor Wut zu beben. „Woher willst du wissen, wie es mir geht? Das interessiert dich doch nicht!"

„Nun, ich denke wir gehen die Medikamente vorbereiten", sagte der Arzt und verließ mit der Schwester das Zimmer. Auch Jason und Paisley schienen sich diskret zurückziehen zu wollen.

„Ich... gehe dann auch mal kurz raus", teilte ich Hailey mit und sie nickte dankbar.

Auf dem Gang rief ich Becca unter der Nummer an, die sie mir mitgegeben hatte, damit ich sie über Haileys Zustand informieren konnte. Sie freute sich, dass sie wieder gesund werden würde.

Es kam mir vor als wären Stunden vergangen, als Miss McEllen aus dem Zimmer kam. Ihre Augen waren rot vom Weinen, was mich derart überraschte, dass ich sie unverhohlen angaffte.

Mit einem Taschentuch tupfte sie sich über ihr Gesicht und wandte sich plötzlich mir zu.

„Du musst Chloé sein", stellte sie fest und schenkte mir ein Lächeln, das mich noch perplexer werden ließ. „Es tut mir leid, wie ich dich in dem Fotostudio in Paris behandelt habe. Ich... bin oft nicht ich selbst. Hailey hat mir erzählt, wie gut es ihr bei dir ergangen ist." Kurz hielt sie inne, ehe sie fortfuhr. „Ich habe mich von ihrem Vater getrennt, weil er mich zu diesem kalten Menschen gemacht hat. Dass ich unschuldig bin, will ich nicht sagen, denn das wäre gelogen. Aber ich wollte immer nur das beste für meine Tochter. Würdest du... würdest du Hailey über Weihnachten mit nach Paris nehmen?"

Mir klappte der Mund auf. So ein Geständnis hatte ich wirklich nicht erwartet.

„Sie darf das Krankenhaus verlassen?", war das einzige, was ich darauf zu erwidern wusste.

„Ja", antwortete Miss McEllen und lächelte ein Lächeln, mit dem sie ihrer Tochter so verdammt ähnlich sah. „Sie behalten sie noch ein, zwei Nächte zur Beobachtung da, aber dann darf sie gehen. Und ich würde mich freuen, wenn sie mit dir gehen kann."

„Weiß sie es?"

„Nein. Ich wollte, dass du sie fragst."

„Danke", flüsterte ich unsicher, ob das die richtige Antwort war. Denn jetzt gerade wusste ich gar nichts mehr.

„Nein", wiederholte sie. „*Ich* habe *dir* zu danken."

Und damit ging sie an mir vorbei den Korridor entlang und verschwand im Aufzug.

Jason und Paisley verabschiedeten sich und gingen ebenfalls.

Sofort huschte ich zurück in Haileys Zimmer.

„Du bist noch nicht gegangen“, stellte diese fest und lächelte matt. Alles an ihr wirkte unendlich erschöpft.

„Natürlich nicht.“

Ich setzte mich zu ihr auf die Bettkante und nahm ihre eiskalten Hände in meine. „Was hältst du von Weihnachten in Paris?“, fragte ich sie dann und das ungläubige Strahlen, das Funkeln in ihren Augen war mir Antwort genug.

# Kapitel 14

## *Hailey 2022*

„Sie dürfen gehen“, hatte der Arzt zu mir gesagt. „Aber bevor Sie die Reise nach Paris antreten, würde ich Sie gerne noch einmal untersuchen. Ich möchte mich versichern, dass Sie stabil genug sind um das körperlich zu schaffen.“

Danach hatte ich mit Chloés Hilfe meine wenigen Klamotten gepackt und das Krankenhaus verlassen.

Das war jetzt fünf Tage her.

Seit dem hatte ich jeden Tag die Medikamente genommen, die mir der Arzt verschrieben hatte. Und ich aß wieder etwas mehr. Aber die Essstörung ließ mich nicht los. Ein Teil in mir drin... wollte sie nicht loslassen...

„Ich habe Frühstück für uns gemacht“, erklang die Stimme von Amanda Falls vom Durchgang. Sie lächelte uns - Chloé und mich - an und verschwand wieder in die gegenüberliegende Küche.

Die letzten fünf Tage hatten wir uns bei den Falls einquartieren dürfen. Bei Stacys Familie. Erst hatte ich das nicht annehmen wollen, aber ich dann hatte ich mir eingestehen müssen, dass ich genauso wenig zurück in die Kälte meines Zuhauses wollte.

Also schliefen Chloé und ich im Wohnzimmer der Falls bis wir nach Paris fahren würden. Noch immer konnte ich nicht glauben, dass Mom tatsächlich dafür gewesen war, erstmal hier zu bleiben. Im Krankenhaus war sie so verändert gewesen. Ganz so als hätte sie mich seit langer Zeit zum ersten Mal richtig hinter ihrer dicke Eiswand blicken lassen. Und dahinter war eine Frau, die viel zu oft in ihrem Leben verletzt worden war. Eine, die einen Mann geliebt hatte, der sie hatte verändern wollen.

Galle stieg in mir hoch, wenn ich an meinen Dad dachte. Nicht nur, dass er nie für mich da gewesen war, nein, er hatte auch Mom weh getan. Trotzdem traute ich ihr noch nicht ganz, wollte erstmal auf Abstand gehen und das verstand sie.

„Na komm ma petite amie", kam es von Chloé, die noch immer neben mir auf der beigefarbenen Couch in ihre Decke gehüllt saß. Jetzt stand sie auf. „Ich rieche Pancakes und wenn das wirklich welche sind, dann hält mich nichts und niemand davon auf, die ganze Pfanne leer zu futtern." Sie grinste und hob auffordernd eine Augenbraue. Ihre braunen Locken standen ihr wirr vom Kopf ab und mit ihrer Jogginghose und dem übergroßen Hoodie wirkte sie noch halb verpennt.

„Klar", erwiderte ich, konnte aber den Anflug von Panik in meiner Stimme nicht verbergen. Jede Mahlzeit war ein Kampf, eine Qual, meine ganz persönliche Folter.

Trotzdem erhob ich mich und folgte ihr in die Küche, die ich so sehr mochte. Mit dem Landhausstil, in dem sie eingerichtet war, wirkte sie so gemütlich und warm, dass ich mich am liebsten den ganzen Tag hier aufhalten würde. Wenn da nicht das Essen wäre...

„Ouahhhh es gibt Pancakes!", rief Chloé sofort aus und setzte sich eilig an ihren Platz auf der langen Holzbank. Der Tisch war aus reinem Eichenholz gemacht, genau wie die Arbeitsplatten der Küche, während die Fronten aus weiß gestrichenem Holz mit je einem schwarzen Knauf daran bestanden.

Gerade stellte John einen gut beladenen Teller mit kleinen, runden mini Pfannkuchen auf den Tisch. Der süßliche Duft des Gebäcks schlug mir entgegen und mein Magen fing unwillkürlich zu knurren an. Meine Gedanken dagegen rasten und wollten so weit wie möglich weg von diesem Teller, diesem Tisch.

„Danke, das ist alles nicht selbstverständlich", ließ Chloé die Eltern von Stacy und Clara nochmal wissen. Auch ich war ihnen sehr dankbar, doch aus irgendeinem Grund schaffte ich es nicht, das zum Ausdruck zu bringen. Deshalb nickte ich nur, den Blick auf meinen noch leeren Teller gehaftet.

„Wir machen das gerne", beteuerte Amanda. Mit ihren hellen blonden Haaren, die sie sich zu einem Dutt hochgesteckt hatte und den blauen Augen, dem schmalen Gesicht, sah sie meiner besten Freundin so schmerzhaft ähnlich. Sie sah ihren Mann mit einem warmen, liebevollen Blick an, der ihn erwiderte.

„Stacy hätte das auch jederzeit für dich getan, Hailey", fügte er noch hinzu, woraufhin ich mir abermals ein stummes Nicken abrang. Für die letzten fünf Tage hatten uns die Falls ursprünglich Stacys Zimmer als Übernachtungsmöglichkeit angeboten. Aber das hatte ich abgelehnt. Es wäre zu viel gewesen. Außerdem war mir klar gewesen, dass Clara nicht hätte damit umgehen können.

„Guten Morgen", grüßte sie in dem Moment auch schon und kam etwas unsicher in die Küche. Clara war Autistin und meist eher verschlossen. Sie konnte mit Veränderungen nicht sehr gut umgehen und mir war klar, dass auch Chloé und ich in ihrem Haus gerade nicht wirklich angenehm für sie sein mussten.

Stacys ein Jahr jüngere Schwester sah ihr sehr ähnlich. Jedoch hatte sie dunkelblondes Haar und eher grünliche Augen. Sie war etwas kleiner und hatte ein breiteres Gesicht. Das ihres Dads.

„Morgen", echoten alle automatisch.

Sie setzte sich zu uns und schnappte sich ein paar der Pancakes. Jetzt war jeder Teller beladen, nur meiner nicht.

Ich wusste, dass mich niemand unter Druck setzen wollte, aber ich spürte dennoch ihre Blicke auf mir. Diese besorgten, ratlosen Blicke, die mich in den Wahnsinn trieben.

*Iss nichts, bleib stark*, ermutigte mich wieder diese Stimme in meinem Kopf, die nicht meine war. Sie gehörte nicht mir und doch war sie ein Teil von mir. Das war das Problem bei Anorexie oder Essstörungen. Der Kampf den man führte, führte man gegen die Krankheit, aber irgendwo auch gegen sich selbst.

„Ehm ich muss kurz zur Toilette", gab ich vor und bevor noch jemand was sagen konnte, verließ ich eilig die Küche. Durch den türlosen Durchgang schlüpfte ich in den kleinen, engen Flur mit dem Steinboden und bog ab ins Badezimmer. Es lag direkt unterhalb der massiven Holztreppe und war ebenfalls relativ klein.

Hinter mir sperrte ich ab, blieb einen Moment einfach stehen und lauschte meinem hektischen Atem. Schließlich ging ich auf das Waschbecken zu und blickte in den runden Spiegel, der darüber aufgehängt worden war.

*Sogar das verdammte Badezimmer hier ist gemütlicher als unsere gesamte Villa*, ging es mir durch den Kopf.

Aus dem Spiegel sah mir ein ausgezehrtes, bleiches Gesicht mit matten grünen Augen entgegen. Meine sonst immer so vollen, glänzenden Haare wirkten stumpf.

Abwesend fuhr ich mir einmal durch die lange Mähne - und stockte.

Erschrocken blickte ich auf das kleine Büschel schwarzer Haare in meiner rechten Hand.

Panisch strich ich mir noch mehrmals über die Kopfhaut und sammelte immer wieder Strähnen ein. Sie fielen mir aus. Nicht büschelweise, aber meine Haare fielen mir aus.

Meine Unterlippe begann zu beben und ich rief mir wieder in Erinnerung, was die Schwester im Krankenhaus zu mir gesagt hatte: „Eine der häufigsten Folgen von Anorexie ist Haarausfall. Deinen Haaren fehlen wichtige Nährstoffe und dein Körper spart bei allem an Energie, um dich und die wichtigsten Organe am Leben zu halten. Deshalb werden deine Finger und deine Lippen schnell blau. Es kann also sein, dass du ein paar Haare einbüßen musst. Es *kann*, muss aber nicht passieren."

Sie hatte mir noch etliche andere Folgen aufgezählt, die diese Krankheit mit sich brachte. Nicht sehr selten auch den Tod.

Das alles hätte mir Angst machen, mich auf meinen normalen Verstand berufen sollen. Aber das tat es nicht. Nein, es war mir egal. So als hätte sie nicht über mich gesprochen, sondern über jemanden, den ich nicht kannte.

Da war dieser schwer kranke Teil in mir der wollte, dass all diese Folgen eintreten würden, egal wie schlimm diese aussahen - oder vielleicht gerade deswegen.

Der andere Teil in mir kämpfte dagegen an, wollte das Leben genießen, nach vorne schauen können, sich über Chloé freuen... Aber die kranke Seite in mir gewann. Sie gewann immer.

„Tut mir leid", flüsterte ich meinem Spiegelbild zu. „Es tut mir so leid, was ich dir antue. Aber ich kann nicht aufhören. Ich *will* nicht aufhören."

Dann weinte ich stumme Tränen, während ich mich am Rand des Waschbeckens festkrallte, als würde es mich halten können.

„Hailey?", holte mich eine leise Stimme vor der Tür wieder zurück aus meinem dunklen Loch.

Chloé.

„Möchtest du mit mir ein bisschen nach draußen gehen? Es hat zu schneien angefangen." Ihre Stimme klang vorsichtig, zögernd.

Ich saß auf dem Boden, den Rücken an die Wand gelehnt. Mit jeder kleinsten Bewegung spürte ich meine Wirbelsäule beinahe überdeutlich an der harten Wand. Mein Steißbein schmerzte, weil da nichts als Haut mehr war, das meinen Sitz hätte polstern können.

Knochen. Überall an meinem Körper konnte ich sie spüren und sehen. Und es schüttelte mich, als ich feststellte, wie sehr mir das gefiel. *Nein*. Nicht mir. Der Krankheit.

„Hailey?“, wiederholte Chloé und ich hörte nun auch eine leise Verzweiflung in diesem einen Wort. In meinem Namen. In der Art, wie sie ihn aussprach.

„Okay“, flüsterte ich erstickt und hoffte sie würde nicht hören, dass ich geweint hatte.

Für eine kurze Weile war es still auf der anderen Seite, dann vernahm ich ihre Schritte, die in Richtung Wohnzimmer zurück zu gehen schienen.

Eine Minute gab ich mir noch Zeit durchzuatmen, mir das Gesicht am Waschbecken mit eiskaltem Wasser zu spülen und dann das Bad zu verlassen.

Im Flur vor der hölzernen Eingangstür stand schon Chloé in ihrer dunkelbraunen Jacke und ihren schwarzen, flachen Loafer Schuhen, die wie ich fanden sehr große Ähnlichkeit mit dem Schuhwerk von Indianern hatten. Anscheinend hatte sie auf mich gewartet.

Rasch streifte ich mir meine Winterjacke über und schlüpfte in die dicken schwarzen Boots. Dann band ich mir noch kurzerhand die Haare zu einem Pferdeschwanz hoch.

Als wir schließlich nach draußen traten, wehten uns tatsächlich kleine zarte Schneeflocken entgegen. Für einen Moment lang vergaß ich alles um mich herum und spürte einfach die kleine, aber vorhandene Freude in meiner Brust. Ausgelöst von diesen winzigen Eiskristallen.

„Führst du mich ein bisschen rum?", wollte Chloé wissen und nickte mit dem Kinn die Einfahrt nach unten zur Straße. Direkt gegenüber der Falls lebte Heather in ihrem kleinen Fachwerkhaus. Generell gab es in diesem Dorf ausschließlich alte Landhäuser. Außer der fetten Villa in der *Birch Street*, in der mein Dad mit der Krähenfresse und mir lebte.

Ich fröstelte. Und das hatte nichts mit der Kälte zu tun.

Gemeinsam schritten wir den breiten Kiesweg nach unten und liefen eine Weile schweigend die *Pine Avenue* entlang. Vorbei an den von Holzzäunen umgebenen Vorgärten, in denen uns mal ein geschnitzter, schon halb vergammelter Kürbis und mal ein LED-Geist angrinste. Die meisten jedoch hatten ihre Herbstdekoration längst weggeräumt.

In einem der mit sprossen besetzten Fenstern eines großen Familienhauses sah ich eine Frau mit ihrer Tochter, die gerade die Fensterrahmen mit Lichterketten ausschmückten.

„Was ist?", fragte Chloé, die etwas weiter vor mir stand. Ohne es zu bemerken war ich stehengeblieben.

Meinen Blick auf das Fenster gerichtet lächelte ich traurig.

„Das hat es bei uns nie gegeben. Dieses gemeinsame, mit der Familie für Weihnachten Dekorieren." Ein Seufzen entwich mir und ich spürte Schneeflocken auf meinem Gesicht landen. „Da war immer nur das Weihnachtsfest in Brightwood, das mir die Chance an diesem einen Tag gegeben hat."

„Hailey..."

„Und ich habe oft so getan, als würde es mich nerven... Aber weißt du, die Wahrheit war einfach, dass ich es nicht mehr ertragen konnte, wie alle sich auf dieses Fest der Liebe und der Familie freuten. Alle, außer mir. Weihnachten war nie besonders für mich gewesen. Bis ich dann Stacy kennengelernt habe. Sie hat... es dann geschafft, dass mir das Weihnachtsfest Spaß gemacht hat. Und seit dem waren wir jedes Jahr dort. Bis... bis letztes Jahr."

Langsam wandte ich mich wieder Chloé zu, die mich ansah, als würde sie mich verstehen. Dennoch bildete sich eine steile Falte zwischen ihren Augenbrauen. Ich holte tief Luft.

„Wäre es für dich okay, wenn wir erst in zwei Tagen nach Paris fahren?", stellte ich dann endlich die Frage, die mir die ganze Zeit auf der Seele gebrannt hatte. „Morgen ist der erste Dezember und somit das Weihnachtsfest. Ich würde gerne nochmal mitmachen."

Jetzt lächelte Chloé und dabei bildeten sich Grübchen auf ihren runden Wangen. „Aber klar, ich habe noch keinen Flug gebucht."

Kurz zögerte ich, dann fügte ich noch hinzu: „Und... können wir mit dem Zug fahren?"

Sie nickte verständnisvoll.

„Danke.“

„Wann ist heute dein Termin im Krankenhaus?“, wechselte sie dann das Thema, wofür ich ihr dankbar war. Wie führten unseren Spaziergang fort und verließen schließlich die *Pine Avenue*.

„Um halb sieben“, entgegnete ich.

„Möchtest du... das ich mitkomme?“, fragte sie dann leise und sah mich dabei nicht an.

In den Taschen meiner Jacke ballte ich die Hände zu Fäusten. Denn ich hatte gehofft, sie würde mich das nicht fragen.

„Nein“, murmelte ich so leise, dass ich nicht wusste, ob sie es überhaupt gehört hatte. Doch an ihrem Nicken erkannte ich, dass es so war.

„Das ist okay.“

Während wir die *Main Road*, die Hauptstraße von Brightwood passierten schwiegen wir.

„Chloé?“, fragte ich sie schließlich.

„Ja?“

„Warum bist du hergekommen?“

Kurz glaubte ich sowas wie Angst in ihren braunen Augen zu erkennen, als sie stehenblieb und mich ansah. „Vielleicht ist das blöd, aber ich habe mir Sorgen gemacht, Hailey. Als du letztes Jahr in Paris warst... Ich habe etwas von mir in dir wiedererkannt. Etwas dunkles, was ich auch lange Zeit in mir getragen habe. Vielleicht nicht das gleich wie du, aber genauso dunkel. Und dann habe ich dich lächeln gesehen und geglaubt, dich kennenzulernen und du... du hast mir zum ersten Mal das Gefühl gegeben wie es ist, eine Freundin zu haben. Ich weiß das klingt total bescheuert, schließlich kennen wir uns kaum, aber... keine Ahnung. Pardon. Ich kann es nicht... beschreiben."

*Wow*, ging es mir nur durch den Kopf und ich musterte sie.

„Du hattest noch nie echte Freunde." Es war keine Frage, ich wusste, dass es eine Tatsache war.

Zögerlich nickte sie. „Meine... meine Vergangenheit war auch nicht die einfachste, weißt du. Freunde zu finden... war für mich fast unmöglich." Dann lachte sie kurz auf, aber es klang hohl. „Paris ist eine unglaublich tolle Stadt und ich liebe es, dort zu leben. Aber... es hat auch seine Schattenseiten. Man kennt sich gegenseitig einfach nicht, wie hier auf dem Land. Ich weiß nicht einmal, wie meine Nachbarin mit Namen heißt. Und wenn man sich dann nicht wirklich oft in der Schule blicken lässt, dann ist man schnell vergessen und kommt als Außenseiter zurück."

Darauf wusste ich nichts zu erwidern. Ich wollte sie fragen was der Grund für ihre seltene Anwesenheit in der Schule gewesen war, doch ich hielt den Mund. Besser, man bohrte nicht noch tiefer in bereits offenen Wunden.

In ihrem Gesichtsausdruck erkannte ich Dankbarkeit dafür, dass ich nicht nachbohrte.

„Dann...", setzte ich an. „Dann danke, dass du gekommen bist, Chloé. Und es tut mir leid, dass ich mich nicht gemeldet habe."

„Ich verstehe es."

Unser nächstes Schweigen war nicht unangenehm sondern voll mit Verständnis für den jeweils anderen. Wir sahen den leichten

Schneeflocken zu, die immer dichter um uns herumwirbelten und den ein bis zwei Menschen in dicken Jacken, denen wir auf dem Weg in den Wald begegneten. Sie trugen Kisten mit sich, aus denen mal Lichterketten, mal Weihnachtsmannfiguren ein Stück raus lugten. Ein Grinsen konnte ich mir nicht verkneifen. Wie jedes Jahr beim gemeinsamen Dekorieren - ob für den Herbst oder für Weihnachten - jeder wollte die beste Deko aus dem Vorrat der Gemeinde haben.

Dieses Jahr schien die Ausgabe der Dekoration in dem kleinen Büchercafé *Herbstblätter* zu sein. Denn genau jenes erreichten wir im nächsten Moment. Das kleine Gebäude erinnerte an eine Holzhütte in der eine Hexe hauste, nur viel gemütlicher. Damals war es ein Teehaus gewesen, das Jasons Eltern gehört hatte. Nun leitete er es zusammen mit Clara und Albert, einem alten Buchhändler, der im vergangenen Jahr seine Buchhandlung hatte aufgeben müssen.

Es war umgeben von kahlen Bäumen und ein paar hohen Tannen, die schon leicht mit Schnee bepudert waren. Die Lage war einfach wunderschön: Mitten im Wald und doch nur zwei Minuten vom Dorf aus zu Fuß.

„Das ist das *Herbstblätter*“, informierte ich Chloé. „Eine etwas andere Klasse als in Paris, aber es hat Charme.“

Sie schmunzelte. „Ich mag‘s.“

„Warte ab, bis du die heiße Schokolade probiert hast“, sagte ich noch und fügte dann hinzu: „Die kann selbst deine *Petite Boulangerie* nicht toppen.“

Skeptisch und belustigt zugleich zog Chloé eine Augenbraue hoch. „Wir werden ja sehen."

Bevor wir das Café betraten, hielt ich nochmal inne.

„Ich freue mich auf morgen. Und auf Paris."

Sie lächelte und nahm meine rechte Hand in ihre. „Ich freue mich auch."

# Kapitel 15

## *Chloé 2011 (vor elf Jahren)*

„Maman ist das so richtig?", wollte Maël wissen, nachdem er ganz stolz eigenhändig einen Strohstern am Tannenbaum befestigt hatte. Seine wirren Locken standen ihm vom Kopf in alle nur möglichen Richtungen ab und seine grünen Augen glänzten voller Vorfreude.

Er liebte Weihnachten.

Genau wie wir alle.

„Wenn du ihn aufhängst, kann er nur richtig sein." Maman kam zu uns rüber und strich meinem kleinen Bruder mit einer Hand durch die Locken. „Außerdem kann man beim Dekorieren für Weihnachten nichts falsch machen." Sie lächelte und Grübchen bildeten sich an ihren Wangen. Die gleichen, die auch ich hatte.

Von ihr hatten Maël und ich diese dunkelbraunen Locken und die grünen Augen. Ich fand meine Maman wunderschön.

Papa betrat unser großes, offenes Wohnzimmer. Im Kamin brannte ein knisterndes Feuer und aus der Küche wehte eine leckerer Geruch nach Keksen rüber.

Da entdeckte ich auch die Keksdose in seinen Händen. Prompt vergaß ich die Lichterkette, die ich eben noch hatte entwirren wollen und rannte auf meinen Papa zu.

„Kekseee!“, rief ich und hängte mich an seinen Arm.

Er lachte. „Immer mit der Ruhe, petit. Ich habe genug für alle gebacken.“ Unser Papa war der einzige in der Familie mit hellem, fast blondem Haar. Aber auch er hatte Locken und grün-blaue Augen. Und er machte die lustigsten Witze.

„Wir brauchen dringend Stärkung!“, meinte Maman und tat so, als wäre sie total platt, indem sie sich mit dem Handrücken über die Stirn rieb.

Ich lachte und ahmte sie nach. Nur Maël schien irritiert. Er war gerade fünf Jahre alt geworden und der ehrlichste Mensch, den ich kannte. Okay, er sagte einfach alles.

„Aber wir haben nur gesessen!“, merkte er an, offensichtlich verwirrt darüber, dass er nicht erschöpft war.

Maman umarmte ihn von hinten und lächelte sanft. „Für Kekse reicht es auch, wenn man nur gesessen hat“, flüsterte sie ihm ins Ohr und seine Augen leuchteten auf, als er verstand.

Papa kam zu uns uns setzte sich ebenfalls auf den Boden. Und so saßen wir da, aßen Kekse, hörten Weihnachtsmusik und Maël hängte die restlichen Strohsterne auf.

Später kam auch noch Tante Louise dazu. Sie war immer so nett, ich mochte sie. Und sie schenkte mir immer was tolles zu Weihnachten.

Es wurde dunkel draußen und wir konnten endlich unsere Lichterketten und Kerzen anmachen. Das war immer mein aller liebster Moment am Tag. Denn wenn es dunkel wurde und die Lichter angingen wusste ich immer, dass es Zeit für einen von unseren liebsten Weihnachtsfilmen war.

Nur eines machte mich immer traurig.

Während mein Bruder seine Freunde über Weihnachten immer einlud, blieb meine Gesellschaft meine Familie.

Aber wo hätte ich auch Freunde finden sollen?

Seit einem halben Jahr ging ich nicht mehr zur Schule und es wollte mir niemand sagen, wann ich wieder gehen konnte. Doch auch im Krankenhaus hatte ich auch nie Freunde gefunden, obwohl ich dort wohl in letzter Zeit am meisten gewesen war...

# Kapitel 16

## Chloé 2022

Als Hailey aus dem Krankenhaus zurückkam und ein leichtes Lächeln auf den Lippen trug, fiel mir ein Stein vom Herzen.

Sofort sprang ich von der Couch.

„Du... kannst mitkommen?“, hakte ich dennoch nach und hielt den Atem an, obwohl mir ihr Gesichtsausdruck eigentlich schon die Antwort präsentierte.

Sie nickte und ihr Grinsen wurde breiter.

Voller Vorfreude nahm ich sie in den Arm.

„Dr. Wais hat gesagt, wenn ich vorsichtig bin und weiterhin die Medikamente nehme, dann sollte Paris kein Problem sein.“

„Ich buche direkt mal die Zugtickets“, verkündete ich, ließ sie los und huschte wieder durch den Durchgang ins Wohnzimmer der Falls. Amanda und John waren arbeiten und Clara war ebenfalls vor ein paar Minuten ins *Herbstblätter* gegangen. Ich mochte sie sehr gern, auch wenn sie nicht viel sprach. Sie hatte ihre Eigenheiten und das respektierte ich. Dafür schien sie sehr dankbar zu sein. Ein bisschen erinnerte sie mich an Maël...

„Hoffentlich bekommst du auch noch welche." Hailey streifte sich ihre Boots aus und kam zu mir aufs Sofa. Ich hatte schon den Laptop aufgeklappt und durchforstete alle möglichen Seiten mit Zugverbindungen.

„Über Weihnachten wollen alle zu Hause sein. Da wird viel los sein...", überlegte ich und stellte fest, dass tatsächlich ziemlich viele Tickets schon ausgebucht und Züge voll waren. Nachdenklich biss ich mir auf die Unterlippe und ließ die Finger ratlos über der Tastatur schweben.

„Schau mal in der First Class nach", meinte Hailey. „Da sind meistens noch Plätze frei."

Sie hatte recht.

„Ich fürchte nur, das kann ich mir nicht leisten...", gab ich zu bedenken und blickte Hailey in die Augen. Doch sie lächelte nur wissend.

„Tja wie gut, dass Geld für meine Familie keine Rolle spielt", erklärte sie und ihr Lächeln wurde gespielt unschuldig. „Wird Zeit, das mal auszunutzen, auch wenn ich das nicht gern mache."

„Sicher?", wollte ich wissen, denn ganz wohl fühlte ich mich damit nicht.

Sie schnaubte. Bitterkeit lag in dem Geräusch.

„Chloé glaub mir, meine Eltern juckt das nicht die Bohne, ob das jetzt hundertzwanzig Euro oder dreitausend sind, die da vom Konto abgehen. Du hast in Paris so viel für mich getan, jetzt will ich wenigstens den Zug bezahlen."

Irritiert legte ich den Kopf schief.

„Aber… *du* bezahlst ihn doch nicht“, merkte ich an. „Sondern deine Eltern.“

Ungeniert zuckte sie nur mit den Schultern.

„Ist fast das gleiche. Ich bekomme von ihnen eh alles nur so in den Arsch geschoben.“ Doch ihre Stimme klang jetzt nicht mehr amüsiert, sondern auf eine merkwürdige Art und Weise dunkel. So als wollte sie das nicht. Als *wollte* sie, dass sie den Zug von eigenem Geld bezahlen könnte.

„Das Medizinstudium inklusive“, knurrte sie dann und ich kam nicht mehr ganz mit.

„Du studierst Medizin?“

Blitzschnell hob sie den Zeigefinger. „Ich *habe* Medizin studiert. Aber jetzt… ich…“ Die Wut in ihr schien einer Verzweiflung zu weichen. „Keine Ahnung was ich will. Und das macht mir eine Scheißangst.“

„Das ist okay“, erwiderte ich. „Nicht zu wissen, was man in der Zukunft machen möchte. Niemand von uns geht einen bereits vorgefertigten Weg. Er kann sich immer verändern und das ist auch gut so. Das ist das Leben eben.“

Ein Laut zwischen Schnauben und Lachen entwich ihr und sie fuhr sich durch ihr schwarzes Haar, das mir dünner vorkam.

„Erklär das mal James McEllen.“

„Du stehst aber für *dich*, Hailey. Du bist erwachsen und deine Eltern hat es einen Scheiß anzugehen, was du machst. Klar wollen sie… *meistens*… nur das beste für dich. Aber es ist dein Leben, nicht ihres.“

Abwesend starrte sie auf die Flammen in dem kleinen Kamin neben der weiß gestrichenen Kommode. Dann nickte sie zum Laptop. „Bestell die Tickets, wer weiß, wann Dad mir den Zugriff auf mein Konto sperrt."

Damit stand sie auf und ich hörte noch, wie sie im Badezimmer verschwand.

Ich seufzte tief und buchte alles für morgen.

Mir war schon aufgefallen das Hailey, wenn sie auftaute, oft sehr abweisend sein konnte. Dann wirkte sie kalt und unnahbar. Doch ich glaubte es besser zu wissen. Sie hatte es nie anders gelernt, hatte immer alle auf Abstand gehalten. Ich vermutete, dass es schwer für sie war, sich wieder durch all den Schutt nach oben zu wühlen, unter dem sie vor langer Zeit begraben worden war. Auch ich hatte diesen harten Weg erst hinter mich bringen müssen. Aber ich hatte es geschafft.

Wenn ich je geglaubt hatte, Paris würde für Weihnachten alle Geschütze auffahren, so hatte ich falschgelegen.

Zwar musste Brightwood hunderte Male in Paris passen, aber ich spürte sofort, als ich mit Hailey wieder das *Herbstblätter* erreicht hatte, dass die Einwohner hier keine Minimalisten waren und nicht mit Dekoration geizten.

„Hailey!", rief plötzlich eine Stimme, die mir irgendwie noch bekannt vorkam.

Es war Heather, die mit zwei Labradoren an der Leine auf uns zugelaufen kam. Sie lächelte.

„Hallo ihr zwei“, begrüßte sie uns und kam näher. Schon als sie mich vom Flughafen hergefahren hatte, waren mir ihre sehr speziellen, fast grauen Augen aufgefallen. Sie schien außerdem eine Vorliebe für Strickröcke zu haben.

„Ich wollte euch beide fragen, ob ihr was dagegen hättet mir mit meinem Haus zu helfen?“, bat sie und sah uns nacheinander in die Augen.

„Nein“, antwortete Hailey und sah mich fragend an.

„Die Falls brauchen unsere Hilfe glaube ich nicht“, fügte ich hinzu und freut mich schon aufs Dekorieren. Es kam mir so vor, als wäre die kalte Luft mit Vorfreude nur so aufgeladen. Der Schnee von gestern war geblieben und es war sogar noch etwas mehr dazugekommen. Er glitzerte in der Morgensonne und der Wind trug den Geruch von Kaminrauch mit sich.

„Dann hole ich mal unsere Kiste“, meinte Hailey und ging ins Café, in dem sich noch mehr Menschen ihre Deko abholten. Ich fand dieses Konzept ziemlich komisch. Warum kaufte nicht jeder eigene Sachen?

„In Paris ist das vermutlich etwas anders als hier“, sprach Heather nun, als hätte sie meine Gedanken gelesen.

Zustimmend nickte ich. „Hat denn keiner hier eigene Deko?“

Die alte Frau lachte leise.

„Oh doch. Aber weißt du Chloé, die Menschen hier in unserem Dorf brauchen einfach das Gefühl, gebraucht zu werden. Teil einer Gemeinschaft zu sein.“ Ihr Blick wanderte an mir vorbei zu der kleinen Hütte. Durch das bodentiefe Fenster sah ich Hailey dort gerade eine Kiste von einem der Tische holen.

„Ich glaube das ist es auch, was sie sich wünscht. Was sie sich immer gewünscht, aber so nie wirklich bekommen hat“, dachte ich laut und folgte ihrem Blick.

„Ist es nicht das, was wir uns alle irgendwie wünschen?“, fragte sie dann und ich dachte eine Weile über die Frage nach.

„Wir können los“, verkündete Hailey, die auf einmal wieder vor uns stand. Ihre Arme hatte sie um einen Pappkarton geschlungen, der voll mit Weihnachtszeug war. Mir fiel auf, dass ihre Hände und Finger ganz blau angelaufen waren.

„Ich nehme sie“, bot ich an und breitete meine Arme aus.

In Haileys Blick lag ein Zögern, so als würde sie mit sich selbst ringen, ob sie die Hilfe annehmen konnte.

„Es ist okay“, fügte ich leise, nur für sie hörbar hinzu und sie gab mir den Karton.

Ich mochte Heathers kleines Fachwerkhaus auf Anhieb.

Bereits auf der hübschen rustikalen Eichenkommode im engen Eingangsbereich verströmten Kerzenlicht und Lichterketten ein warmes, wohliges Gefühl. Mir gefielen die weißen Wände, nur unterbrochen durch das dunkle Holz des Fachwerks.

Die Kisten stellten wir im Windfang ab, als Heather uns noch kurz zu sich nach drinnen einlud. Es roch nach Apfelkuchen und diesem Geruch, der wohl jedem älteren Haus innewohnte. Dazu mischte sich der Duft von Kräutertee und Kaminfeuer.

Das Wohnzimmer war ein offener Bereich, der direkt an die Küche angrenzte. In der Mitte des Raums stand eine kleine, sehr gemütliche Sitzgruppe aus zwei tannengrünen Ohrensesseln und der farblich dazu passenden Couch. Ein paar senfgelbe Kissen fanden darauf ihren Platz zusammen mit einer roten Strickdecke. Im Hintergrund prasselte das Feuer in dem Kamin, welcher noch aus roten Backsteinen bestand. Die Fenster waren groß und ließen so viel Licht ins Haus. Es war wohlig warm und ich fühlte mich sofort wohl hier.

„Setzt euch nur, ihr zwei", forderte die alte Frau uns auf und wies auf die beiden Sessel. Schließlich verschwand sie selbst in der kleinen Altbau Küche und man vernahm nur das Klappern von Geschirr.

Ich ging auf ihr Angebot ein und ließ mich in einen der Sessel fallen. Meine Beine dankten es mir.

Als ich aufsah, begegnete ich Haileys Blick. Sie stand noch immer am Eingang des Wohnzimmers und starrte an mir vorbei auf die Wand über dem Kamin.

Langsam folgte ich ihrem Blick und entdeckte an der Wand liebevoll eingerahmte Bilder. Bilder, auf denen ich eine jüngere Version von Clara Falls entdeckte, wie sie mit Heather Kekse zu backen schien. Aber noch eine Person war auf den Fotografien zu sehen. Ein schlankes, großes Mädchen mit hellblonden Haaren und blauen Augen. Mir war klar, dass das Stacy sein musste.

„Sollen wir wieder gehen?", fragte ich Hailey.

Doch sie schüttelte den Kopf und kam dann zu mir rüber um sich auf das kleine Sofa sinken zu lassen.

„Ich hatte nur vergessen, dass Stacy oft hier war“, erklärte sie dann. „Es... ich war... überrascht. Aber es geht schon.“

Im nächsten Moment kam Heather mit einer Schüssel, gefüllt mit Keksen und einem Teller mit drei Stücken Kuchen aus der Küche. „Na kommt, das nehmen wir uns mit raus.“

Und so verbrachten wir den ganzen Vormittag damit, Kuchen und Kekse zu essen und Heathers Haus zu dekorieren. Dabei fiel mir auf, dass Hailey nichts von dem Gebäck angerührt hatte.

Eine Lichterkette machte mir gerade das Leben schwer, weil sie sich derart verknotet hatte, dass ich nichtmal den Anfang fand.

„Hallo, braucht ihr noch Hilfe?“, wollte plötzlich eine Stimme wissen, die ich irgendwoher kannte. Irritiert wandte ich mich zu dem Gartentor am Ende des kleinen gepflasterten Wegs um, der zur Haustür führte. Da stand Jason und stützte sich mit beiden Unterarmen am Tor ab.

„Eigentlich nicht, merci“, antwortete ich und lächelte dankbar.

Er hob skeptisch eine Augenbraue und betrachtete dabei das undefinierbare Knäuel aus Kabeln in meiner Hand.

„Dabei kann mir glaube ich niemand helfen“, lachte ich.

Jason schob das Tor auf und schlüpfte in Heathers Vorgarten. Sein Blick glitt kurz an mir vorbei, ich folgte ihm.

Hailey stand am Fenster und band zusammen mit Heather eine Tannengirlande über dem Giebel fest.

„Wie... geht es ihr?“, wollte er leise von mir wissen. Sorge war dem Humor in seiner Stimme gewichen. „Mit dir scheint sie zu reden.“

Ratlos zuckte ich mit den Schultern. „Sie kämpft sehr, glaube ich. Auch mir erzählt sie nicht alles. Hailey... lässt Menschen nicht schnell an sich ran. Das habe ich letztes Jahr schon gemerkt.“

„So war sie schon immer“, erwiderte Jason, den Blick immer noch auf sie gerichtet. „Nur Stacy hat sie immer alles anvertraut.“ Ein dunkler Schatten huschte über Jasons Gesicht.

„Es tut mir so leid für dich, was passiert ist“, beteuerte ich. Von Hailey hatte ich erfahren, dass Jason Stacys Freund gewesen war. Ich wollte mir nicht vorstellen, wie weh es ihm tat. Denn ich ich kannte das Gefühl einen Menschen, den man geliebt hatte, zu verlieren.

Er schüttelte den Kopf. „Ist schon okay, danke.“

Dann wechselte er das Thema und sah mich wieder an. „Wie kommt es, dass du fließend Englisch sprichst?“

Ein Lächeln schlich sich auf mein Gesicht. „Meine Maman kam aus den United States, mein Papa aus Paris. So sind mein Bruder und ich mit Englisch und Französisch aufgewachsen“, erklärte ich und unterdrückte den Schauer, der sich in mir ausbreiten wollte wie jedesmal, wenn ich jemandem von meiner Familie in der Vergangenheitsform erzählte. Schnell fügte ich dann aber noch leicht grinsend hinzu: „Den Akzent werde ich aber nicht mehr los.“

Jason grinste zurück. „So weiß wenigstens jeder, woher du kommst.“ Dann blickte er wieder an mir vorbei. Mittlerweile hatte es wieder leicht zu schneien angefangen und der Wind wurde immer kälter. Die Sonne hatte sich zwischen dichten Wolken verzogen und es wurde zusehends dunkler, auch wenn wir nicht einmal zwei Uhr mittags haben konnten. Aber dadurch wurden auch die Lichter in und an den gegenüberliegenden Häusern noch deutlicher sichtbar. Die ganze Straße wirkte nun, wie in ein warmes, goldenes Licht getaucht, das Licht des Schnees tat den Rest. Fast wünschte ich, meine Kamera dabei gehabt zu haben.

„Wie habt ihr beide euch eigentlich kennengelernt?“, wollte er schließlich wissen und lehnte sich gegen die hölzerne Umzäunung.

Bei der Frage musste ich erneut lächeln und während ich ihm von unserer Begegnung erzählte, kamen die Erinnerungen wieder zurück.

*Es war scheiße kalt und der Wind pfiff mir um die Ohren, als ich die* Rue Bobillot *in Richtung der Metrostation entlang hastete.*

*Aneinandergereihte Läden und mit Schnee bedeckte Autos zogen an mir vorbei und ich atmete auf, als ich endlich die Station erreicht hatte. Schnell huschte ich die Treppen in den Untergrund von Paris und hielt einen Moment die Luft an. Es stank hier oft nach Urin oder anderen Flüssigkeiten, von denen ich nicht wissen wollte, aus was sie bestanden. Das war eben Metro-Romanik in Paris.*

*Meine Schritte wurden immer größer, während ich den mit glänzend weißen Steinen gemauerten Tunnel entlanglief. Grelle, längliche Lampen erhellten den Gang mit der gewölbten Decke und den großen Werbeplakaten an den Wänden.*

*Gerade als ich den Bahnsteig der Station erreicht hatte, rollte meine Bahn in den gewölbten unterirdischen Raum. Auf der gegenüberliegenden Seite standen etliche Menschen, die in die andere Richtung fahren würden. Auch meine Seite des Steigs war gut gefüllt und ich hoffte, dass ich noch einen Platz ergattern würde. Was eigentlich so gut wie nie der Fall war.*

*Also quetschte ich mich alles andere als vorbildlich zwischen einer blonden Jugendlichen mit Handy in der Hand und einem Kaugummi im Mund und einem Mann im Anzug mit Zigarette im Mund durch, zu einer der Türen.*

*Mit einem schrillen Ächzen öffnete diese sich und ich huschte rein. Einen Sitzplatz bekam ich natürlich nicht. Mir blieb also nur ein Platz im Gang unter den flimmernden Deckenleuchten. Immerhin hatte ich die Fahrroute der Bahn so im Blick, die an einem leuchteten Schild über der Tür angebracht worden war. Kleine Punkte zeigten an, wo die Bahn überall halten würde. Ich musste noch eine Weile fahren, bis ich meine Station* Avenue Victor Hugo *erreichen würde.*

*Mein Blick glitt über all die Menschen, die sich in der Bahn drängten. Teilweise am Handy, manche mit einer Zeitung oder einem Buch, viele mit dicken Koffern saßen oder standen sie da.*

*Ein Ruck ging durch den ganzen Wagon, als die Bahn losfuhr. Die Fenster waren in der Metro stets geöffnet, sodass man das laute Rattern hören konnte, mit dem sie durch die dunklen*

*Tunnel unter der Erde von Paris von einer Station zur nächsten rauschte.*

*Auf einmal entdeckte ich ein Mädchen mit schwarzen Haaren, die ihr bis zu den Hüften reichten, das in eine dicke Jacke gehüllt am anderen Ende des Gangs stand. Sie wirkte unsicher, krallte sich an der Eisenstange für stehende Fahrgäste fest, ihren Koffer hatte sie sich zwischen die Beine geklemmt.*

*Die Art, wie ihr Blick durch den Wagon schweifte mit grünen, matten Augen, jagte mir eine Gänsehaut über die Arme. Es war die Art, wie auch ich mich damals immer umgesehen hatte. So als würde ich irgendjemanden finden, den man nicht mehr finden konnte. Sie... wirkte verloren und auch wenn es mich nichts anging, wollte ich wissen, was dafür gesorgt hatte, dass sie sich so umsah. So als hätte sie keinen Platz und wüsste nicht so recht, wo sie hin sollte.*

*Aber ich ließ es sein, denn ich hatte keine Lust mich lächerlich zu machen, wenn ich doch falsch lag. Immerhin konnte es auch sein, dass sie einfach zum ersten Mal alleine in eine so große Stadt gereist war.*

*Nach einem melodischen Dudeln ertönte die blecherne Stimme aus den Lautsprechern, die ankündigte, dass wir in Kürze die Station* Avenue Victor Hugo *erreichen würden. Es war die letzte, die Endstation, also wurden alle Fahrgäste gebeten, die Bahn zu verlassen.*

*Träge verließ ich also meinen Sitzplatz, den ich mir nach der letzten Station hatte angeln können und schlängelte mich zur Schiebetür vor. Noch immer war die Metro gut gefüllt, aber nicht einmal halb so voll, wie am Anfang. An dieser Station stiegen die meisten aus, um auf die* Champs Elysées *oder zum* Arc de Triomphe *zu kommen.*

*Erst, als ich ausstieg und gerade mein Handy zücken wollte um Louise zu schreiben, bemerkte ich sie.*

*Das Mädchen war auch bis hierher gefahren und stand nun scheinbar ratlos am Bahnsteig. Sie holte kein Handy hervor oder machte sonst auch nur irgendwelche Anstalten, sich von hier wegzubewegen.*

*Zögernd steckte ich mein Handy also wieder weg und ging zu ihr hin.*

*„Salut", begrüßte ich sie vorsichtig. „Kann ich dir irgendwie helfen?" Aus einer Gewohnheit, sprach ich sie in Englisch an, da sie mir vorkam wie eine Touristin.*

*Ganz langsam hob sie den Kopf. Ihre kalkweisen Hände hatte sie um den Griff ihres Koffers geklammert, als sie die grünen, glanzlosen Augen auf mich richtete.*

Sie wirkt erschöpft, *dachte ich.*

*Dann zuckte sie mit den Schultern. „Ich bin hier ohne ein Hotel gebucht zu haben. Ich... hab keine Ahnung, wo ich hin soll."*

*Innerlich applaudierte ich mir selbst für meine richtige Einschätzung. Jepp, sie war Engländerin und auch eindeutig Touristin. Und der Punkt mit dem Verloren wirken... das traf ja auch irgendwie zu. Aber warum kam sie einfach her, ohne sich um eine Unterkunft zu kümmern? War sie auf der Flucht?*

*„Ganz schön dumm, ich weiß, aber ich hab wohl nicht wirklich nachgedacht", fuhr sie fort und setzte ein Lächeln auf, das ich ihr nicht abkaufte.*

*Ich musste Grinsen. „Zum Glück hast du mich getroffen. Ich kenne da zufällig ein Hotel, dass auch noch kurzfristig Zimmer vergibt. Ich bin Chloé."*

*„Hailey", entgegnete sie. „Und danke, das wäre toll."*

„Wir brauchen hier mal Hilfe!", rief Heather und riss mich so aus meinen Erinnerungen, dass ich erstmal blinzeln musste.

„Schön, dass ihr euch getroffen habt", meinte Jason. „Ich werde das Gefühl nicht los, dass du Hailey gut tust." Er lächelte und wandte sich dann den beiden zu, die gerade mit aller Kraft den Versuch gestartet hatten, einen der Apfelbäume mit einer großen Lichterkette einzuwickeln.

Ein warmes Gefühl breitete sich in meinem Bauch aus.

Rasch eilte ich ihm hinterher um mit anzugreifen.

Als es dunkel wurde eilte Heather ins Haus um den Strom für außen anzuschalten.

Alle Lichterketten leuchteten auf und warfen ein warmes Licht auf den glitzernden Schnee. Sie waren überall: In den Fenstern, an ein paar der kahlen Obstbäumen, am Gartentor und an der Tür. Etliche Weihnachtsmann- und Engelsfiguren zierten die Stufen, die zur Haustür führten und wir hatten auch ein paar rote und goldene Christbaumkugeln in eine kleine Tanne gehängt. Aus Tannenreisig waren ein Kranz für die Tür und eine Girlande für den Rahmen eines der Fenster entstanden.

Und nun standen wir zu viert im zugeschneiten Vorgarten, alle mit einer Kuscheldecke über den Schultern und einem heißen Punsch in den Händen und betrachteten unser Werk.

Charles und Pearl, Heathers Labradore, stromerten durch den Schnee und setzten sich schließlich auch neben uns.

Ich liebte es.

Dieses wundervolle, warme kindliche Gefühl der Vorfreude auf Weihnachten, das das dekorierte Haus in mir aufleben ließ. Dieses Gefühl von Gemeinschaft, obwohl wir uns alle noch nicht lange oder überhaupt sonderlich gut kannten. Die Erinnerungen an meine Familie, wie wir damals zusammen geschmückt hatten. Und es tat nicht weh, nein, ich war mir sicher, sie würden das hier auch so lieben.

Mein Blick fand Haileys und ich sah ein echtes Lächeln auf ihren Lippen. Ich konnte es kaum erwarten, morgen um diese Zeit mit ihr wieder in Paris zu sein. Auch wenn Brightwood mir fehlen würde...

# Kapitel 17

## *Hailey 2022*

Während die schneeweiße Landschaft vor dem Fenster an mir in rasender Geschwindigkeit vorbeizog, hing ich in Gedanken noch in dem Moment fest, als wir an den Bahnhof gekommen waren.

Auch, wenn ich sie im Krankenhaus nochmal irgendwie neu kennengelernt hatte, war ich doch mehr als überrascht gewesen, meine Mom am Bahnsteig zu treffen. Schließlich wusste ich, dass sie keine Verkehrsmittel außer dem Privatjet, der Limo oder ihrem eigenen fetten Auto nutzte.

Trotzdem war sie da gewesen, als Chloé und ich von Becca an den Bahnhof gefahren worden waren.

Perplex hatte ich sie erstmal nur angestarrt, bis sie dann auf mich zugekommen war. Tränen hatten in ihren Augen geglitzert und sie hatte mich in den Arm genommen. Steif, aber von Herzen, das hatte ich gespürt.

„Es tut mir so leid, dass es dir so schlecht geht, Hailey“, hatte sie dann gesagt und mir in die Augen gesehen. „Ich weiß, dass das die Schuld von mir ist. Von deinem Vater und mir. Und ich wüsste nicht, was das jemals wieder gutmachen würde, aber ich möchte dass du weißt, dass du ein Zuhause hast, wenn du aus Paris wieder zurückkehrst."

Fragend hatte ich den Kopf gehoben und sie angesehen.

„Ich habe beschlossen auf der Arbeit etwas kürzer zu treten und habe mir ein Haus in Brightwood gekauft", hatte sie erklärt und mir war die Spucke weggeblieben. „Für mich. Und wenn du das willst, auch für dich, Hailey."

Verwirrt hatte ich mich aus ihrer Umarmung befreit und sie angestarrt. „Aber... ich dachte du willst nicht sesshaft werden? Ich dachte du willst irgendwann, wenn überhaupt, in einer großen Stadt leben?"

Sie hatte den Kopf geschüttelt und geschnaubt. „All die Jahre über habe ich geglaubt, dass es das ist, was ich möchte. Aber das ist es nicht. Ich will wieder zu dem Menschen zurückfinden, der ich einst mal gewesen bin. Und ich möchte nie wieder so mit meiner Tochter umgehen, wie ich es viel zu lang getan habe."

Nun war es an mir gewesen, zu schnauben.

„Mom... es tut mir leid, dir das zu sagen, aber es ist einfach zu spät. Du warst nie da. Ich bin statt bei dir und Dad, bei meiner *Familie*, einfach bei unseren Hausmädchen aufgewachsen in einem Haus, das ich schon immer gehasst habe. Es gab so viele...", ich hatte die Fäuste geballt und zitternd eingeatmet. „Es gab so viele Möglichkeiten. Du hast keine genutzt. Nie."

Chloé war hinter mich getreten und hatte mir eine Hand auf meine Schulter gelegt. „Pardon, unser Zug fährt in einer Minute."

Ich hatte genickt und war ihr gefolgt.

„Es tut mir so leid", hatte ich meine Mom noch flüstern hören.

„Mir auch", war mir entwichen.

Mom hatte mir ein trauriges Lächeln geschenkt und mir noch einmal zugenickt; eine stumme Erinnerung an das, was sie mir angeboten hatte.

Die monotone Durchsage im ICE holte mich wieder zurück in die Gegenwart.

*„Sehr geehrte Fahrgäste. In Kürze erreichen wir den Pariser Bahnhof. Bitte vergessen Sie Ihr Gepäck nicht und haben Sie einen schönen Aufenthalt. Der Ausgang befindet sich in Fahrtrichtung rechts.*

*Chers passagers. Nous atteindrons bientôt la gare de Paris. N'oubliez pas vos bagages et passez un bon séjour. La sortie est à droite dans le sens de la marche."*

Das ganze wiederholte die weibliche Stimme dann auch noch auf Deutsch.

Neben mir hörte ich ein müdes Grunzen und als ich mich zu ihr drehte, streckte Chloé ihre Arme zu beiden Seiten aus. Sie hatte fast die gesamten zehn Stunden Zugfahrt geschlafen. Ich dagegen hatte nicht ein einziges Mal die Augen schließen können.

Links und rechts begannen die Menschen allmählich, ihren Kram zusammenzupacken, ich hörte das Rascheln von Papier und das Zuklappen von Büchern, das Ratschen der Reißverschlüsse, die noch schnell verschlossen wurden.

Auch Chloé und ich fingen damit an, unser Zeug zu packen. Mein Handy steckte ich mir in die Manteltasche.

Sicher war sicher.

Nach einer Weile fuhren wir schon in den Bahnhof ein. An den Fenstern rauschten mit Graffiti besprühte Wände vorbei und ich konnte die ersten sandsteinfarbenen Gebäude sehen.

Mit einem Mal schlug mein Herz schneller und ich freute mich einfach unglaublich darüber, wieder hier zu sein.

Das Gebäude des *Paris-Est* Bahnhofs war brechend voll, als wir den Gleis verließen.

Ich hatte wohl richtig gelegen mit meiner Vermutung, dass um die Weihnachtszeit viel los sein würde.

Wir schlängelten uns mit unserem Gepäck durch die Massen an Menschen. Das Bahnhofsgebäude war weihnachtlich geschmückt mit Tannenbäumen neben den kleinen Läden, Lichterketten, die unterhalb des gewölbten Glasdachs gespannt waren und die Schaufenster der Geschäfte, die dekoriert worden waren.

Die große Uhr in der Mitte des halbrunden Fensters oberhalb des Haupteingangs zeigte kurz vor halb sieben Uhr an. Draußen war es schon längst dunkel geworden.

Sofort konnte ich freier atmen, als wir das Tor und somit den Menschenstrom hinter uns gelassen hatten. Die ersten langen Gebäude mit den wunderschönen alten Stuckfassaden kamen in

Sicht und brachten dieses warme Gefühl angekommen zu sein mit sich.

Einige Busse und Straßenbahnen kreuzten unseren Weg zur U-Bahn Station und wir begegneten noch ein paar Touristen, die sich mit ihren Koffern abmühten.

Schnee lag noch keiner in Paris. Aber das machte die Vielzahl an Weihnachtsdekoration wieder wett, die uns an fast jeder Ecke, aus fast jedem Schaufenster entgegen strahlte. Die Abendluft war kalt und kleine Wölkchen bildeten sich in der Dunkelheit vor meinem Mund.

Ich sah *Pâtisseries* und *Boulangeries* in deren Theken sich Croissants und Macarons türmten.

All das saugte ich in mir auf und spürte, wie gut es mir tat. Ich spürte wieder das kribbelige Gefühl von einer ganz besonderen Art der Freiheit in mir.

Ein Ruck ließ mich ein paar Schritte nach vorn stolpern, als die Metro zum stehen kam. Gerade so bekam ich noch eine der Stangen zu fassen.

*„Victor Hugo“*, kündigte die Stimme aus dem Lautsprecher an. Das flimmernde Licht an der Decke der U-Bahn beleuchtete den Haufen Menschen, der ebenfalls hier aussteigen wollte. An der Anzeigetafel über der Tür blinkte der Punkt unserer Station auf.

Schnell folgte ich Chloé zur Schiebetür. Sie drehte den alten Knauf und mit einem Ächzen sprang sie zu beiden Seiten auf.

Der muffige Geruch der Metro-Station schlug mir entgegen, als wir ausstiegen. An der mit weißen Steinen versehenen, gewölbten Tunnelwand prangte ein großes blaues Schild mit der weißen Aufschrift **Victor Hugo**.

Wir verließen den Untergrund und ich atmete gierig die kalte Abendluft ein, während ich meinen Koffer die Treppen hoch hievte.

Eine Mischung aus Keuchen und Schnauben entwich mir. „Warum führt eine verdammte Rolltreppe *runter* aber keine führt *hoch*?!" Verständnislos blickte ich rüber zu den Leuten, die ganz gemächlich nach unten fuhren.

Chloé lachte und nahm mir den Koffer ab. „Erstens, du sollst dich nicht so anstrengen", mahnte sie und grinste dann. „Und zweitens, das ist eben Paris. Manchmal hat man Glück und eine Rolltreppe fährt hoch aber nicht runter. Ganz besonders toll sind welche, die in beide Richtungen fahren, aber das ist selten."

Ich konnte mir ein Augenrollen nicht verkneifen.

Doch in mir drin spürte ich Angst. Denn diese Treppen gerade hochzulaufen war so wahnsinnig anstrengend gewesen. Kurz musste ich stehenbleiben und nach Luft schnappen, mein Herz sich beruhigen lassen, das wie wild in meiner Brust schlug.

*Verdammte Scheiße, das waren nur ein paar Stufen!*

„Brauchst du noch einen Moment?", wollte Chloé sorgenvoll wissen.

Hektisch schüttelte ich den Kopf. „Nein, lass uns weitergehen."

Ihrem Gesichtsausdruck konnte ich entnehmen, dass sie mir nicht glaubte. Aber sie sagte nichts.

Die *Avenue Victor Hugo* war eine der größeren Straßen, die auf den Kreisel mit dem *Arc de Triomphe* zuliefen. Sie war lang, breit und gesäumt von den hohen Häusern mit Stuckfassaden, Balkons mit schwarzen Geländern, Fenstergiebeln, die mit Ornamenten und floralen Mustern verziert waren. Autos parkten am Rand der Straße und hinter einigen Fenstern brannte Licht. Die kleinen Bäume, die in regelmäßigem Abstand zueinander an der Straße entlang standen, waren mit Lichterketten behängt worden. Die Metro Station, die wir gerade erst verlassen hatten war eine Treppe, die ins unterirdische Metro System führte. Neben dem Eingang stand ein typisches rotes Schild, auf dem die Buchstaben *Metro* in weiß leuchteten.

„Wir müssen noch ein bisschen geradeaus gehen, und dann kommt dahinten eine Abbiegung, die in die *Rue Saint Didier* führt, in der Lou und ich leben", erklärte Chloé. Doch ich hörte ihr gar nicht so wirklich zu, sondern hatte nur Augen für diese wunderschöne Stadt.

Fahrradfahrer mit Stirnlampen kamen uns entgegen und links und rechts sah ich immer wieder türkisfarbene Vespern stehen, die man sich scheinbar mieten konnte.

Der Gehweg, auf dem wir uns bewegten war mit einem dieser eisernen, schwarzen Geländer von der Straße abgegrenzt, die man von jeder Paris-Postkarte kannte. Diese schwarzen, metallenen Akzente, die man in ebendiesen Geländern, den Laternen und

Fenstern der Häuser sah, zusammen mit dem allgegenwärtigen Beige der prachtvollen Häuserfassaden, machten Paris irgendwie aus. Es war, als würde ich durch den Schauplatz einer Serie spazieren und doch war es so real.

An vielen Ecken, die ein Gebäude abrundeten, entdeckte ich rot beleuchtete Brasserien.

Dann kamen wir schließlich an eine kleine Kreuzung, die je links und rechts in eine etwas schmalere Straße führte. Jedoch war auch diese eingerahmt von den alten Gebäuden. Wenn ich Chloé nicht bei mir gehabt hätte, ich war mir sicher, ich hätte mich komplett verlaufen.

Sie führte mich in die Straße. An einer der Hauswände konnte ich ein dunkelblaues, kleines Straßenschild mit grünem Rahmen und weißer Schrift sehen. Auf ihm stand: *Rue Saint Didier*.

Eine Weile noch liefen wir durch die Straße, die so viel ruhiger wirkte, als die *Victor Hugo* vorhin. Vielleicht lag das daran, dass diese hier schmaler und ein Wohnbezirk war.

Es ging vorbei an großen, hölzernen Haustüren. In jedem der Rahmen hing ein Tastenfeld.

Auch in dem, an dem wir nun halt machten.

Chloé stellte ihre Tasche ab und tippte einen Code ein, bis die Tür surrte und mit einem Klicken aufsprang.

Durchgefroren schlüpften wir nach drinnen. Ein muffiger, nach altem Gebäude riechenden Geruch stieg mir zusammen mit dem von Putzmittel in die Nase. Auch ein Hauch Zigarettenrauch lag in der Luft.

Das Deckenlicht sprang an und ich sah eine breite, massive Holztreppe mit verziertem Geländer, die sich nach oben in die höheren Stockwerke schraubte.

Ich schluckte schwer.

„Wo wohnst du noch gleich…?“, fragte ich, den Blick auf die Stufen gerichtet. Niemals würde ich das packen.

Entschuldigend hob Chloé die Schultern. „Im… Dachgeschoss.“

*Fuck.*

„Okay, na dann“, erwiderte ich und zog meinen Koffer zum Fuß der Treppe. Ich versuchte gar nicht erst, nach oben zu schauen. Am liebsten hätte ich hier im Treppenhaus gepennt, denn ich spürte schon nach den ersten fünf Schritten nach oben die pure Erschöpfung, die sich in meinen Muskeln breit machte.

Ein paar Mal bot mir Chloé an, eine Pause zu machen oder mir den Koffer abzunehmen, aber ich lehnte ab. Ich wollte nicht wie ein Volldepp wirken.

Nein. Eigentlich wollte ich nur, dass mein Körper einfach von selbst aufgab. Ich *wollte* mich zur Erschöpfung treiben, an meine Grenzen stoßen, auch wenn es hirnrissig war. Das Adrenalin in meinen Adern passte nicht zu meinem viel zu schwachen Körper und ich wollte es loswerden. Ich wollte… alles loswerden.

Plötzlich gaben meine Beine einfach unter mir nach.

Sie knickten ein, ohne mich um Erlaubnis zu fragen.

Einfach so.

*Scheiß Teile, wozu seid ihr überhaupt da?!*

„Hailey!“, entfuhr es Chloé und sie ließ sich neben mich auf das kühle Holz der Stufe sinken. „Wir machen jetzt eine Pause, ob du willst oder nicht“, bestimmte sie und ihr Blick duldete keine Widerrede.

Meine Kiefer mahlten aufeinander.

In mir kämpften zwei Seiten gegeneinander.

Da war diese eine, die sich über die Sorge in Chloés Gesicht freute, aber da war auch die andere, die nicht schwach wirken wollte, die mich dazu trieb, noch weiterzumachen.

*Nur noch ein bisschen mehr. Ein bisschen mehr weniger.*

Ich hasste beide Seiten und doch klammerte ich mich an ihnen fest. Sie trieben mich in den Wahnsinn, weil ich nicht wusste auf welche ich hören sollte.

Unruhig begann ich, hin und her zu rutschen.

„Alles okay?“

Erst schüttelte ich den Kopf, dann nickte ich.

„Ja ich... muss nur mal pinkeln“, log ich. „Lass uns weitergehen, weit kann es ja nicht mehr sein.“

Darauf erwiderte sie nichts mehr, aber sie nahm, ohne mich zu fragen meinen Koffer und trug ihn die letzten Stufen bis hoch zur Wohnungstür.

Meine Beine streikten und zitterten, mein Atem ging viel zu flach. Doch ich ignorierte die eindeutigen Zeichen meines Körpers.

Auf dem Schild an der weißen, alten Holztür mit den kleinen, feinen Schnitzverzierungen stand in geschwungenen Lettern der Name *Morel* geschrieben. Chloés Familienname.

Sie sperrte auf und ich trat in eine Wohnung, die ich so von außen nicht erwartet hätte.

Ich fand mich in einem kleinen, schmalen Flur mit halbhoher Holzvertäfelung an den Wänden und einer kleinen, hölzernen Kommode wieder. Über ihr hing ein alt wirkender, runder Spiegel mit goldenem Rahmen. Kerzen brannten auf der Kommode und neben ihr standen auf dem Boden aneinandergereiht Schuhe. Jacken hingen an einem Haken darüber. Die Decke war von hellen Holzbalken durchzogen, um die Lichterketten gewickelt waren, welche dem Flur ein gemütliches Licht schenkten.

Von dem Gang aus führten fünf verschiedene Türen in andere Räume. Eine davon stand einen Spalt breit auf und ein Lichtstrahl fiel dadurch in den Flur.

Ein unregelmäßiges Tippeln kam näher bis ich sah, wie eine kleine weiße Hundeschnauze die Tür noch weiter aufschob und sich hindurchzwängte.

„Nouki!“, rief Chloé neben mir freudig und ging in die Hocke. Der kleine Hund sprang übermütig an ihr hoch und schien sich zu freuen wie ein Schnitzel. Er reichte mir etwa bis zum Schienbein und hatte weißes, längeres Fell.

Als er genug davon hatte, Chloé das Gesicht abzuschlecken, wandte er sich mir zu und schnupperte zögernd an meinem Bein.

Unsicher stand ich da.

„Er pinkelt mich jetzt aber nicht an, oder?“, wollte ich nur zur Sicherheit wissen.

Sie prustete los und schnappte nach Luft. „Dich *anpinkeln*? Oh Hailey, das würde Anouk nicht im Traum einfallen! Sie ist einer der liebsten Hunde der Welt.“

Anouk. *Sie* also, nicht er.

„Gut zu wissen“, murmelte ich und betrachtete skeptisch, wie der kleine Hund jeden Zentimeter meiner Jeans beschnüffelte.

Mein Verhältnis zu Haustieren war schwierig. Vor allem zu Hunden, seit der Sache mit Viola. Es war nicht so, dass ich sie nicht mochte. Aber ich fand sie immer so unberechenbar. Offen gestanden machte es mir einfach etwas Angst.

„Coco, ihr seit da!“, kam es auf einmal aus dem Raum, aus dem Anouk gehuscht war. Als nächstes trat eine kleine, elfenhafte Frau aus dem Zimmer das, wie ich feststellte, die Küche sein musste.

Ihre dunkelbraunen Locken waren stellenweise leicht gräulich und sie trug ein leichtes braunes Kleid, eine dicke Strumpfhose darunter, eine rote Schürze darüber. Aus den gleichen braunen Augen, die auch Chloé besaß, strahlte sie uns warm an.

„Lou!“, begrüßte Chloé ihre Tante und warf sich ihr stürmisch in die Arme.

„Ich hab dich vermisst, ma petit Coco“, hauchte Louise ihrer Nichte ins Ohr. Nachdem sie sie wieder losließ, fiel ihr Blick auf mich. Noch immer stand ich etwas ratlos da, den Griff meines Koffers in der rechten Hand.

„Hi“, sagte ich unsicher. „Danke, dass ich hier sein darf.“

Louise lächelte nur, kam auf mich zu und zog mich ebenfalls in eine herzliche Umarmung. „Schön, dass du hier bist. Ganz herzlich Willkommen in Paris.“

Ein warmes Gefühl keimte in mir auf, das ich noch nicht richtig zulassen konnte.

Mir fiel plötzlich meine Lüge von vorhin wieder ein.

„Könnte ich mal kurz das Badezimmer benutzen?“, fragte ich.

Wie alles in der Wohnung war auch das Bad sehr klein, aber so gemütlich, dass man sich am liebsten mit einem Buch in die kleine freistehende Badewanne legen wollte. Über ihr war ein großes, halbrundes Fenster, das einen atemberaubenden Ausblick auf das nächtliche Paris bot.

Ich trat näher an die Scheibe und schaute nach draußen.

Autos schoben sich unten auf den Straßen entlang. Lichter tauchten Paris in ein warmes Gelb. In der Ferne sah ich den hell beleuchteten Triumphbogen.

Dann erst fielen mir die kleinen, zarten Schneeflocken auf, die schwerelos durch die Luft wirbelten.

Ein Lächeln teilte meine Lippen.

Mir wurde klar, dass mir eine wunderschöne Zeit bevorstand. Aber mir wurde auch klar, dass ich auch hier war, um mich von etwas zu trennen.

Von dieser Stimme.

Von dieser Krankheit.

Von dieser verdammten Anorexie, die mir fast alles Leben aus dem Körper gesaugt hatte.

Diese Krankheit, die mich folterte und zugleich einlullte wie eine Sirene auf hoher See.

Nur, dass ich *sie* würde ertränken müssen, nicht andersrum.

# Kapitel 18

## *Hailey 2013 (vor neun Jahren)*

Vom ersten Moment an hasste ich mein neues Zimmer.

Im Prinzip sah es nicht sonderlich anders aus, als all die anderen, die ich bisher in meinem Leben gehabt hatte:

Kalte Fliesen, ein fettes, graues Bett, ein Schreibtisch, ein viel zu großer Kleiderschrank mit glänzenden Fronten. Das wars.

Über dem Schreibtisch war eine Pinnwand angebracht worden.

*Wow.* So würde ich wenigstens irgendwas persönliches haben, wenn ich dort erstmal Fotos angebracht hatte.

Das war immerhin ein Fortschritt.

Trotzdem hasste ich diesen Raum.

„Hailey?“, hörte ich die schallende Stimme meines Dads rufen und ich stöhnte.

„Was?!“, schrie ich zurück, weil ich wirklich und absolut zu faul war, jetzt zu ihm zu gehen.

„Komm her!“, kam es zurück und ich murrte auf.

Aber da mir keine andere Wahl blieb, gehorchte ich und folgte dem wütenden Fluchen in unser neues, gigantisches und absolut hässliches Wohnzimmer. In dem großen Raum mit der leicht gewölbten Decke stand bisher nur das überdimensionale Sofa. Ansonsten stapelten sich drumherum die Kartons.

Als meine Eltern mir gesagt hatten, sie würden mit mir in ein kleines Dorf ziehen, hatte ich zuerst gelacht.

*Ich meine… zwei reiche Schnösel in einer wie geleckten Villa zwischen Heuballen und haufenweise Kuhscheiße? Ne. Echt nicht.*

Aber sie hatten ernst gemacht. Und nun waren wir hier.

„Komm bitte mal hierher, wir suchen dir deine neue Schule raus", bat mich Mom, die mit meinem Vater auf dem Sofa saß, den Apple Laptop auf dem Schoß.

Zögernd kam ich näher und blieb stehen, als es in *klick!* in meinem Hirn machte. „Ihr habt mich verarscht!", knurrte ich und stemmte die Beine in den polierten Marmorboden.

„Hailey…", setzte Dad entnervt an, doch ich ließ ihn nicht mehr ausreden.

„Ihr habt mir versprochen, dass ich endlich in eine normale Schule gehen darf!", fuhr ich sie an, meine Stimme wurde immer schriller. „Ich will keine scheiß Privatschule mehr. ICH. WILL. DAS. NICHT. MEHR!"

Jetzt wurde Dad wütend. „Führ dich nicht auf wie ein Kind und tu, was gut für dich und deine Zukunft ist." Er fasste sich mit Daumen und Zeigefinger an die Nasenwurzel, als würde ich ihn sämtliche Nerven kosten.

Mein Körper bebte vor Wut, als ich mit einem Fuß aufstampfte und meinen Eltern entgegen schrie: „ICH BIN EIN KIND! Ich bin elf, nicht dreißig!“

Ein amüsierter Laut von Dad.

„Ja genau. Und weil du in deinem Kopf einfach nicht erwachsen wirst, wirst du es auch nie zu mehr bringen, als alle anderen auch.“

„Und?“, pfefferte ich zurück. „Lieber bin ich wie alle anderen, als so zu werden wie du!“

Mit einem Satz war Dad aufgesprungen und baute sich drohend vor mir auf.

„Du bist peinlich und kindisch, Hailey“, fauchte er. „Wenn du nur wolltest, könntest du wirklich was aus deinem Leben machen. Aber wie es aussieht, willst du lieber auf der Straße landen.“

„Ich HASSE DICH!“, brüllte ich und spürte, wie Tränen mir an den Wangen runterliefen. Wie Schluchzer aus meiner Kehle brachen.

Mit bebender Unterlippe lugte ich an ihm vorbei zu Mom, die vollkommen ruhig und mit strengem Blick noch immer auf der Couch saß. „Mommy…?“, wimmerte ich. Ich wünschte mir, sie würde aufstehen, mich in den Arm und in Schutz nehmen. Mir sagen, dass wir weg von Dad gehen würden, dass alles gut werden würde.

Aber nichts dergleichen geschah. Damit brach ein Damm und ich spürte ein Loch in mir.

*Ich bin alleine.*

Hemmungslos begann ich zu weinen.

„Schwach…“, murmelte Dad nur kopfschüttelnd und wandte sich von mir ab. „Lern endlich, erwachsen zu werden.“

Es tat weh, als hätte er mir seine Faust in den Magen gerammt.

*Ich darf nicht weinen. Ich muss stark sein. Ich muss endlich erwachsen werden. Ich muss alleine klarkommen. Ich muss für meine Eltern genug sein. Ich darf keine Schwäche zeigen. Ich darf nicht kindisch sein.*

Diese Sätze wurden zu einem beständigen Mantra in meinem Kopf, die fast jede meiner Handlungen bestimmten.

*Fast.*

„Ich will auf eine normale Schule gehen“, erklärte ich Mom abends, als sie kurz bei mir vorbeischaute.

Sie stand in der Tür meines Zimmers und machte keinerlei Anstalten reinzukommen. „Das wirst du wohl auch müssen.“

Aufgeregt setzte ich mich im Bett aufrechter hin.

Mom seufzte. „Es gibt hier in der Nähe keine Privatschule. Ab Montag gehst du in die Schule in Hut Valley.“

Mein Herz raste vor Vorfreude.

Doch die fiel in sich zusammen, als Mom die Tür schloss und mich in meinem dunklen Zimmer allein ließ. Das Licht machte ich nicht mehr an. Angst im Dunkeln zu haben war kindisch.

Das durfte ich nicht sein.

Und so flüchtete ich mich hinter meine innere Mauer. Ich baute sie weiter auf, stabilisierte sie und sorgte dafür, dass nichts und niemand sie würde einreißen können.

*Hinter der Mauer bin ich sicher*, dachte ich und wuchs mit diesem Gedanken auf.

Er setzte sich in mir fest und nach und nach fand ich mich mit der immer währenden Dunkelheit in mir ab.

# Kapitel 19

## *Chloé 2022*

Warme, frische Lebkuchen zu essen, löste in mir immer dieses wohlige Gefühl von Zuhause und Kindheitserinnerungen in mir aus. Und ich liebte das.

„Lou, die sind einfach göttlich", schwärmte ich und nahm mir den mindestens siebten Keks.

„Vielleicht können wir die nächsten Tage mal zusammen etwas backen, meinst du nicht?" Ich sah zu Hailey, die neben mir auf dem Stuhl saß und gedankenverloren aus dem Fenster starrte. Es hatte gestern den ganzen Tag geschneit und Paris lag nun unter einer zarten, weißen Schneedecke. Naja okay, mit ein bisschen viel Schneematsch durch die Abgase der tausenden Autos.

Mir fiel auf, dass sie noch keinen der Kekse angerührt hatte. Unsicher darüber, etwas falsches zu sagen, schob ich ihr einfach auffordernd die Schüssel voller noch warmer, köstlich duftender Lebkuchen hin.

„Hm?", machte sie, als wäre sie gerade erst aus einem Tagtraum erwacht und blinzelte verwirrt in die Schüssel. „Oh ich... nein danke dir.“

Mein Herz verkrampfte sich. Denn man konnte ihr im Gesicht ablesen, wie gerne sie einen der Kekse haben wollte. Aber sie schien mit sich zu kämpfen. Und ich saß da, hatte keine Ahnung, wie ich ihr helfen sollte.

„Möchtest du wirklich nicht?“, hakte ich vorsichtig nach.

„Ich...“ Sie hielt inne und suchte Lou’s Blick. Diese lächelte sie aufmunternd an. „Okay.“

Es schockierte mich, wie sehr ihre Finger zitterten, als sie einen Kekse aus der Schüssel nahm und langsam, in winzig kleinen Bissen aufaß. Am schlimmsten aber war für mich, sie so zu sehen und nicht zu wissen, was in ihrem Kopf vorging.

Plötzlich schob sie ihren Stuhl zurück und stand auf. „Tut mir leid, ich gehe nur gerade auf Toilette“, entschuldigte sie sich und verschwand im Flur.

„Lass ihr Zeit, Chloé“, riet mir Lou, sobald wir das Schloss im Bad sich schließen hörten. „Wir können uns nichtmal ansatzweise vorstellen, wie es sein muss eine Krankheit zu haben, die niemand direkt sehen kann. Es ist sicher unglaublich schwer, gegen sich selbst anzukämpfen.“ Nachdenklich ließ sie ihren Blick schweifen und blieb an einem Bild an der Wand neben dem bodentiefen Fenster hängen. Darauf zu sehen war ich. Ich, wie ich mit zehn Jahren in einem Krankenhausbett saß. Es war an Weihnachten gemacht worden.

„Aber wem erzähle ich das", flüsterte sie und lächelte mir traurig und entschuldigend zu. „Wenn jemand weiß wie sich sowas anfühlt, dann du."

Langsam schüttele ich den Kopf. „Nein, Lou. Bei mir war es etwas anderes. Es war... greifbar."

„Und dennoch... genauso lebensgefährlich." Für einen Moment herrschte Schweigen zwischen uns und ich spürte, wie meine Tante gegen die Tränen ankämpfte. Auch in meiner Kehle bildete sich ein Klos. „Du hast in dieser Zeit auch psychisch viel ertragen müssen. Nicht nur körperlich. Ich glaube, dass diese Erfahrung dich irgendwie mit Hailey verbindet, auch wenn ihr sie nicht geteilt habt. Zwischen euch ist ein Verständnis.

Du hast ihr aber nichts von dir erzählt, richtig?"

Irritiert schüttelte ich den Kopf. „Was spielt das denn für eine Rolle?"

„Eine sehr große, Coco", antwortete sie ernst. „Du hast dieses Verständnis für sie, weil du einen Teil ihrer Geschichte kennst. Weil du weißt, das ihr Kampf ähnlich dem ist, den du führen musstest.

Sie aber kennt deine Geschichte nicht. Für sie bist du nur eine weitere außenstehende Person die ihr helfen will, es aber nicht kann. Dazu kommt, dass Hailey sehr verschlossen ist. Ich schätze sie so ein, dass sie den Angriff als ihre beste Verteidigung sieht. Etwas anderes hat sie vermutlich nie kennengelernt in ihrer Familie."

Meine Gedanken drehten sich um das Gesagte.

„Wann bist du so weise geworden?“, wollte ich von Lou wissen und grinste sie an. Dann wurde ich ernst. „Merci.“

Die Tür zum Bad wurde geöffnet und wieder geschlossen und schließlich kam Hailey zurück in die Küche. Ihr Gesicht sah so furchtbar ausgemergelt und bleich aus. Ihre Hände zog sie in die Ärmel ihres dicken Pullovers, aber ich hatte gesehen, wie blau sie angelaufen waren. Und das machte mir Angst.

„Hailey, was hältst du davon, mit Chloé und mir ein bisschen Weihnachtsdekoration zu kaufen?“, fragte Lou auf einmal. Für diesen Vorschlag war ich ihr unendlich dankbar.

„Klar, gern“, gab sie zurück und für einen Wimpernschlag sah ich ein kleines Funkeln in ihren Augen.

Wie jedes Jahr war auf der *Champs Elysées* ein kleiner Markt aufgebaut mit Holzbuden, Essensständen und natürlich einer Menge Hütten, in denen es nur so glitzerte und leuchtete vor lauter Weihnachtsdekoration. Eine Menge Souvenir Verkäufer machten an solchen Tagen gutes Geld.

„Wir brauchen auf jeden Fall eine große Lichterkette für das Wohnzimmer“, überlegte Lou und ich lachte.

„Ist ja nicht so, als wäre unsere gesamte Wohnung schon damit ausgeleuchtet. Aber wenns dich glücklich macht… wieso nicht?“

Im Hintergrund erklang der wunderschöne, klare Gesang einer Straßensängerin, die *Christmas Tree Farm* von Taylor Swift sang. Jemand spielte Klavier dazu und auch kleine Glöckchen ertönten zwischendurch.

„Sie singt richtig gut“, meinte Hailey, die Augen auf die junge Sängerin gerichtet. Da konnte ich ihr nur zustimmen. Es machte gute Laune ihr zuzuhören und verbreitete eine wunderbar schöne Weihnachtsstimmung.

Nach einer Weile stiegt mir der Duft von Punsch und Glühwein in die Nase und natürlich konnten wir nicht anders, als bei der kleinen Holzbude stehenzubleiben und uns eine Tasse zu kaufen.

Sogar Hailey schien sie zu genießen und klammerte sich mit beiden Händen an die warme Tasse. So standen wir eine Weile da, beobachteten das Treiben auf dem Markt, die Menschen mit den vollen Tüten, die Schneeflocken, die sich im Wind treiben ließen und ein paar Tauben, die die Reste der Gebäckstücke vom Boden aufsammelten. Die Sonne war rausgekommen und ließ den leichten Puderschnee glitzern.

Schließlich gaben wir unsere Tassen ab und schlenderten an den Hütten vorbei. Dabei bemerkte ich, wie Hailey immer mehr aufzutauen schien. Ihr Blick ging begeistert von einem zum nächsten Stand und blieb immer wieder an einer Schneekugel, einer Kerze oder einer Postkarte hängen. Dabei schlich sich ein dünnes Lächeln auf ihre Lippen.

Das war Paris.

Diese Stadt hatte ihre Schattenseiten, das hatte jede.

Aber Fakt war, dass diese Stadt verzaubern konnte. Jeden, der sich auf das Treiben einließ, sich die Zeit nahm, einfach zu sein und nicht hin und her zu hetzen. Dann erst spürte man nämlich das richtige Leben, den Alltag in Paris.

Das, was abseits des Weges stattfand, diese kleinen Details, die man schnell übersah, wenn man nur von Ziel zu Ziel lief... Das war das wahre Antlitz von Paris.

Die langen Schlangen vor den Bäckereien an einem Sonntag, die älteren Menschen, die sich ihre Zeitung noch in einem der nostalgischen Zeitungsstände kauften, die Unternehmer in ihren Anzügen, wie sie sich in einem Café bei einem Glühwein oder einem Kaffee eine Auszeit gönnten. Paris - das war die Stadt, in der das Leben auch mal abseits der ToDo Liste stattfand.

Und genau deshalb liebte ich es so, hier zu leben. So vielen Touristen entging der wahre Zauber der Stadt, weil sie nur von Sehenswürdigkeit zu Sehenswürdigkeit pendelten. Bei vielen begrenzte sich aber selbst dabei der Blick auf den Bildschirm in den Händen.

„Chloé?“, hörte ich plötzlich Hailey fragen.

„Pardon“, gab ich zurück und schüttelte den Kopf über mich selbst. Manchmal war ich eine Tagträumerin.

Hailey hatte einen Stadtplan in der Hand, den sie sich in einem der Zeitungsstände geholt haben musste. Mit dem Finger deutete sie auf einen Punkt und sah mich an.

„Könnten wir uns das ansehen?“, wollte sie zögernd wissen.

Ich kam näher und betrachtete die Karte. Ihr Finger lag etwas nord-westlich des Zentrums von Paris auf einem Gebäude.

„Das *Opéra Garnier*?“, fragte ich und runzelte die Stirn. „Es gehört zu der renommierten Tanzschule hier in Paris.“ Dann sah ich am Rand der Karte bei den Werbeanzeigen ein Bild von einer

Ballerina, das für das Stück *Der Nussknacker* warb, welches in fünf Tagen stattfinden würde.

„Ich... habe selbst sehr lange getanzt und... es fehlt mir. Wäre es okay, wenn wir uns das Stück ansehen?" Aus ihrer Stimme klang ein so flehender Ton, als hätte ich es ihr schon verboten.

„Aber klar", beeilte ich mich deshalb zu sagen. „Wir müssen schauen, ob wir noch Tickets bekommen, aber wir können das sehr gerne machen." Ein unfassbar dankbarer Ausdruck schlich sich in Haileys grüne Augen, die plötzlich wieder mehr Glanz zu haben schienen.

„Du hast selbst Ballett getanzt?", hakte ich nach, weil ich nicht wollte, dass dieses leichte Lächeln aus ihrem Gesicht verschwand. Und weil es mich interessierte. Darüber hatte sie mir nie etwas erzählt.

Sie nickte und schien in eine andere Zeit zu blicken. „Mit vier Jahren habe ich angefangen. Immer in einer anderen Tanzschule, weil wir oft umgezogen sind. Zuletzt dann in Tree Hills bei Anne zusammen mit Stacy." Bei dem Namen ihrer besten Freundin huschte ein Schatten über ihre Züge und ich fühlte so mit ihr.

„Tanzen... Ich habe es nie so richtig ernst genommen, weil ich immer wusste, dass meine Eltern sowieso nichts davon halten. Aber... ich habe mich dabei immer so... frei gefühlt. Wie ich selbst. Ich war lange nicht so perfekt wie Stacy, aber das wollte ich nie sein. Glaube ich. Keine Ahnung es..."

„Das klingt toll", sagte ich schnell. „Und weißt du, wenn wir in allem, was wir machen das Ziel haben, irgendwann darin perfekt zu sein, dann können wir es gleich lassen und Roboter an unserer Statt nehmen. Aber weißt du was? Dann geht das kaputt, was es so besonders macht: Die Individualität, die jeden von uns ausmacht. Erst, dass jeder verschieden ist, macht es perfekt."

Hailey biss sich auf die Unterlippe und schien nachzudenken.

„Ich liebe die Fotografie", wechselte ich das Thema, um ihr ein wenig Raum zu geben. „Es hat lange gedauert bis ich gefunden habe, was ich wirklich gern mache. Und gelandet bin ich beim Zeichnen und Fotografieren. Ich weiß, was du meinst. Da ist diese Freiheit, dieses Gefühl, vollkommen man selbst zu sein..."

Ihr Nicken zeigte mir, dass sie verstand.

„Komm, wir suchen Lou und hoffen, sie hat nicht unseren gesamten Kontostand auf den Kopf gehauen."

Mit drei Tüten gebrannten Mandeln, zwei mit noch leicht warmen Crêpes mit Nutella, zwei Postkarten einer Weihnachtstasse mit dem Spruch:

*Weihnachtsstress: Ich muss noch ein paar von diesen „Wir schenken uns dieses Jahr nichts"- Geschenken besorgen.*

Und mit noch drei ganzen Tüten voller Dekoration beladen betraten wir die Wohnung, in der Anouk uns schon sehnsüchtig erwartete.

Ich lud meinen Kram auf dem kleinen runden Küchentisch ab und half dann Lou mit der Deko im Flur.

„Wir sind dieses Jahr echt verdammt spät dran", stellte sie fest und sah sich in der Wohnung um.

„Stimmt“, pflichtete ich ihr bei. Noch kein winziges bisschen weihnachtlich war es bei uns. Die Weihnachtskekse zählten nicht. Die Lichterketten erst recht nicht, die waren schließlich das ganze Jahr da.

„Warum... dekorieren wir dann nicht?“, schlug Hailey vor und zog eine der Lichterketten in Eiszapfenform aus einer Tüte.

„Alors il est grand temps !!“, bestimmte ich einfach und band mir meine Locken meine Locken zu einem Dutt zusammen.

„Und wie es Zeit ist“, bestätigte Lou. „Aber wir brauchen noch einen Weihnachtsbaum...“

„Ihr stellt den so früh schon auf?“, wunderte sich Hailey und hob eine Augenbraue.

Lou und ich grinsten uns an. „Erstens“, zählte ich die Gründe auf, „gibt es am Anfang noch die schönsten. Zweitens sind die Weihnachtsbäume in Paris schneller weg als du *Merde!* sagen kannst und drittens ist Weihnachten viel zu schnell rum. Wenn wir den Baum früh aufstellen, haben wir viel länger was von der Weihnachtsstimmung und Vorfreude.“

„Das leuchtet ein“, gab sie zu und fasste ihre langen schwarzen Haare ebenfalls zu einem Zopf zusammen. „Dann woll'n wir mal, oder?“

„Ihr fangt schonmal an und ich gehe noch eine kleine Runde mit Nouki spazieren.“ Lou nahm unsere weiße Hündin mit zur Tür. Sie war eher wenig begeistert. Aber das war bei ihr Standart. Anouk würde am liebsten den ganzen Tag faul auf dem Sofa liegen und nichts tun außer zu schlafen. Anderseits war sie aber auch alt und durfte das. Manchmal beneidete ich sie.

„Wir könnten ja nach einem Weihnachtsbaum schauen, wenn wir bei der Tanzaufführung waren“, schlug ich noch vor und Lou willigte ein, bevor sie die Wohnung verließ.

„Wo fangen wir an?“, wollte Hailey etwas ratlos wissen.

„Bei der Musik“, antwortete ich lächelnd und huschte zurück in die Küche, wo unser altes, geliebtes Radio mit dem CD Spieler in der Küchenzeile eingebaut war. Ich schnappte mir die CD, auf der dick und fett mit rotem Edding **Weihnachtslieder** geschrieben stand und legte sie ein.

Sofort spielten die ersten Zeilen von *It‘s beginnig to look a lot like Christmas* an und ich schloss vor Freude die Augen, um die Musik in mir aufzunehmen.

Anschließend trugen wir unsere Ausbeute vom Markt ins Wohnzimmer und hievten dann auch noch die Dekoration, die wir schon seit Jahren hatten, in der schweren Kiste aus dem Flur rein.

Unser Wohnzimmer war der größte Raum in unserer Wohnung und ich liebte es über alles. Es besaß eine Dachschräge mit hellen Holzbalken, einen hölzernen Dielenboden, eine kleine, gemütliche hellgraue Couch mit Kuscheldecken und Kissen darauf und einem kleinen Couchtisch. In weiß gestrichene Holzschränke und Regale voller Bücher nahmen die Wand ohne Schräge in Besitz. In der Mitte des Raums befand sich ein Stützbalken aus Holz, vor dem unsere ganzer Stolz in Form eines kleinen Kamins stand. Hier brannte immer ein Feuer und heizte damit fast die ganze

Wohnung auf. Neben dem Sofa war das große Fenster, das bis auf den Boden reichte. Es war oben halbrund, mit Sprossen besetzt und hatte eines der schwarzen Geländer, sodass man, wenn man es öffnete, einen mini Balkon hatte.

Die Weihnachtslieder drangen aus der Küche zu uns rüber und ich bemerkte, wie Hailey leise mit summte, während sie sich daran machte, die Kissen mit rot karierten Bezügen zu beziehen.

Sie so zu sehen machte mich unfassbar glücklich. Und ich nahm mir fest vor für sie da zu sein egal, wie dunkel der Abgrund war, vor dem sie sich befand.

# Kapitel 20

## *Hailey 2022*

Ich beobachtete vom Bett aus, wie Chloé nacheinander all ihre Kerzen entzündete und Lichterketten anschaltete. Ihr Zimmer war klein, aber unfassbar gemütlich mit dem vielen hellen Holz, den weiß gestrichenen Möbeln mit den schwarzen Griffen - typisch pariser Landhaus - und dem großen Bett mit den vielen Kissen und Decken, auf dem wir beide Platz hatten. Das Highlight des Raums war die kleine Fensternische neben dem Bett. Eine breite Fensterbank in einer Art dreieckigen Gaube. Würde ich hier leben, würde ich jeden Tag dort sitzen und die Straßen von Paris beobachten. Denn der Ausblick war einfach nur atemberaubend schön.

„Bien“, kam es von Chloé. Gerade hatte sie noch einen kleinen künstlichen Weihnachtsbaum auf die niedrige Kommode mit den verschnörkelten Griffen gestellt. Direkt neben ihren Fernseher, der die Kommode für sich beanspruchte. „Das sieht gut aus!“

„Ja stimmt“, stimmte ich ihr zu. Die letzten Minuten hatten wir noch damit verbracht, den Rest der Wohnung zu dekorieren.

Mit einem Seufzen ließ sie sich jetzt neben mich auf das große Holzbett mit der leicht federnden Matratze sinken. Sie schob sich bis ans Kopfende und kuschelte sich mit der großen beigen Decke in die Kissen.

Eine ganze Weile schaute sie mich einfach nur an.

„Ich... verstehe dich", behauptete sie dann plötzlich, was mich kurz etwas irritierte. Doch ehe ich nachhaken konnte, sprach sie schon weiter. „Und Lou hatte recht."

„Mit was?", wollte ich wissen und rutschte ebenfalls zu ihr ans Kopfende, um mir einen Teil der Decke zu schnappen.

„Du kennst mich kaum, weil ich dir nie sehr viel von mir erzählt habe. Ich verstehe dich, weil es mir mehr als fünf Jahre lang ähnlich ging. Aber das kannst du nicht wissen und deshalb glaubst du, ich kann dich nicht verstehen oder nachvollziehen, wie es dir geht."

Darauf wusste ich nichts zu erwidern.

Sie raufte sich die lockigen Haare, die mittlerweile aus ihrem Dutt in alle Richtungen abstanden. „Du sollst nicht denken, dass ich dir nicht vertraue, aber... ich will dich einfach nicht belasten. Das Gefühl, etwas mit jemandem teilen zu können ist neu für mich. Da war immer nur Lou. Sonst niemand."

Noch immer schweigend legte ich den Kopf leicht schief und versuchte hinter ihre Worte zu blicken. Zu der jungen Frau, die immer so selbstbewusst und voller Lebensfreude wirkte.

„Aber ich möchte, dass du weißt, dass ich es nachfühlen kann. Nicht genau so, wie du, aber ich... es... ach *merde* warum bin ich so mies dabei?“ Frustriert schlug sie sich die Hände vors Gesicht und ich bemerkte, wie ihre Schultern zu beben begannen.

Ein unbeholfenes Gefühl machte sich in mir breit. Ich hatte keine Ahnung, wie ich reagieren sollte.

„Sag mir einfach, was du mir über dich erzählen willst, Chloé. Ich zwinge dich zu nichts“, versuchte ich dann, sie aufzumuntern.

Tatsächlich nahm sie die Hände vom Gesicht und wischte sich schnell mit dem Handrücken über die Augen.

„Früher hatte ich nie Freunde. Eigentlich hatte ich nie welche und... keine Ahnung ob wir wirklich welche sind, aber... ich will das nicht kaputtmachen indem du denkst, du bist nur mein emotionaler Mülleimer. Und ich geb‘s zu, ich bin oft irgendwie eifersüchtig, wenn du von Stacy erzählst, weil ich sowas nie hatte und ich weiß, dass das total dämlich ist, aber ich kann es nicht verhindern so zu fühlen und...“

„Stopp!“, unterbrach ich sie schärfer als beabsichtig. Ruhiger fügte ich hinzu: „Eine Freundin darf auch mal dein emotionaler Mülleimer sein.“

Chloés Augen wurden groß und ich lächelte. Ihre Reaktion war wie die eines kleinen Kindes, dem man verkündet hatte, dass Weihnachten vorverlegt worden war.

Ich schien sie wirklich nicht gut zu kennen. Sie wirkte immer so selbstbewusst und präsent. Aber eigentlich hätte ich es besser wissen müssen. Immerhin war ich jahrelang schon nach außen hin eine vorlaute, nie um einen Konter verlegenen Person gewesen, während in mir drin alles langsam zerbröckelt war. So lange bis zu dem letzten Jahr, in dem ich auch den letzten Rest meiner tollen Fassade verloren hatte. Nicht einmal Stacy hatte alles von mir gewusst...

„Freundin?“, hauchte Chloé und in ihre braunen Augen trat ein so ungläubiger Ausdruck, dass ich fast lachen musste.

Und dann, noch bevor ich ihre Frage bejahen konnte, nahm sie mich in den Arm und hielt mich fest. Ich spürte, dass sie wirklich gezweifelt hatte. Dass ich für sie scheinbar tatsächlich den Eindruck gemacht hatte, dass ich niemanden an mich ranließ. Wobei... so falsch war das nicht.

Schließlich stand sie auf, ging zu ihrem alten Holzschreibtisch und zog aus der kleinen Schublade des Aufsatzes ein Foto raus. Eine Weile blieb sie stehen und schaute es einfach nur an. Es schien, als wäre sie in Gedanken gerade in dem Zeitpunkt, zu dem das Bild aufgenommen worden war.

Nach einer Weile kam sie dann zu mir und reichte mir das Foto. Ein Bild das sie zeigte, wie ich nach einer Minute überlegen feststellte. Erst hatte ich sie nicht erkannt, aber dann waren mir die Grübchen ihres Lächelns aufgefallen, die braunen Augen, das rundliche Gesicht und dieses lebendige an ihr...

Das musste sie sein, als sie noch jünger gewesen war. Zehn vielleicht oder elf. Sie saß in einem Krankenhausbett, ein kleiner Tannenbaum auf ihrem Nachttisch und eine Frau neben ihr, die ich als Louise identifizierte. In ihrem Arm musste eine Nadel mit einer Infusion stecken, denn ein Beutel hing neben dem Bett an einem Ständer. Außerdem ragten noch etliche weitere Kabel aus ihrem Körper.

Der markanteste Punkt auf dem Bild war jedoch ihr Kopf. Denn auf dem Bild fehlten ihre wilden Locken oder jegliche andere Art von Haaren. Sie hatte eine Glatze.

„Ich war damals zehn, als kurz nach dem Tod meiner Familie Leukämie bei mir diagnostiziert wurde."

Über Chloés Gesicht huschte ein Schatten, sie ballte kurz die Hände zu Fäusten. „Von heute auf morgen musste ich in ein Krankenhaus, musste die Schule von dort aus weitermachen. Und in den Krankenhäusern habe ich dann fast fünf Jahre quasi gelebt. Mal mehr, mal weniger. Ich habe sowieso schon nie viele Freunde gehabt und richtig gute, ehrliche erst recht nicht. Und die wenigen habe ich dann auch noch verloren. Mich kam niemand besuchen außer meiner Tante."

Sie lächelte gedankenverloren ein trauriges Lächeln und ich ließ sie weiter erzählen, wollte sie nicht unterbrechen.

„Die erste Chemotherapie hat nicht angeschlagen. Die zweite auch nicht. Lou wollte nach einer anderen Methode suchen, wollte mich dieser Strahlung nicht länger aussetzen. Aber vor allem wollte sie nicht noch einen Teil ihrer Familie verlieren. Ich habe versucht für sie stark zu sein, aber irgendwann kommt einfach ein Punkt, an dem man die Hoffnung verliert.

Nach einiger Zeit habe ich dann die Schule immer mehr vernachlässigt, denn für was sollte ich denn auch an meine

Zukunft denken, wenn sie vielleicht... vielleicht gar nicht mehr existiert...?“

Ihre Stimme wurde erstickter.

Zögernd rückte ich noch näher an sie ran und ließ sie sich an mich lehnen.

„Aber dann hat es plötzlich geklappt“, fuhr sie fort und ich sah wieder dieses Lächeln bei ihr. „Endlich haben die Chemo und die Medikamente gewirkt und den Krebs aus meinem Körper ganz vertrieben. Ich bin wieder gesund geworden. Es hat sehr lange gedauert und noch länger, bis auch mein Kopf, meine Gedanken wieder heilen konnten.

Mein Immunsystem war lange Zeit extrem schlecht und ich wurde dadurch häufig krank. Doch der Krebs war weg und langsam kam meine Hoffnung zurück. Meine Freunde allerdings nicht.“

Chloé atmete tief durch. „Als ich endlich wieder zur Schule gehen konnte war ich sechzehn und niemand kannte mich mehr wirklich. Ich war Außenseiterin und habe den Abschluss nur gerade so geschafft. Aber... ich *habe* es geschafft, Hailey.“

Sie sah mich an. „Und deshalb verstehe ich dich. Ich weiß wie es ist, allein im Dunkeln zu sein. Wie es ist, sich zu fühlen als wäre man vom Leben mit einem Dolch niedergestochen worden. Als würde man fallen und in seiner eigenen Blutlache liegen.“

Eine Gänsehaut breitete sich auf meinen Armen aus.

„Allerdings können Wunden heilen, Blut kann aufhören daraus zu fließen und die Lache um einen herum trocknen. Und dann kann man aufstehen, sich langsam vorwärts tasten und diesen Fleck hinter sich lassen. Weil da noch so viel im Leben ist, für das es sich zu leben lohnt. Weil da noch so viel Licht ist, das man spüren kann und vor allem weil man jeden Tag einen Neuanfang starten kann."

Ich nahm aus dem Augenwinkel wahr wie Anouk das Zimmer betrat, zu uns tippelte und aufs Bett sprang, um sich bei uns zu einem Kringel zusammenzurollen.

„Ja, ich hatte Glück. Ich hatte so verdammt viel Glück, dass ich überlebt habe. Aber wenn ich trotz dem Verlust meiner Hoffnung nicht die ganze Zeit über diesen Funken Licht in mir getragen hätte, diesen Funken, den mir Lou geschenkt hat, dann hätte ich ganz aufgegeben. Und ich weiß nicht, ob ich dann heute hier wäre.

Wenn ich in der schweren Zeit in der Schule aufgegeben hätte, dann wäre ich definitiv heute nicht mehr hier. Dann hätte ich dich niemals kennengelernt und mit dir seit langer Zeit wieder die Freundschaft. Ich hätte dem Leben damit gar keine Chance mehr gegeben, mir zu beweisen, dass da noch so viel ist, was es kennen zu lernen gibt."

„Es tut mir leid", sagte ich leise. „Dass du so lange in einem Krankenhaus leben musstest. Das sollte niemand müssen."

Und doch spürte ich einen Stich in meiner Brust. Einen Stich, der meine Worte Lügen strafte.

*Ich will krank sein.*

*Ich will am Ende sein.*

*Ich will weniger sein.*

Gleichzeitig fühlte ich mich unglaublich schuldig. Chloé war schwer krank gewesen und das einzige, was mir durch meinen kranken Kopf ging war: *Ich bin nicht krank genug*.

„Das muss es nicht, Hailey“, antwortete Chloé. „Wenn ich nicht so lange so viel Zeit gehabt hätte, hätte ich niemals *Gilmore Girls* für mich entdeckt.“ Sie grinste mich an und ich lächelte matt zurück.

Ich reichte ihr wieder das Foto und begann damit, Anouk zu streicheln. Eine Stille entstand zwischen uns und ich wusste, dass sie damit rechnete, dass ich ihr von meiner Geschichte erzählte. Aber ich konnte nicht. Ich konnte meine Mauer einfach nicht überwinden.

„Hättest du Lust auf einen Weihnachtsfilm?“, fragte sie mich dann plötzlich und ich nickte. Ein bisschen Ablenkung konnte nicht schaden.

Scheinbar begeistert sprang sie vom Bett auf und lief zu der Kommode mit dem Fernseher. In der Schublade darunter kramte sie eine Weile rum.

„Auf welchen hast du Lust... Kevin allein zu Haus? Kevin allein in New York? Als der Weihnachtsmann vom Himmel fiel... oder *oh* drei Haselnüsse für Aschenbrödel?“ Mit vier DVDs in den Armen drehte sie sich zu mir um und sah mich fragend an.

Ich dagegen zuckte nur ratlos die Schultern. „Eh, ich glaube ich kenne keinen davon“, gab ich zu und spielte mit einem Faden, der sich aus der Decke zog. „Such du einen aus.“

In meiner Familie waren noch nie Weihnachtsfilme geschaut worden. Wir waren nie diese Kuschel-Familie gewesen, die sich zusammen vor den Fernseher gesetzt hatte. Eher die *Du bekommst zu Weihnachten einen neuen Sportwagen und zu mehr ist dieses Fest nicht nützlich* - Familie. Wenn ich ehrlich war, war das einzige richtige Weihnachtsfest das ich gefeiert hatte, stets das bei Stacy und ihrer Familie gewesen.

Chloé sah so aus, als würde sie vom Glauben abfallen, so weit klappte ihr die Kinnlade runter.

Doch sie schien zu verstehen und fragte nicht nach.

„Dann haben wir hier in den nächsten Tagen vor Weihnachten noch einiges nachzuholen", bestimmte sie und legte drei der DVDs wieder zurück in die Schublade. „Heute fangen wir an mit *Drei Haselnüsse für Aschenbrödel* - den alten Film. Das ist ein absoluter Klassiker, den wir jedes Jahr schauen!"

„Okay", sagte ich nur und machte es mir mit der Decke und den Kissen etwas bequemer. Die Kerzen und Lichterketten tauchten den Raum in warmes Licht und draußen vor dem Fenster war die Nacht erhellt von den Lichtern der Stadt.

Als sie die DVD eingelegt und auf das Menü geklickt hatte, verschwand sie nochmal kurz aus dem Zimmer. Zurück kam sie mit einem Tablett auf dem zwei dampfende Tassen mit Weihnachtsmotiv, eine große Schüssel mit Louises Keksen und eine zweite Schüssel mit Obst standen.

Vorsichtig balancierte sie das Tablett aufs Bett, bevor auch sie es sich gemütlich machte.

Anouk hob den Kopf und schnupperte in Richtung des Tabletts voller Snacks.

„Oh non!“, lachte Chloé. „Das ist nicht gut für dich, Nouki.“

Sie startete den Film, der eindeutig sehr alt war. Eine helle, fröhliche Melodie setzte ein und eine Szene auf einem alten Landsitz begann.

Wir tranken unsere heiße Schokolade und ich aß sogar drei der Kekse, die Louise gebacken hatte. Sie waren verdammt lecker, weshalb ich mir noch einen nahm und fühlte mich frei wie sehr lange nicht mehr.

Ein Stück Freude keimte in mir auf. Denn ich kannte diesen Film nur aus Erzählungen und hatte plötzlich das Gefühl, einen Teil meiner Kindheit nachzuholen, den es nie gegeben hatte.

# Kapitel 21

## *Hailey 2022*

Noch lange nachdem der Film zu Ende und Chloé eingeschlafen war, lag ich wach.

In der Stille, die in dem Zimmer herrschte, kam eine Unruhe in mir auf, die mir viel zu laut vorkam. Ich konnte einfach nicht schlafen. Auf einmal schien ich die gegessenen Kekse überdeutlich in meinem Magen zu spüren.

*Zu viel.*

*Zu viel.*

*Zu viel.*

*Zu viel.*

*Es war zu viel.*

Mit einem Ruck setzte ich mich im Bett auf und presste mir die Handflächen gegen die Ohren, als könnte ich die Stimme in mir damit zum Schweigen bringen.

*Nein es war okay! Es war lecker!*, hielt ich krampfhaft dagegen.

*Zu viel.*

*Zu viel.*

*Zu viel.*

Hätte Chloé nicht geschlafen, hätte ich geschrien. Wie hatte ich nur so naiv sein können zu glauben, stärker zu sein?

*Werde es los. Jetzt.*

Ein leises Wimmern entfuhr mir, als ich so leise es nur ging aufstand und mich aus dem Zimmer schlich.

Im Bad drehte ich den Schlüssel im Schloss um.

Die Hände auf den Rand des Waschbeckens gestützt starrte ich mein Spiegelbild an. Unter meinen Augen lagen tiefe Schatten, die eindeutlich zeigten, wie weit am Ende ich war. Wie müde.

Zitternd fuhr ich mir durch mein verknotetes, langes Haar. Da war wieder diese unsichtbare Hand, die mich auf den Abgrund, auf den tiefen Schlund zuschieben wollte.

Schmerz pulsierte durch meine Adern.

Schmerz, den ich weder fassen noch einordnen konnte.

Und da war noch etwas in mir: Permanente Unruhe. Ich sah die Toilette im Spiegel hinter mir und presste die Lippen fest zu. Als könnte ich mich somit davon abhalten.

Verkrampft und zitternd stand ich da und kämpfte gegen diesen Drang in mir, es loszuwerden. So lange, bis mir der Schweiß aus allen Poren rannte.

Schließlich stieß ich mich ruckartig vom Waschbecken ab und verließ das Badezimmer. Im Flur zog ich mir meine Turnschuhe an, sowie meine Jacke über meinen Pyjama. Meine Haare band ich zu einem hohen Pferdeschwanz zusammen, bevor ich mir noch den Wohnungsschlüssel von der Kommode schnappte und nach draußen schlüpfte.

So schnell es mir meine erschöpfte Lunge erlaubte, lief ich die Treppe nach unten und verließ das Gebäude.

Eiskalte Nachtluft peitschte mir ins Gesicht, zusammen mit ein bisschen Nieselregen. Noch immer lag eine dünne Schicht Schnee auf der Stadt. Mein Atem bildete kleine Wölkchen vor meinem Mund in der kalten Luft.

Ich zog die Tür hinter mir zu und dachte in dem Moment noch, dass es problematisch werden würde wieder nach drinnen zu kommen, da ich den Code nicht kannte.

Trotzdem lief ich einfach die *Rue Saint Didier* entlang und ohne es wirklich zu merken, wurden meine Schritte immer schneller, bis ich schließlich joggte.

In einem strammen Tempo rannte ich durch mehrere Straßen und Gassen. Dass es nachts allein in Paris vielleicht nicht sehr sicher war, verdrängte ich.

Alles in meinem Kopf wurde verdrängt. Da war nur noch ein einziger, sich ständig kreisender Gedanke, der nicht meiner war.

*Du musst es loswerden.*

*Du musst schneller sein.*

*Du musst es loswerden.*

Und so landete ich schließlich bei dem *Arc de Triomphe*. Trotz der Tatsache, dass es mitten in der Nacht war, fuhr noch immer eine beachtliche Menge an Autos auf dem Kreisel und auf den Straßen.

Mein Atem ging auf einmal nur noch stoßweise und ich spürte dieses Ziehen und Stechen in meinem Herzen. Da war so eine Enge in meiner Brust, die sich anfühlte, als würden sich meine Eingeweide an der Stelle zusammenziehen. Ich fühlte mein Herz viel zu schnell gegen meine Rippen poltern und merkte, wie mir schwindlig wurde.

An einer Bank auf der *Champs Elysées* stoppte ich schließlich abrupt und ließ mich auf ihr nieder. Die kalte dünne Schicht aus Schnee, die darauf lag, drang durch meine dünne Pyjamahose und ließ mich erzittern.

Um mich herum liefen vereinzelt noch ein paar Menschen, aber das war nichts im Vergleich zu dem, was bei Tag hier an Massen unterwegs waren.

Lichterketten beleuchteten die Stuckfassaden der Gebäude, die die Straße wie eine Mauer einrahmten. In den Schaufenstern der Läden waren die Gitter runtergefahren worden und die Deko strahlte hindurch. Die akkuraten Bäume entlang der vierspurigen Prachtstraße leuchteten ebenfalls unter einem Netz aus Lichtern. Man hörte das Hupen und Rauschen von den vorbeifahrenden Autos, einen Hund der bellte, irgendwo eine Sirene und vereinzelt die Stimmen der wenigen Menschen, die um diese Uhrzeit noch unterwegs waren. Jugendliche, die von einer Party kamen etwa.

Je länger ich auf der Bank saß, desto kälter wurde es mir und desto bewusster wurde ich mir dem Herzrasen in meiner Brust und dem Schwindel, durch den sich mir alles drehte.

„Darf ich mich setzen?“, fragte plötzlich eine dunkle, raue Stimme irgendwo neben mir. Ich wollte laut *Nein!* schreien und so schnell wie möglich wegrennen, doch weder das eine noch das andere gelang mir.

Die Bank wackelte kurz und als ich den Blick wandte, stockte mir kurz der Atem.

„Gabriel?“, keuchte ich überrascht, den alten Mann wieder hier zu treffen. Er trug Chloés Mantel und die Klamotten, die er vermutlich schon viele Jahre besaß. In seiner Hand sah ich seinen einzigen Besitz, das Buch *Der kleine Prinz*.

„Was macht eine junge Frau wie du hier allein mitten in der Nacht auf einer Bank?“, fragte er direkt und legte den Kopf schief, wobei eine seiner grauen, schütteren Strähnen ihm ins Gesicht fiel.

Ich zuckte nur die Achseln. „War auf einer Party“, log ich.

„Das wäre eine Möglichkeit“, erwiderte er, legte eine Hand an sein Kinn und nickte. „Aber ich würde mal behaupten, dass ich schon lange genug auf der Straße lebe und viele verrückte Dinge gesehen habe um zu sagen, dass nie jemand im Schlafanzug auf eine Party gegangen ist. Außerdem siehst du aus, als hättest du lange wach gelegen, weil du nicht einschlafen konntest, es aber wolltest.“

Mir blieb kurz die Spucke weg bei Gabriels fast übernatürlich wirkender Menschenkenntnis.

„Wusste ich es also doch." Mein Schweigen schien ihm Antwort genug zu sein. Er lächelte nachdenklich und beobachtete die prachtvolle Häuserfront vor uns.

„Wie hast du mich gefunden?", wollte ich von ihm wissen und betrachtete sein kantiges Seitenprofil. Es war von Spuren des Alters und des Leben zerfurcht. Aber auch von Hunger und der Armut, in der er lebte.

Er lachte, den Blick weiterhin auf das Gebäude gerichtet. „Das gleiche könnte ich dich fragen, Hailey. So war doch dein Name, oder?"

Perplex nickte ich.

„Wie ich schonmal zu dir und deiner Freundin sagte, glaube ich daran, das man sich trifft wenn es so sein soll."

„Und jetzt sollten wir uns hier treffen?", fragte ich.

Er bestätigte.

„Was ist es, wovor zu wegläufst, Hailey?"

Automatisch wollte ich schon sagen, dass alles gut sei, aber ich brachte es einfach nicht über mich. Zumal ich ohnehin das Gefühl hatte, ihm nichts vormachen zu können.

*Er würde hervorragen zu Heather passen*, ging es mir durch den Kopf.

Gabriel saß neben mir und schien auf eine Antwort zu warten und er ließ mir Zeit, machte mir keinen Druck.

„Vor mir selbst, schätze ich", flüsterte ich nach einer Weile und spielte mit dem Reißverschluss meiner Jacke. „Und irgendwie auch wieder nicht..."

„Ein Kampf mit sich selbst ist immer schwer. Denn man wird sich so oder so immer auf irgendeine Art selbst verletzen. Wenn man allerdings für die richtige Seite kämpft, dann lohnt sich der Schmerz am Ende.“

„Ich... weiß aber nicht, welche die richtige Seite ist.“

„Doch“, behauptete er und sah mir endlich in die Augen. „Doch das weißt du. Und du weißt auch, wen du bei diesem Kampf an deiner Seite haben willst. Du musst es dir nur selbst eingestehen und die Hilfe annehmen, die dir von außen angeboten wird.“

Ich fühlte mich plötzlich auf eine merkwürdige Art und Weise ertappt. So als hätte Gabriel mich gerade wachgerüttelt.

„Aber... ich habe die Hilfe nicht verdient. Ich... bin nicht krank genug.“

Meine Stimme war leicht heiser geworden und meine Kehle fühlte sich an wie zugeschnürt. Die Hände hatte ich in meinem Schoß zu eiskalten Fäusten geballt.

Da war wieder mein Mantra.

*Du darfst nicht schwach sein.*

*Du musst alles allein schaffen.*

Plötzlich stand Gabriel auf und entfernte sich ein paar Schritte. Bevor er weiterging, drehte er sich nochmal zu mir um.

„Jeder Mensch, egal ob kerngesund, sterbenskrank, stark und selbstbewusst oder schwach und unsicher, hat immer und zu jeder Zeit das Recht auf Hilfe. Und sie anzunehmen macht einen jeden von ihnen unglaublich stark.“

Dann verschwand er um die Ecke und aus meinem Sichtfeld.

# Kapitel 22

## *Chloé 2022*

Die zarte Schicht Schnee unter meinen Sohlen knirschte. Der kalte Wind pfiff mir um die Ohren und fuhr mir durch mein komplett zerzaustes Haar.

Als ich eben kurz wach geworden war und gesehen hatte, dass Hailey nicht mehr da war, hatte ich noch angenommen, sie sei im Bad gewesen. Doch dass ihre Schuhe und ihre Jacke gefehlt hatten, hatte mich panisch werden lassen.

Weil sie nicht einmal ihr Handy mitgenommen hatte, war mir nichts anderes übrig geblieben, als draußen nach ihr zu suchen.

Mein Herz trommelte wie wild gegen meine Rippen aus Angst, ihr könnte etwas passiert sein. Paris war nachts nicht gerade ein sicherer Ort und dazu befand sie sich alles andere als im gesundheitlichen Bestzustand.

Eine Weile hatte ich die Spuren ihrer Turnschuhe im leichten Schnee verfolgen können. Jetzt aber hatte es doch noch zu schneien angefangen und ich sah gar nichts mehr.

Verzweiflung stieg in mir auf.

Was war passiert?

Hatte ich etwas falsches gesagt?

Fühlte sie sich unwohl bei uns?

Nein.

Ich wusste ganz genau, dass es das nicht gewesen war, was sie mitten in der Nacht dazu gebracht hatte, wegzulaufen.

Meine Nerven wurden dadurch allerdings nicht beruhigt.

Vor mir erstreckte sich eine breite Kreuzung und ich hatte keinen Plan mehr, wo ich langgehen sollte.

Gerade als ich frustriert aufschreien wollte, entdeckte ich eine Gestalt weiter vor mir, die leicht wankend auf mich zugelaufen kam. Angestrengt kniff ich die Augen zu und erkannte sie, als sie unter einer Laterne vorbeiging.

„Hailey!“, rief ich und mir wurde vor Erleichterung ganz flau im Magen.

Doch meine Erleichterung bekam Risse, als ich sah, *wie* sie auf mich zukam.

Stolpernd.

Müde.

Schwach.

„Hailey!“, wiederholte ich ihren Namen und stürzte auf sie zu. Sie kippte quasi direkt in meine Arme.

„Es tut mir so leid“, schluchzte sie in meine Halsbeuge und ich hielt sie fest. Sie, in diesem Körper, der aus nicht mehr als Haut und Knochen zu bestehen schien.

Ein Zittern schüttelte ihren Körper und ich bekam Angst.

„Ist okay“, wisperte ich und strich ihr über den Rücken. Wie sie in meinen Armen lag... Wie eine Puppe. Es tat weh, sie so zu sehen und nicht zu wissen, was ich tun konnte um ihr die Schatten zu nehmen.

„Nein ist es nicht“, krächzte Hailey und löste sich kraftlos aus der Umarmung. „Nichts ist okay. Und ich weiß das. Ich wusste das schon sehr lange. Aber ich habe es einfach ignoriert.“

Im schwachen Schein der Laterne wirkte ihr schmales Gesicht noch kantiger, noch zerbrechlicher und düsterer. Ihr Haar schien verknotet und die Schatten unter ihren Augen sahen aus, als wären da nur noch Höhlen in ihrem Gesicht.

„Komm, wir gehen nach Hause“, schlug ich vor und hakte mich bei ihr unter. Gemeinsam liefen wird durch das nächtliche, leichte Schneetreiben zurück.

Die Wärme unserer Wohnung empfing uns wie eine herzliche Umarmung und ich hieß sie auf meiner kalten Haut willkommen.

So leise es nur ging huschten wir zurück auf mein Zimmer, wo Hailey sich sofort schlaff auf mein Bett sinken ließ. Ihr Atem hörte sich viel zu flach und hektisch zugleich an. In ihren Augen war etwas, was sie aussehen ließ, als läge ein Schleier über ihnen.

„Hailey?“, fragte ich besorgt und setzte mich zu ihr.

„Es... ist“, begann sie und drückte sich eine Hand an die linke Brust. Sie verzog das Gesicht als hätte sie starke Schmerzen.

„Ich habe einen Fehler gemacht", keuchte sie. „Mein Körper kann nicht mehr. *Ich* kann nicht mehr, Chloé."

Im Licht meiner Nachttischlampe sah ich Tränen in ihren Augenwinkeln glitzern und ich musste selbst gegen den Klos in meinem Hals schlucken.

„Hast du deine Medikamente genommen?", fragte ich sie und versuchte dabei nicht wie eine Mutter zu klingen.

Ihre Hände die sich zu Fäusten ballten, die verkniffenen Lippen und die geschlossenen Lider waren meine Antwort.

„Oh Hailey", hauchte ich und vergrub meine Hände in meinen Haaren. In mir war es auf einmal so leer.

Ein Gefühl, wie ich es bisher in meinem Leben nur einmal gehabt hatte. An dem Tag des Autounfalls.

An dem Tag, als ich auf einen Schlag die drei Menschen aus meinem Leben verloren hatte, die ich am meisten geliebt hatte.

Das hier... fühlte sich genauso an. Es war, als würde mir Hailey entgleiten und ich konnte sie einfach nicht mehr halten. Denn ich kämpfte gegen einen Feind, der ein Teil von ihr war. Ein Teil von ihr, der sie tot sehen wollte.

„Warum?", wollte ich nur wissen. „Warum nimmst du die Medikamente nicht mehr?"

Langsam hob sie den Kopf und sah mich an.

„Ich... habe Angst", erklärte sie, als würde es sie jede Kraft kosten, das zuzugeben. „Jedesmal, wenn ich Hunger habe, habe ich Angst, zu viel zu essen. Ich habe Angst vor dem Hunger. Aber weißt du, wovor ich mich am allermeisten fürchte?"

„Nein."

„Davor, wieder gesund zu sein."

Mein Magen wurde zu einem Stein. Und mir wurde klar, dass sie das alles deswegen tat. Das eigenständige Absetzen ihrer Tabletten für die Herzrhythmusstörung, die körperlichen Qualen in Form von zu großer Anstrengung, die sie sich antat.

„Warum?", wiederholte ich meine Frage und konnte es jetzt nicht mehr verhindern, dass mir die Tränen über das Gesicht liefen. „Warum... willst du... dich *umbringen*?" Die Frage war kaum mehr als ein Flüstern.

Hailey schlug sich die Hände vor den Mund und ein Keuchen so voller Schmerz drang aus ihrer Kehle, dass ich unwillkürlich zusammenzuckte.

Vorsichtig rückte ich näher zu ihr und nahm ihr die Hände aus dem tränenüberströmten Gesicht, sodass sie mich direkt ansehen musste. Der Schmerz, die Qualen und der unerbittliche Kampf gegen sich selbst, der darin zu erkennen war, tat so weh.

Schließlich schnappte sie nach Luft und stieß einmal tief ihren Atem aus.

„Weil ich... Ich will mich nicht umbringen", flüsterte sie. „Nein, ich... will nur... weniger werden. Unsichtbar. Schwach. Ich will... krank sein um es wert zu sein, beschützt zu werden. Um... um... in dieser Welt nicht alleine klarkommen zu müssen." Ihr Blick ging zur Decke und ihre Schultern bebten. „Und... irgendwo in mir drin war es... mir egal, wenn es mich töten würde. Wenn diese Stimme in mir, diese *Krankheit* mich einfach mit sich in den Abgrund zieht."

„Es tut mir so leid", flüsterte ich. „Es tut mir so leid, dass du so fühlst und so viel Schmerz mit dir rumtragen musst. Aber... du *darfst* nicht gehen, okay?" Meine Stimme brach und ich fuhr leise fort: „Du bist wertvoll, genau so, wie du bist. Und egal, was du für eine Kleidergröße hast, wie dick oder dünn du bist, du bist es *immer* wert, beschützt zu werden, Hailey. Vielleicht hat dir das in deiner Kindheit niemand gesagt, aber du musst *nichts* alleine durchstehen. Gar nichts. Ich bin für dich da und ich werde diesen Weg mit dir gehen, ja?"

Für einen Moment sammelte ich mich nochmal und versuchte, das Schluchzen zu unterdrücken. „Aber du musst selbstständig mitgehen. Ich kann dich begleiten, aber dich nicht tragen. Ich kann dir sagen, dass du auf diesem Weg, der dir bevorsteht, nicht allein sein musst, aber du musst meine Gegenwart, meine Hilfe auch annehmen."

„Ich habe heute Gabriel getroffen", sagte sie plötzlich. „Und... ich glaube ich habe durch ihn etwas erkannt, dass ich immer und immer wieder ignoriert habe." Sie holte tief Luft. „Ich... bin... Magersüchtig. Und ich habe es genossen. Hab die Gefahren, die Folgen sogar *gewollt*. Alles weil..."

„Weil du es nie anders gelernt hast", unterbrach ich sie. „Weil du mit dem Glauben aufgewachsen bist, alles alleine machen zu müssen, immer stark sein zu müssen, richtig?"

Sie nickte abgehackt.

„Aber jetzt… bist du hier. Bei mir. Und ich verspreche dir, dass du das nicht alleine durchstehen musst.“

„Nur was, wenn ich es nicht schaffe, Chloé?“, fragte sie dann und ich erkannte die Verzweiflung in ihrer Stimme. „Was, wenn diese Krankheit längst zu stark für mich geworden ist und ich keine Chance mehr habe?“

„Das wird nicht passierten“, bestimmte ich mit fester Stimme.

„Wie kannst du dir da so sicher sein?“, wollte Hailey wissen.

„Du hast gerade eingestanden, dass *nicht* alles okay bei dir ist. Du hast gerade das bekommen, was nur kommen kann, wenn man wirklich stark genug dafür ist: Erkenntnis.“

„Es ist nur… da gibt es noch so viel, was mir Angst macht, was der Krankheit Kraft gibt.“ Fragend legte ich den Kopf schief. „Ich habe keine Ahnung mehr, wie meine Zukunft aussehen soll. In meinem Leben gab es immer nur Ziele, die für mich unerreichbar gewesen sind, oder die ich nie erreichen wollte.“

Verständnisvoll legte ich ihr eine Hand auf den Arm. „Und was willst du?“

„Das ist es ja“, sagte sie erstickt. „Ich… weiß nicht, was ich will. Oder… ich will gar nichts mehr.“

„Tanzen“, entwich es mir mit einem Mal und verblüfft sah mich Hailey direkt an. „Du sagtest, du hast dich beim Tanzen immer frei gefühlt. Auf dem Markt vor ein paar Stunden hast du mich gefragt, ob wir zu der Aufführung im *Opéra Garnier* gehen können. Also *wolltest* du dahin, Hailey. Du *wolltest* es. Und du hast dich gefreut, als ich dir gesagt habe, dass wir hingehen werden. Das kann nicht nichts sein.“

Sie schnaubte.

„Aber es ist nicht *genug*!“, fuhr sie mich so heftig an, dass ich erschrocken zusammenzuckte. Dann fügte sie leiser hinzu: „Es war nie genug. Ich kann nicht Tänzerin werden, ich bin nicht so gut im Tanzen, wie Stacy es war.“

Ein freudloses Lachen entwich mir. „Niemand sagt dir, dass du Tänzerin werden musst.“

„Doch. Ich“, widersprach sie mir. „Ich möchte wieder Tanzen. Aber meine Eltern wollen, dass ich eine sichere und finanziell stabile Zukunft habe. Am besten eine, in der ich mehrere Millionen verdiene.“

„Hailey, das ist *dein* Leben und du hast noch so viele Jahre vor dir. Ich wiederhole: Was willst *du*?“

Diesmal wich sie nicht aus.

„Ich will wieder lernen, wie man lebt.“

# Kapitel 23

## *Hailey 2019 (vor zwei Jahren)*

Mein Herz schlug im gleichen Takt mit der sanften Melodie, die aus den Lautsprechern in der Halle klang.

Meine Beine bewegten sich wie von selbst, meine Arme gingen mit und meine Füße fanden ihre Position.

Ich legte mich in jede Drehung, als würde die Musik mich dabei tragen und mich jederzeit auffangen. All meine Bewegungen waren sicher und präzisiert.

Je mehr ich mich streckte, drehte und Sprünge vollführte, desto mehr Adrenalin rauschte durch meine Adern und ließ mich all meine Energie in diesen Tanz legen.

Pünktlich mit dem Ende des Liedes sank ich in meine letzte Position: Eine tiefe, elegante Verbeugung.

Ganz langsam schienen alle Geräusche neben der Musik wieder auf mich einzuprasseln.

Das Applaudieren meiner besten Freundin Stacy, die an die mit

Holz vertäfelte Wand der Halle gelehnt stand, das anerkennende Murmeln der anderen Tänzerinnen in meiner Gruppe.

In der komplett verspiegelten Wand mir gegenüber, die mit einer langen Holzstange durchzogen war, betrachtete ich mich für einen Moment.

Über einer hautfarbenen Strumpfhose trug ich den schwarzen Trainingsbody, wie alle hier. Beigefarbene Stulpen gingen mir bis über die Fersen, wo sie in die hellen Spitzenschuhe übergingen, die ich immer fürs Training trug. Meine schwarzen Haare hatte ich mir zu einem Dutt zusammengebunden. Grüne Augen blitzten aus dem Spiegel zu mir zurück.

Erst nach und nach kehrte ich voll und ganz ins Hier und Jetzt zurück. Mir rann der Schweiß über die Stirn und ich atmete schwer. Doch nichts kam gegen das unglaubliche Glücksgefühl in meiner Brust an.

„Hailey McEllen", kam es von Anne Young, unserer ziemlich strengen Tanzlehrerin. Mit ihrer durchtrainierten und doch eher zierlichen Figur, den hohen Wangenknochen und dem meistens fast bohrenden Blick konnte sie einen echt einschüchtern. Jeden, aber mich nicht. Meine Eltern hatten mir mehr als nur klar gemacht, dass ich hier nur war, weil sie es sich leisten konnten. Dass es *ein netter Zeitvertreib* war. Nichts weiter.

*Für sie* war es nichts weiter.

Für mich war es so viel mehr.

„Das war heute eine ganz gute Leistung."

Mir klappte der Mund auf und ich beobachtete eine ähnliche Reaktion bei Stacy und den anderen.

„*Gut*?", hakte ich nach und drohte für einen Augenblick, meine sorgsam errichtete, kalte Maske zu verlieren.

Innerlich hatte ich mich schon auf dreihundert Liegestütze vorbereitet, weil ich meinen Fuß einmal nicht zu hundert Prozent gestreckt oder mein Bein bei der Drehung nicht komplett im rechten Winkel gewesen war. Jap, auf sowas achtete sie. Anne Young war ein wandelndes Maßband.

„Ganz genau. Gut", antwortete sie schlicht, als wäre das nichts besonderes. Als würde sie das dauernd sagen und nicht nur etwa einmal im Jahr.

Rasch richtete ich mich auf und reckte das Kinn nach vorn.

Dann schritt ich zu den anderen, die mich nahezu überrascht anschauten.

„Zieh dich warm an Ella, da können deine Bügeleisen nicht mithalten", zischte ich der Neuen zu, die ich immer wieder mal aufzog, weil sie so große Füße hatte. Ich wusste nicht, warum ich das tat. Nein, eigentlich wusste ich es ganz genau.

Ich wollte stark wirken.

Unnahbar und vielleicht auch gemein.

Nur so konnte ich verhindern, dass jemand einen Blick hinter die Maske erhaschen konnte.

„McEllen!", herrschte mich die Stimme von Anne an.

*Fuck, die Frau hat echt Ohren wie ein verdammter Polarfuchs!*

„Dreißig!"

Ich gab ein genervtes Stöhnen von mir.

Stacy versuchte sich mit aller Gewalt ein Grinsen zu verkneifen - vergebens.

Dafür kassierte sie auch dreißig Liegestütze.

Auf dem Weg zur Umkleide merkte ich, wie Stace mir immer wieder Seitenblicke zuwarf.

„Was?“, fragte ich eine Spur zu gereizt.

Sie zog sich ihren Haargummi aus den hellblonden Haaren und zuckte dabei mit den Schultern.

„Vorhin bei diesem Tanz hast du so... frei gewirkt. Wie eine andere Hailey.“

„Aha?“, gab ich mit einer aufgesetzten Gleichgültigkeit zurück.

„Ja.“

„Wie denn?“, wollte ich wissen.

Abermals zuckte sie die Schultern. „Wenn mich wirklich nicht alles täuscht, habe ich deine große Klappe schrumpfen sehen.“

Dafür fing sie sich einen Stoß mit dem Ellbogen in die Seite ein.

„Au!“

„Du bist echt wahnsinnig witzig, Stace. Wirklich.“

Stacy verdrehte dramatisch die Augen zur Decke und lachte dieses glockenklare Lachen. Aber mir war klar dass sie wusste, ich war nur ihrer Frage ausgewichen. Der Wahrheit.

Denn Stace dachte das, was alle dachten: Das Tanzen wäre für mich nur eine Art Zeitvertreib, der mir mal mehr, mal weniger Freude bereitete.

Aber die Wahrheit war, dass ich verdammt eifersüchtig auf meine Freundin war. Darauf, dass ihre Eltern sie bei ihrem Traum so unterstützten. Dass sie eine so scheiße gute Tänzerin war. Dass sie einfach sie selbst sein konnte ohne Angst haben zu müssen, eine Enttäuschung zu sein.

Ich dagegen wusste nicht einmal, was ich wirklich wollte. Mein ganzes Leben lang kannte ich nur das Ziel, das mir immer wieder vorgegeben worden war: Erfolgreich zu sein.

Aber glücklich zu sein?

Mir hatte nie jemand erklärt, wie das funktionierte.

Ich versuchte einfach stets mit dem Leben klarzukommen, in das ich geboren worden war. Mich Stück für Stück in die Form zu pressen, die meine sein sollte, es aber nicht war. Und so wurde ich zu einem Menschen, der mir selbst fremd war.

Es gab Momente, in denen ich ich selbst war.

Momente, in denen ich die Maske fallen ließ und einfach darauf piff, was andere dachten. Allerdings wurden diese Momente von Jahr zu Jahr weniger. Und die Maske schien mit meinem Gesicht, mit meinem ganzen Sein zu verschmelzen.

Nur Stacy schaffte es, sie ab und zu ein Stück von mir zu lösen, einen Blick darunter zu erhaschen. Trotzdem konnte ich diesen Stich der Eifersucht in mir immer wieder deutlich spüren, wenn ich bei ihr zu Hause war.

Wie herzlich ihre Familie miteinander umging. Wie leicht es bei ihnen war, zu weinen oder ehrlich zu sein. Wie warm es bei ihrer Familie war.

Und dann jedesmal, wenn ich wieder in mein Zuhause zurück gehen musste... Es war immer wieder, als würde mir jemand einen Eimer voll Eiswasser über den Kopf schütten und sagen: *„Finde dich damit ab, dass du das nie haben wirst. Dass du eben einfach die Arschkarte gezogen hast.“*

„Hailey?“, durchbrach Stace meine Gedanken.

„Hm?“

„Ob du Lust hast, heute Abend vorbeizukommen um einen Film Abend zu machen?“

Stace stieß die Tür der Umkleide auf und wir traten in den kleinen Raum, indem es immer nach einer Mischung aus Schweiß, billigem Deo und Duschgel roch.

„Ich weiß nicht, ob ich das schaffe“, erwiderte ich. Es war nur eine halbe Lüge. Zeittechnisch würde ich es locker schaffen. Meine Eltern würden nicht einmal merken, dass ich nicht zu Hause sein würde. Und wenn, interessierte es sie ohnehin nicht.

„Ach komm schon, Lee“, bat sie und machte den Welpenblick mit ihren hellblauen Augen so gut nach, dass ich fast lachen musste.

Fast.

„Stacy, es gibt im Leben auch wichtigeres als faul auf dem Sofa zu sitzen und sich Junkfood reinzuziehen“, presste ich hervor und hasste mich für diesen Satz. Weil er so sehr nach Dad klang.

*Dad, du wärst jetzt stolz auf* mich, dachte ich grimmig.

„Außerdem muss ich früh raus morgen. Und *du* übrigens auch. Wehe, du bist wieder zu spät“, erinnerte ich sie und war froh um das frühe Training morgen, das mir die perfekte Ausrede lieferte.

Die Lippen meiner besten Freundin verzogen sich, als hätte sie in eine Zitrone gebissen.

„Das ist mal wieder typisch Hailey“, meinte sie und rollte mit den Augen. „Lern doch mal dein Leben zu genießen, du Spießer.“ Sie lachte und erntete dafür den Mittelfinger von mir. Wir zogen uns gern gegenseitig auf, nur wusste sie nicht, wie schwer es mir fiel, mich so zu verhalten. Aber es war mein Schutz.

Sie wandte sich ihrem Duschzeug zu, streifte sich die ziemlich verschwitzten Trainingsklamotten aus und schnappte sich ein Handtuch.

Nachdem sie in den Duschkabinen verschwunden war, sackten meine Schultern runter.

Wenn sie nur wüsste, *wie* gern ich dieses Leben führen wollte. Einfach locker lassen, einfach genießen. Niemand hielt mich davon ab und doch... konnte ich es einfach nicht. Es war, als hätte ich etwas verlernt, was ich nie gekonnt hatte. Was mir nie jemand gezeigt hatte.

Da war dieses Loch in mir, das schon immer dort gewesen war. Weil mir etwas fehlte, von dem ich nicht wusste, was es war. Ich verstand so vieles an mir selbst nicht, ich hatte das Gefühl, mich überhaupt nicht zu kennen und gleichzeitig kannte mich niemand besser, als ich mich selbst. Aber wie auch? Zwischen mir und dem Leben, welches ich hätte haben können stand diese Mauer. Außer

Stace war niemand jemals so nah an sie rangekommen. Und das machte mir Angst und schenkte mir Hoffnung gleichermaßen. Vielleicht würde es eines Tages wirklich jemanden geben, der all die Risse in der Mauer erkannte.

Ich musste heftig gegen die Tränen ankämpfen, die sich in mir einen Weg nach oben bahnen wollten. Doch ich rang sie nieder. Wie immer. Und ich war mir dem Meer aus Tränen bewusst, das sich in meinem Innern breit gemacht hatte.

Das Meer aus ungeweinten Tränen.

Jeden Tag versank ich ein bisschen mehr darin.

Wie lange würde es dauern, bis ich darin ertrank?

# Kapitel 24

## *Chloé 2019 (Heiligabend)*

Das melodische Klingen der Orgel füllte die hohen Wände mit den kunstvollen Buntglasfenstern. Über uns ertönte das Lied *Stille Nacht, Heilige Nacht* aus den gigantischen Orgelpfeifen. Rechts neben dem Altar stand ein riesiger Weihnachtsbaum, der bis an die gewölbte Decke des Kirchengebäudes reichte. Er war geschmückt mit roten und goldenen Kugeln, echten, entzündeten Kerzen, Lametta, Walnüssen und Lebkuchen, die die Kinder der Kirchengemeinde gebacken hatten. Auf dem Altar selbst brannten die beiden dicken Stumpenkerzen mit dem Kreuz drauf und in ihrer Mitte stand der Adventskranz, an dem alle vier roten Kerzen brannten.

Eine kleine Gänsehaut breitete sich auf meinen Armen aus, als all die Menschen um uns herum anfingen, mitzusingen. Jung und alt, jeder sang mit und unsere Stimmen erfüllten die Luft mit etwas Magischem, wie ich fand.

In der Kirche zu sein bedeutete für mich stets eine Sicherheit, ein Ort, an dem ich mich irgendwie geborgen fühlte. Ich liebte es, den Geschichten aus der Bibel zu lauschen, die alten Lieder zu singen und dem klang der Orgel zuzuhören.

Besonders an Weihnachten hatte das immer dazugehört.

Das machte für mich das Weihnachtsgefühl erst wirklich echt. Die Pfarrerin gab sich auch immer besonders viel Mühe. Denn es gab sogar jedes Jahr eine selbst gebaute Krippe, die wir alle sehen konnten. Der ganze große Raum mit den dicken weißen Wänden war in das Licht der Kerzen am Weihnachtsbaum getaucht. Große steinerne Säulen stützten eine Empore welche, genau wie die in Reihen angeordneten Holzbänke hier unten, bis auf den letzten Platz besetzt war.

Wir sangen die letzte Strophe des Liedes und währenddessen wurde eine Kerze rumgereicht, um jene auf unseren Plätzen zu entzünden. Es diente dazu denen zu gedenken, die in diesem Jahr nicht mehr mit uns Weihnachten feiern konnten.

Ich zündete meine Kerze an und schloss die Augen.

*Maman, Papa, Maël... Ich vermisse euch so unendlich.*

Hier zu sein, eine Kerze für meine Familie zu entzünden und unsere Tradition zu wahren tat so gut. Für mich fühlte es sich an wie eine Hand, die mich führte, stützte und für diese Tage mir das Gefühl gab, anzukommen.

Weihnachten war nicht nur das schönste Fest im Jahr für mich, es bedeutete auch immer eine Art Beständigkeit. Selbst in meiner schwersten Zeit, in der ich fast keine Hoffnung mehr gehabt hatte,

hatte ich immer gewusst, dass Weihnachten wieder kommen würde mit all seinen Lichtern und seiner Wärme. Und es würde jedes weitere Jahr kommen, egal wie sehr sich das Leben, die Welt um einen herum verändern konnte.

Ich wusste nicht warum, aber genau diese Gewissheit, die Freude auf diese Zeit... Das war es gewesen, was mich nie hatte vollends aufgeben lassen.

Nach dem Unfall und in meiner Zeit im Krankenhaus hatte ich jeden Abend gebetet. Es hatte mir geholfen und mich getröstet. Viele in meinem Alter würden das nicht verstehen oder mich belächeln, aber ich stand zu meinem Glauben vor allem, weil er mich durch meine dunkelste Zeit mit seinem Licht getragen hatte. Weil ich daran glaubte, dass da immer jemand war, der über mich wachte. Das gab mir Kraft.

„Hören wir nun die Weihnachtsgeschichte aus dem Lukas - Evangelium, Kapitel zwei, Vers eins bis zwanzig“, sprach die Pfarrerin mit ihrer einnehmenden Stimme vorne, als die Orgel ausklang und das Lied endete. Sie klappte ihre dicke Bibel auf.

Ein freudiges Prickeln überkam meinen Körper, weil ich es so liebte, diese Geschichte zu hören. Maman war auch Evangelistin gewesen und hatte Maël und mir zu Heiligabend immer diese Geschichte vor dem Schlafengehen vorgelesen. Papa dagegen war, wie eigentlich der Großteil der Bevölkerung in Frankreich, der katholischen Religion angehörig gewesen. Doch das hatte für uns nie einen Unterschied gemacht. Wir kannten beide Seiten und beide Geschichten. Mein Bruder und ich hatten immer selbst bestimmen können, wem wir uns anschlossen, woran wir glaubten, oder woran nicht.

„Es begab sich aber zu der Zeit, dass ein Gebot von dem Kaiser Augustus ausging, dass alle Welt geschätzt würde. Und diese Schätzung war die allererste und geschah zur Zeit, da Quirinius Statthalter in Syrien war. Und jedermann ging, dass er sich schätzen ließe, ein jeder in seine Stadt…"

Ich gab mich diesem warmen Gefühl hin und hüllte mich ein in eine Decke aus Sicherheit und Glücksgefühl.

Es folgten ein Krippenspiel, dargestellt von Kindern und noch ein paar Weihnachtslieder.

Als wir die Kirche verließen war es dunkel geworden und der erste Schnee bedeckte die *Rue Blanche*, in der die Deutsche Evangelische Christuskirche stand.

Eltern versammelten sich mit ihren Kindern, die schon ganz nervös vor lauter Vorfreude waren. Die Lichter in der Straße tauchten alles in einen warm-weißen Ton.

Von außen erkannte man die Kirche erstmal nicht als solche, denn sie befand sich direkt innerhalb einer langen Häuserreihe und sah zunächst mit der beigefarbenen Stuckfassade aus, wie andere Wohnungen in Paris. Auf den zweiten Blick jedoch hoben sich die prachtvollen Bogenfenster mit dem Buntglas und der große Eingang mit den Verzierungen in der Wand darüber doch vom Rest ab.

Die Glocken läuteten und klangen melodisch hallend über die Häuserreihen hinweg durch diesen Teil von Paris.

Wir wünschten einander ein frohes Fest und einen schönen, heiligen Abend und nach und nach liefen alle in eine andere Richtung nach Hause.

Louise und ich blieben allerdings noch vor dem Eingang der Kirche stehen bis die Glocken verklungen und wir bis an die Knochen vom Schnee durchnässt und verfroren waren. Erst dann machten wir uns auf den Heimweg durch die verschneiten Gässchen, über die sich Sterne und Tannengirlanden spannten.

„Was hältst du davon, uns noch einen Punsch mit auf den Weg zu nehmen?“, wollte Lou wissen und ich nickte zähneklappernd. Die Kälte biss mir ins Gesicht und meine Hände schienen sogar unter den dicken Handschuhen zu Eis zu gefrieren.

Also kehrten wir noch beim *Book Nook Coffee Shop* ein und kauften uns zwei dampfende ToGo Becher Punsch.

Natürlich hätten wir auch die Metro nehmen können, denn von der Kirche aus nach Hause war es eine gute Stunde zu Fuß, aber genau das gehörte auch zu unserem Heiligabend dazu. Die Lichter der Straßen und in den Fenstern zu sehen. Die Musik und die gesungenen Lieder zu hören. Der Weg nach Hause, auf dem wir uns immer gerne nochmal den Gottesdienst durch den Kopf gehen ließen.

Ein weiterer Grund weshalb wir liefen war aber auch der, dass wir nach Menschen ohne Dach über dem Kopf Ausschau hielten und ihnen etwas zu essen und eine Decke schenkten. Auch wenn wir nicht jedem helfen konnten, konnten wir so wenigstens ein paar Menschen ein kleines Licht zu Weihnachten schenken. Und die Reaktion, die Dankbarkeit der Menschen war auch unser ganz persönliches Weihnachtsgeschenk an uns selbst. Denn nichts war schöner als zu sehen, welches Leuchten man in den Augen solcher Menschen erzeugen konnte, mit so vermeintlich kleinen Dingen.

Ja, immer wieder begegneten wir auch solchen, die nur Geld haben wollten, um es für Alkohol oder schlimmeres auszugeben. Nicht alles war immer so wunderschön und verträumt hier. Aber wenn man hinsah und es nicht ignorierte, bekam man ein ganz anderes Gefühl für das Leben hier. Man sah das, was viele Touristen nicht sehen wollten, was aber dazugehörte.

Als wir endlich die *Rue Saint Didier* erreicht hatten konnten wir es nicht schnell genug in die Wärmer unserer Wohnung schaffen. Die Hitze des Punschs hatte längst nachgelassen und wir zitterten nur so vor uns hin.

Anouk kam aus dem Wohnzimmer direkt auf uns zu gestürmt und begrüßte uns freudig winselnd.

Ich eilte auf mein Zimmer, um mir etwas Bequemes anzuziehen und wollte gerade zurück ins Wohnzimmer kehren, als mein Blick an dem Bild auf meinem Nachttisch hängenblieb.

Eine neunjährige Chloé, ein fünf Jahre alter Maël mit dunklen Locken und grünen Augen, Maman, die wie eine ältere Version von mir selbst aussah und Papa mit seinen hellen, kurzen Haaren lächelten mir entgegen. Wir standen alle vor unserem riesigen, geschmückten Weihnachtsbaum. Unter ihm lag ein Berg an sehr großen und kleinen, bunt verpackten Päckchen.

Ich erinnerte mich an dieses Weihnachten noch, als wäre es erst gestern gewesen. Es war eins der schönsten überhaupt mit der ganzen Familie gewesen.

Mein Herz wurde schwer, ich nahm das Bild und drückte es an diese schmerzende Leere in meiner Brust. Kurzerhand nahm ich es mit ins Wohnzimmer.

Lou hatte im kleinen Kamin schon ein Feuer entzündet, das sich gierig durch die Holzscheite fraß und ein warmes Licht ins Zimmer warf. Direkt neben dem Kamin stand unser kleiner Weihnachtsbaum, von dem dieser Tannengeruch gemischt mit dem von Harz ausging, den ich so liebte.

Ich setzte mich auf unser kleines gemütliches Sofa und stellte das Bild auf den Couchtisch.

„Frohe Weihnachten“, wisperte ich ihnen zu und lächelte.

Meine Tante kam zurück mit einer Schüssel voller Kekse und unserem gemeinsamen Laptop, da wir keinen Fernseher im Wohnzimmer hatten.

Sie ließ sich mit einem Seufzen neben mir aufs Sofa plumpsen und gab mir den Laptop, als sie das Bild bemerkte.

„Wir feiern doch immer zusammen“, sagte sie dann und warf mir einen warmen Blick zu.

Anschließend legte ich die DVD von *Kevin allein zu Haus* ins Laufwerk und stellte den Computer auf den Tisch vor uns. Bevor wir den Film starten würden, gab es Essen und Bescherung - alles auf der Couch an Weihnachten.

„Mein Geschenk dieses Jahr für dich ist einfach perfekt“, gab ich siegessicher preis und angelte ein quadratisches Päckchen unter dem Baum hervor.

Das hier genoss ich mit jedem Atemzug.

Mit Lou und Anouk in Kuscheldecken und Kissen eingehüllt, das Knistern des Feuers im Kamin, während es draußen schneite.

Um diese Zeit erwachte dieses Kind wieder in mir und ich hieß es mit einer warmen Umarmung herzlich willkommen.

# Kapitel 25

## Hailey 2022

An diesem Morgen wachte ich mit einem Kribbeln im Bauch auf, als wäre ich noch ein Kind und heute schon Heiligabend.

Aber nein, es war der neunte Dezember und damit der Tag, an dem wir zur *Opéra Garnier* gehen und uns *Der Nussknacker* als Ballett-Aufführung ansehen würden.

Ein breites Grinsen breitete sich auf meinem Gesicht aus. Ich setzte mich langsam auf, um Chloé nicht zu wecken, die direkt neben mir lag und noch schlief. Durch das dreieckige Fenster schien das helle Licht des Morgens rein, das noch so viel heller zu sein schien durch die dicke Schneedecke, die mittlerweile über Paris lag.

Ich schob mich sachte vom Bett auf die breite, gepolsterte Fensterbank und spähte nach draußen. In der Ferne konnte ich die Sonne sehen, die schon halb aufgegangen war und einen Teil des *Arc de Triomphe*, der zwischen den Häuserreihen hindurch lugte. Hier und da liefen Menschen mit Papiertüten durch die Straßen, aus denen teilweise ein Baguette ragte.

Mein Grinsen wurde noch breiter.

*Noch klischeehafter geht‘s nicht.*

Autos mit vom Schnee bedeckten Dächern schoben sich über die Straßen und es wirkte, als würde die Stadt langsam wieder aus ihrem Schlaf erwachen. Auch wenn ich stark bezweifelte, dass es in Paris überhaupt sowas wie Schlaf gab.

Der süßliche Geruch von Waffeln stieg mir in die Nase und ließ meinen Magen grummeln. Louise musste schon wach sein.

Leise krabbelte ich halb über Chloé und zog mir meinen Pulli und meine Jogginghose an, bevor ich mich auf den Weg in die kleine Küche machte. Chloés Tante stand an der Arbeitsplatte, ein Waffeleisen vor sich und schon einen beachtlichen Turm Waffeln, der daneben Platz fand.

„Guten Morgen“, begrüßte sie mich, als ich die Küche betrat. Sie hatte ihre Locken oben auf dem Kopf zu einem Knoten gebunden und die unteren offen gelassen. Wie jedes Mal wenn ich sie sah, trug sie ein buntes Kleid, eine schlichte Strumpfhose darunter und Stulpen über den Schienbeinen.

„Morgen“, murmelte ich mit noch rauer Stimme. „Kann... ich dir irgendwie helfen?“, wollte ich wissen und biss mir kurz auf die Zunge, da ich sie einfach so geduzt hatte.

Doch ihr schien das nichts auszumachen. „Klar, du kannst gern die Teller hinten aus dem Wandschrank nehmen und den Tisch decken, wenn du magst.“

Ich nickte und wandte mich zu besagtem Schrank um.

„Wie hast du geschlafen?“, fragte sie mich dann und ich musste lächeln.

„Seit langem endlich wieder besser“, antwortete ich und nahm drei der Steingut Teller aus dem alten Holzschrank. Und das war der erste Satz seit langem, indem das Wort *besser* vorkam und der keine Lüge gewesen war.

„Das freut mich, Hailey“, ließ sie mich wissen und schenkte mir ein warmes Lächeln, während sie den letzten Rest Teig aus der Schüssel kratzte und ins Eisen tropfen ließ.

In den letzten vier Tagen hatten wir zusammen viele Weihnachtsfilme geschaut, zusammen gebastelt und Ecken von Paris erkundet, die man als Tourist nur selten wahrnahm. Wir hatten viel geredet und ich merkte, wie es mir immer leichter fiel, mit Chloé und sogar mit Louise über meine Gefühle zu sprechen.

Irgendwie war ich aufgetaut. So als wäre in mir ein großer Teil dieser Eiswand geschmolzen. Da war diese Leichtigkeit in mir, dieses Gefühl, ehrlich sein zu dürfen. Ein großes Gefühl von einer Freiheit, die ich vorher nie gehabt hatte. Und diese Freiheit, das Wissen, dass ich Hilfe annehmen durfte, dass ich nicht allein sein musste... das schenkte mir Sicherheit. Die Stimme in mir war leiser geworden. Nicht verschwunden, das hatte ich auch nicht erwartet, aber ich hatte immer wieder lauter werden können.

Natürlich wusste ein Teil von mir, dass das vor allem auch an der Tatsache lag, dass ich hier in Paris und nicht zu Hause war. Dass es zurück in Brightwood wieder anders werden würde und ich nicht würde ewig einfach davonlaufen können.

Aber jetzt war ich hier und auch wenn dieser Teil von mir sich immer wieder daran erinnerte, dass der schwerste Weg noch vor mir lag, versuchte ich mich mehr auf das Jetzt einzulassen. Auch etwas, was ich neu lernen musste.

„Waffeln?!“, krächzte plötzlich die ziemlich verpennte Stimme von Chloé hinter mir. Ich drehte mich zu ihr um und konnte mir ein Grinsen bei ihrem Anblick nicht verkneifen. Sie trug noch ihren rot-weiß karierten Weihnachts-Pyjama, ihre Locken hingen ihr wirr ins Gesicht und ihre noch halb geschlossenen Augen hafteten sich auf den Berg Waffeln.

„Ne, Brokkoli“, erwiderte ich ernst, woraufhin sie mir erst einen überraschten Blick zuwarf und dann mit den Augen rollte.

„Witzig“, brummte sie.

Louise steckte das Waffeleisen aus und setzte sich an den Tisch, Chloé kam dazu und auch ich ließ mich auf meinen Platz sinken.

„Ich habe dir gestern noch gesagt, du solltest vor dem Schlafen keinen Kaffee trinken“, erinnerte sie ihre Tante amüsiert.

„Es war aber ein *Hazelnut Latte*“, jammerte Chloé dramatisch, als würde das alles erklären. „Der ist ein Muss im Winter!“

Gestern Abend im Dunkeln waren wir noch über die *Champs Elysées* geschlendert und hatten natürlich am *Starbucks Coffee* nicht vorbeigehen können. Sogar ich hatte eine heiße Schokolade getrunken. Ohne Sahne, aber auch ein kleiner Schritt war ein Schritt und ich war stolz darauf. Chloé hatte unbedingt diesen Kaffee haben wollen, obwohl sie gewusst hatte, dass sie dann nicht würde einschlafen können. Tja, und genau so war es dann auch gewesen.

„Wenn du es sagst“, meinte Louise und nahm sich eine Waffel.

Damit gab sich nun auch Chloé zufrieden und lud sich gleich vier Teigstücke auf den Teller.

Ich brauchte immer einen Moment, bis ich anfangen konnte. Vorher schaute ich nämlich jedesmal, wie viel die anderen aßen und versuchte dann etwas weniger als sie zu essen. Das war nach wie vor noch mehr als nur essgestört, das wusste ich auch. Trotzdem war ich noch nicht so weit, das sein zu lassen. Immerhin schaffte ich es überhaupt, etwas zu essen auch wenn es schwer fiel.

Die Stimme, die Anorexie in meinem Kopf, war zwar deutlich leiser geworden, aber sie hatte noch immer zu viel Macht über mich. Jedesmal war es ein erneuter Kampf und Essen war noch weit davon entfernt, für mich etwas tolles zu werden.

*Kleine Schritte, keine zu hohen Ziele*, erinnerte ich mich an die Worte, die Louise mir vor zwei Tagen bei einem Zusammenbruch mit auf den Weg gegeben hatte. Denn etwas zu zerstören oder aus meinem Kopf zu eliminieren, was dort schon seit Jahren lebte, war alles andere als innerhalb einer Woche erledigt. Das wirklich zu akzeptieren fiel mir schwer.

*Scheiße, ich will doch einfach wieder ganz normal leben und essen können.* Aber *einfach* war es eben nicht. Zwar hatte ich die Einsicht gewonnen, aber den Kampf noch nicht.

Bei dem Anblick des *Opéra Garnier*, der bekanntesten und größten Académie in Paris, stockte mir für einen Moment der Atem.

Das Gebäude war riesig mit den sandsteinfarbenen Säulen, die die kunstvolle Fassade säumten. Mit der mittig gelegenen Kuppel aus grünem Glas und den goldenen Statuen rechts und links auf dem Dach. Die großen Fenster waren umrahmt von Ornamenten, in Stein gemeißelte Kunstwerken und kleinen Säulen.

Es lag da vor mir, eine leichte Schneedecke auf dem Dach und ein ziemlich großer Menschenauflauf, der sich davor versammelt hatte und mir stand einfach nur der Mund offen.

Unterhalb der Fenster befanden sich sieben offene Rundbögen und dahinter der Eingang. Jeder dieser Rundbögen wurde von einem geschmückten kleinen Tannenbaum flankiert. Über der Fensterreihe und von den Säulen gestützt war eine Stuckleiste, die ein schmales Schild einrahmte. Mit goldenen Lettern stand dort geschrieben: **ACADÉMIE NATIONALE DE MUSIQUE**.

Um mich herum standen Touristen im leichten Schneetreiben, die Handys gezückt, schossen Selfies und drehten Videos.

Ich schloss mich ihnen grinsend an und machte ein Bild. Denn die Pracht dieses Gebäudes ließ sich anders nicht beschreiben. Niemals würde ich Worte finden, die dem gerecht werden könnten was man fühlte, wenn man davor stand. Wenn man vor der Academie stand, die zu der Tanzschule gehörte, an die meine beste Freundin hatte gehen wollen. Und sie war nie hier angekommen.

Sie hatte dieses Gefühl nie spüren können, hatte das Innere des Theaters nie sehen können.

„Lass uns schonmal reingehen, bevor wir unseren Platz vor lauter Menschen nicht mehr finden“, schlug Louise vor, die zu uns getreten war. Aus ihrer kleinen bunten Handtasche zog sie drei Tickets und hielt je Chloé und mir eins hin. Mit dem Kopf nickte sie in Richtung der strömenden Menschenmenge, die es scheinbar auch zu der Aufführung zog.

„Gute Idee“, stimmte Chloé zu und sah sich, genau wie ich, auf dem weitläufigen Platz vor dem Theater um. Er füllte sich von Minute zu Minute mehr.

Also machten wir uns mit dem Strom auf in Richtung des Haupteingangs, durch einen der Rundbögen hindurch.

Auf das was mich im Innern erwartete, war ich noch weniger gefasst und konnte nicht aufhören, überall hin zu starren. Nachdem wir fast eine halbe Stunde am Schalter angestanden hatten und dann durch die Sicherheitskontrolle gegangen waren, konnten wir uns jetzt endlich auf den Weg in den Hauptraum, in das Theater machen.

Direkt im Eingangsbereich führten zwei breite, nebeneinander liegende Treppen mit massivem Geländer, welches von zwei großen Statuen und Kerzenleuchtern gesäumt wurde, auf eine Anhöhe. Und von dort aus führten weitere zwei Treppen je rechts und links nach oben zu dem Rundgang. Von ihm aus konnte man immer wieder in kleinere Nischen und Emporen gehen um nach unten zu schauen oder den Ausblick auf die gewaltige

Eingangshalle zu bestaunen. Wo man auch hinsah entdeckte man edle vergoldete Stuckleisten, Verzierungen und prachtvolle Kronleuchter. Die Wände wurden alle von massiven Säulen gestützt, die unterhalb der Decke wieder zu Rundbögen zusammenliefen. An der Decke sah ich kunstvolle alte Gemälde.

Das hier wirkte mehr wie ein Schloss denn wie eine Académie. Ich war schlicht überwältigt von den Eindrücken.

„Atemberaubend, oder?“, raunte mir Chloé zu, als ich schon wieder an einem der Innenbalkons halt machte. Überall standen Kerzenleuchter und Statuen.

„Absolut“, hauchte ich, den Kopf in den Nacken gelegt, um die prachtvolle Decke zu bewundern. Sicher würde ich eine Genick-Starre bekommen, aber das war mir egal.

„Man nennt das den *neubarocken Stil*“, erklärte Louise nun. „Viele Architekten nehmen es sogar noch heute als Musterbeispiel für den Theaterbau. Ich bin schon als Kind immer gern mit meinen Eltern und Jade hier gewesen.“

Bei dem bedauernden Unterton und dem mir unbekannten Namen sah ich Louise an. Sie lächelte traurig, als sie meinen leicht fragenden Blick bemerkte.

„Jade war meine Schwester... Chloés Maman“, erklärte sie und ich verstand. Ein Seitenblick zu meiner Freundin genügte um zu erkennen, wie schwer es ihr fiel ihren Namen zu hören.

„Ich dachte, sie... Jade... kommt aus den United States?“, hakte ich vorsichtig nach.

Louise nickte. „Unsere Familiengeschichte ist sehr kompliziert, aber unsere Wurzeln liegen hier in Paris. Unsere Eltern waren beide geborene Pariser, sind dann in die Staaten ausgewandert und als sie sich getrennt haben, kam ich mit unserem Vater hier nach Paris zurück. Hier wuchs ich dann auf und irgendwann kam auch Jade zurück."

„Wow", sagte ich nur. „Das wusste ich nicht."

„Konntest du ja auch nicht wissen."

„Wir sollten uns mal auf den Weg zum Hauptraum machen", meinte Chloé, den Blick auf ihre Armbanduhr gerichtet. „In einer guten halben Stunde fängt das Stück an."

Ich merkte, dass sie das Thema wechseln wollte und konnte es ihr nicht verdenken. Auch, wenn der Verlust ihrer Eltern schon so lange zurücklag, tat es noch immer weh. Das konnte ich so gut verstehen.

„Du hast recht", pflichtete Louise ihr bei und gemeinsam liefen wir durch die glamourösen Hallen und Gänge der *Opéra Garnier*.

Hier und dort waren kleine und große Weihnachtsbäume aufgestellt oder vereinzelt Lichterketten um Säulen gewickelt worden. Das gab diesem pompösen Innenbereich mit dem Gold und den von der Decke hängenden Kronleuchtern nur noch mehr das Gefühl eines Schlosses. Eines Schlosses, welches für das Setting eines kitschigen Weihnachtsfilms umgebaut worden war, wenn ich es genau nahm.

Aber Fakt war: Ich liebte es. Es war unmöglich, alles in einem zu betrachten. Mein Blick schweifte ununterbrochen umher und ich fand immer wieder etwas neues, das ich anstarren konnte.

Kurze Zeit später erreichten wir einen breiten Gang, von dem aus immer wieder einzelne, dunkle Holztüren in andere Räume führten. Diesem folgten wir so lange, bis wir eine erreichten die wesentlich breiter war als die anderen. Sie besaß außerdem vier Türen, eine davon stand offen und Menschen schoben sich nach drinnen. Der Boden vor dem breiten Eingang war mit rotem Teppich ausgelegt und ein Schild daneben kündigte **Entree** an.

*Eingang.*

Als wir ihn passierten schlug mir ein etwas muffiger Geruch, gemischt mit dem vieler Menschen und Parfums entgegen. Doch was mich noch mehr erschlug, war der gewaltige Theaterraum.

Direkt unter uns erstreckte sich die große Tribüne mit den unzähligen Stühlen, auf denen wir gleich Platz nehmen würden. Die Wände wurden von prachtvollen Logen eingenommen, die komplett mit Gold verziert worden waren. Genauso wie die gigantische kreisrunde Decke, die wieder von einem großen, mit kleinen runden Lampen beleuchteten Gemälde geschmückt wurde. In der Mitte der Decke hing so ungefähr der größte Kronleuchter, den ich in meinem Leben je gesehen hatte. Rot und Gold dominierten diesen Raum und der große rote Vorhang vor der Bühne war noch zugezogen.

Den anderen Besuchern folgend stiegen wir die Sitzränge nach unten und schlängelten uns durch bis zu unseren Plätzen.

„Hier tanzen zu dürfen muss… überwältigend sein“, murmelte ich als ich endlich saß, den Blick nach vorn gerichtet. Auf meinen Armen unter den Ärmeln meines dicken Strickpullovers hatte sich eine Gänsehaut ausgebreitet. Das Geräusch der miteinander sprechenden Menschen dröhnte in meinen Ohren und ich fühlte mich plötzlich wie unter Strom gesetzt.

„Alles okay?“, wollte Chloé wissen.

Ich nickte. „Ja, Es ist nur… ich kann es nicht beschreiben…“

In mir herrschte ein Chaos an Gefühlen. Freude, Aufregung, Nervosität und vor allem Überwältigung. Aber… da war auch ein Funke Angst und Trauer. Angst davor, dass ich heute etwas sehen würde, wozu ich selbst nie wieder die Chance haben würde. Trauer darüber, dass ich hier als Zuschauerin saß und wusste, dass meine beste Freundin nicht Teil der Aufführung sein würde. Wäre sie vor einem Jahr hier angekommen, wäre sie dabei gewesen.

Es war alles so surreal, wie in einem Traum oder einer Trance.

Und dann wurde das Licht gedimmt und die Vorhänge langsam aufgezogen.

Die Musik, die Kulissen, aber vor allem die Tänzerinnen und Tänzer zogen mich vollkommen in ihren Bann.

Tänzerinnen in hellblauen Tütüs und weißen Spitzenschuhen tanzten gerade in vollkommener Synchronität über die Bühne. Von der Decke regnete es Kunstschnee auf sie, während sie Pirouetten drehten, Sprünge sprangen und dabei wie zu einer Einheit verschmolzen. Die sanften Töne der Musik drangen an mein Ohr und ein Kribbeln fuhr durch meinen Körper. Ich hatte den Drang aufzustehen und mit ihnen zu tanzen. Mich mit ihnen von der Musik tragen zu lassen, wie ich es früher getan hatte. Ich wollte tanzen und all meine Energie und diesen Tanz legen.

Die Tänzerinnen sanken in eine tiefe Verbeugung und stoben eleganten Schrittes auseinander um Platz für die Hauptrolle, für *Marie* zu machen. Hinter ihr war ein großer Weihnachtsbaum aufgestellt worden. Ihr folgten als Mäuse verkleidete Tänzer.

Ein Lächeln schlich sich auf meine Lippen. Denn ich kannte dieses Stück. Nicht mit dieser Choreo, aber mit der von Anne. Ich war damals gerade ein halbes Jahr lang in Brightwood gewesen und hatte trotzdem bei *Der Nussknacker* mittanzen dürfen. Und ja, es war ein Mysterium wen ich gespielt hatte: Eine Maus.

Mein Grinsen wurde breiter, als ich mich daran erinnerte wie stolz ich auf diese Rolle gewesen war. Auf den Haarreif mit den runden Ohren und das graue Tütü - mein erstes überhaupt.

Die Musik wurde hektischer, bedrohlicher und der Tanz der *Marie* dramatischer. Ich fühlte mit, mein Herz schlug im gleichen Takt und ich bemerkte, wie ich im Kopf alle Schritte nachging. Wie ich welchen Fuß wohin setzen, wann ich abspringen musste. In Gedanken saß ich nicht mehr hier in den Sitzreihen, sondern tanzte mit den Mäusen auf der Bühne.

Mir war es nie wirklich darum gegangen, einmal die Hauptrolle in einem Stück zu bekommen. Nein, selbst die kleinste Rolle hatte ich mit Leidenschaft getanzt, denn es war mir schon immer einfach um den Einklang mit der Musik gegangen. Um die

Freiheit, die ich beim Tanzen stets spürte. Meine kleine Welt, die mir scheinbar niemand nehmen konnte.

Doch ich wusste jetzt, wer sie mir genommen hatte.

Es waren nie meine Eltern gewesen oder die Tatsache, dass sie mich nie als Tänzerin, sondern als angehende Millionärin gesehen hatten.

Es war auch nicht der Autounfall letztes Jahr gewesen, nach dem Mom mir das Medizinstudium beschafft hatte.

Und selbst Stacys Tod hatte mir sie nicht genommen, wie ich es mir immer einzureden versucht hatte. Nicht die Tatsache, dass sie immer besser gewesen war als ich.

Nein.

*Sie* hatte mir diese Welt aus der Brust gerissen.

Die Essstörung.

Ich hatte seit einem Jahr keine Kraft mehr, Treppen zu gehen oder einen kurzen Spaziergang zu machen. Alles schien mich zu erschöpfen, mir all meine Energie auszusaugen.

Und Schuld daran war diese scheiß Krankheit, die sich in meinem Hirn eingenistet hatte wie ein Parasit.

Die ich zu meiner allerbesten Freundin gemacht hatte, weil es so viel leichter gewesen war, als gegen sie zu kämpfen.

Weil ich sie ganz lange einfach übersehen hatte. Weil ich sie hatte übersehen *wollen*.

Während ich jetzt hier saß und diesem wundervollen Tanz des Stücks zuschaute, wuchs der Wunsch in mir, auch wieder so viel Kraft zu haben. Wieder die Kraft zu haben, einen Sprung zu machen oder mich mit einer Pirouette durch die Klänge der Musik zu drehen.

Ohne es wirklich zu registrieren ballte ich meine Hände zu Fäusten.

Irgendwo in mir war dieser Funke Licht gewesen der, seit ich in Paris war, wieder heller zu brennen schien.

Doch jetzt, hier in diesem gigantischen Raum voller Menschen, die wie ich in irgendeiner Weise von dem Tanzen fasziniert waren, da schien dieser Funken in meiner Brust zu einem Feuerwerk zu explodieren.

Adrenalin flutete meine Adern und ich hatte plötzlich eine Gewissheit in mir:

Die Gewissheit, dass ich nicht sterben würde.

Nicht an dieser Krankheit, die sich viel zu lange als ein Teil von mir ausgegeben hatte.

Ich würde kämpfen. Zwar hatte ich noch immer keine Ahnung, wie meine Zukunft aussehen würde, aber wer hatte das schon so genau?

Was ich aber sah, sehen wollte, das war ich selbst, wie ich endlich wieder tanzte. Voller Kraft, voller Energie.

Für mich.

# Kapitel 26

## *Chloé 2022*

Liebes Tagebuch,

Heute ist Weihnachten. Maman und Papa sind jetzt nicht mehr da und Maël auch nicht. Und die Ärzte sagen dass ich ganz doll krank bin. Lou hat gestern geweint als sie hier war. Ich hab Angst. Und zu Weihnachten wünsche ich mir nur zwei Sachen.

Ich will nach Hause und mit Lou dort Weihnachten feiern. Und ich will eine Freundin haben. Eine richtig echte die nicht wieder weggeht wenn ich ins Krankenhaus muss. Vielleicht ist das auch ein zu großer Wunsch aber das ist alles was ich mir

wünsche. Lou sagt ich muss stark sein und weiterkämpfen aber ich weiß nicht was sie damit meint. Ich will nur wieder nach Hause. Und dass alles wieder so ist wie letztes Jahr. Dass das blöde Auto das vor uns von der Straße gerammt wurde, nicht das von Maman, Papa und Maël ist. Lou hat gesagt dass sie jetzt bei Gott im Himmel sind und auf mich aufpassen. Ich bete jeden Abend dass es ihnen dort auch gut geht und dass der liebe Gott sie von mir umarmen soll.
Ich vermisse sie. Warum wird alles anders? Warum kann nicht alles so bleiben wie es ist? Ich verstehe das alles nicht. Und es tut so weh.
Aber weißt du was? Die Ärzte sagen dass ich an Silvester zu Lou darf! Das ist toll oder? Bei Lou male ich immer viel und sie sagt immer ich kann das so gut. Darauf freue ich mich.

Chloé am 24.12.2012

Mit einem kleinen Lächeln auf den Lippen klappte ich das alte Tagebuch zu. Es fiel schon fast auseinander und die Seiten waren ganz gelblich und dünn geworden. Doch ich hatte jede Seite des Buchs zugeschrieben, hatte jeden Platz ausgenutzt.

In Gedanken nahm ich die kleine Chloé an die Hand und sagte ihr: *„Es tut so weh und das wird es immer. Aber weißt du, dass du stark bist und auf dich noch ein ganzes Leben wartet? Du bist ein so toller Mensch und da wird eine Freundin kommen, die bleibt.“*

Ich bewunderte mein früheres Ich dafür, niemals vollends die Hoffnung verloren zu haben. Die Hoffnung darauf, dass es neben der Tür, die mir vor der Nase zugeschlagen worden war und alles Licht ausgesperrt hatte, noch eine weitere gab. Eine, die ich nur noch nicht richtig erkannt hatte. Eine, hinter der ein neues Licht scheinen würde.

Und diese Hoffnung hatte sich bezahlt gemacht.

Denn heute saß ich hier auf meiner Fensterbank, mein altes Tagebuch in den Händen und Hailey, die neben mir noch immer im Bett lag und schlief.

Seit wir vor vier Tagen von der Aufführung in der Académie zurückgekehrt waren hatte ich das Gefühl, eine neue Hailey mitgenommen zu haben. Ihre Augen leuchteten wieder in glänzendem Grün und da war eine Entschlossenheit in ihrem Blick, die so viel Energie ausstrahlte, wie ich es bei ihr noch nie gesehen hatte.

Ich war mir sicher, dass sie ihre Tür gefunden hatte. Dass sie auf dem Weg war, ebendiese zu öffnen, weil sie sie endlich entdeckt hatte.

Nach dem Abend in der *Opéra Garnier* wirkte sie so viel mehr voller Kampfgeist. Als hätte sie etwas beschlossen, was sie durchziehen wollte. Weil sie wieder eine Motivation, ein Ziel hatte.

Weil sie vielleicht endlich bemerkt hatte, dass sie den Schlüssel für die neue Tür selbst in der Hand hielt und es an ihr war, sie zu öffnen.

Ich hatte sie noch nicht darauf angesprochen, denn ich wollte ihr den Raum geben, das selbst zu tun wenn sie das wollte. Diesen Kampf musste sie mit sich selbst gegen sich selbst führen und wer ihr dabei von außen zur Seite stand, das sollte sie entscheiden.

Doch sie nahm wieder die Tabletten für ihr Herz und beim Essen wirkte sie immer freier. Trotzdem sah ich ihr auch den Kampf an und die Spuren, die er bei ihr hinterließ.

Mein altes Leben in Form meines Tagebuchs an meine Brust gepresst lehnte ich mich zurück und meine Schläfe gegen die kalte Fensterscheibe. Unten sah ich meine Nachbarn ihre Wohnung verlassen und dachte wieder einmal daran, dass ich nichtmal ihren Namen kannte. Klar, ein paar der Menschen die mit uns in diesem Gebäude lebten, kannten Lou und mich und wir sie. Eine solche Einheit wie es die Menschen in Brightwood waren, waren wir allerdings nicht.

Abermals lächelte ich. Irgendwie fand ich es faszinierend zu sehen, wie verschieden Menschen in verschiedenen Teilen der

Welt lebten. In ein paar Jahren, irgendwann mal, würde ich gerne die Welt bereisen und mehr dieser Teile kennenlernen wollen. Ich träumte davon, alles in Bildern einzufangen.

Zwar hatte ich nach dem dämlichen Verlust meines Jobs noch keinen Plan wie ich das würde finanzieren können, aber ich hatte Hoffnung und ein wenig Vertrauen in die Zukunft.

„Bist du schon lange wach?“, kam es murrend von neben mir. Kurz zuckte ich erschrocken zusammen, weil Hailey mich total aus den Gedanken gerissen hatte.

„Un peu“, gab ich zurück und zuckte mit den Schultern.

„Du siehst aber nicht aus, als wärst du erst *ein bisschen* lange wach“, erwiderte sie trocken und ließ sich zurück in die unzähligen Kissen sinken. Ihre pechschwarzen Haare verteilten sich über dem hellen Stoff. Zusammen mit ihrer hellen Haut und ihren grünen Augen erinnerte sie mich an einen Vampir aus diesen Serien die ich verabscheute.

„Was?“, fragte sie, als sie bemerkte, dass ich sie anstarrte. Seit sie regelmäßiger und mehr zu essen versuchte, hatte ihre Stimme mehr an Kraft gewonnen und generell kam es mir so vor, als würde hinter der Maske der Essstörung langsam die echte Hailey hervorkommen. Die echte Hailey, die ich noch nicht kannte.

„Pardon, hat dir mal jemand gesagt, dass du aussiehst wie ein Vampir?“, sprach ich einfach aus, was ich dachte und grinste.

Hailey stöhnte genervt.

„Mehr, als ich zählen kann“, entgegnete sie. „Schwarze Haare und helle Haut sind einfach die perfekte Vorlage.“ Sie schnaubte.

„Hast du sie dir nicht gefärbt?“, hakte ich nach.

„Nope“, sagte sie. „Außerdem sind sie eher sehr dunkelbraun.“

Langsam setzte sie sich auf, band sich einen Dutt und streckte den Rücken durch.

„Und fast hätte ich sie verloren“, murmelte sie dann so leise, dass ich es fast nicht verstand.

Irritiert sah ich sie an und rutschte von der Fensterbank zurück aufs Bett. „Wie meinst du das?“, wollte ich wissen.

Einen Augenblick sah sie unsicher aus. „Ich... In den letzten Wochen habe ich immer mehr Haare verloren. Wie ich von den Ärzten weiß, ist es eine der Folgen von starkem Untergewicht, beziehungsweise von Mangelernährung.“

„Warum hast du nichts gesagt?“

„Weil ich es *toll* fand, Chloé“, erwiderte sie so scharf, dass ich unwillkürlich erschrak. Sofort fuhr sie sich mit den Händen durchs Gesicht. „Tut mir leid. Ich bin nur so durcheinander und... es ist als würde ich permanent unter Strom stehen seit ich versuche, wieder *normal* zu essen. Ich denke, so fühlt sich ein Mensch, der eine Art Entzug durchmacht...“

Das Wort *normal* spuckte sie fast aus. Mir fiel es schwer, sie zu lesen oder das, was in ihrem Kopf vorging. Es war, als säßen da vor mir zwei Haileys in einem Körper. Und beide wollten diesen Körper für sich haben. Zu zweit hatten sie keinen Platz darin. Ich wollte mir nicht vorstellen, wie schmerzhaft das sein musste. Wie verdammt hart.

„Hast du Lust, heute Abend auf den Weihnachtsmarkt auf dem *Quai Branly* zu gehen?“, wechselte ich das Thema.

Ein breites Lächeln erschien auf ihrem Gesicht und ich wusste, dass sie an das letzte Jahr zurückdachte, als wir auch dort gewesen waren.

„Nur wenn wir dieses Mal auch Schlittschuh laufen gehen.“

Nun musste ich ebenfalls grinsen. „Nur wenn du mich dann vom Eis aufliest.“

Ich liebte es, durch Paris zu spazieren, war aber in jeglichem anderen Sport eine komplette Null. Und das war okay. Meine Welt waren die Fotografie und das Zeichnen. Manchmal auch das Lesen. Menschen die tanzten und sich jeden Tag dazu aufraffen konnten, Sport zu machen, bewunderte ich.

Hailey reichte mir die Hand. „Deal.“

Lachend schlug ich ein und war einfach nur froh, dass sie so langsam wieder lebendig zu werden schien. Auch wenn mir klar war, dass ich *diese* Hailey erst noch kennenlernen musste.

Durch die nach wie vor weißen Straßen und Gassen schlendernd machten wir uns in der Abenddämmerung auf den Weg zum Eiffelturm.

Überall waren die Lichter wieder eingeschaltet worden. In der Luft lag der Geruch nach Schnee - und Abgasen. Seit gestern hatte es nicht mehr geschneit, aber die weiße Decke war durch die Kälte liegen geblieben.

Immer wieder liefen wir an den kleinen Cafés vorbei, in denen Paare zusammensaßen oder Menschen verschiedenen Alters an ihrem Laptop, mit einer dampfenden Tasse daneben arbeiteten. An den Bäckereien, aus denen immer wieder der köstliche Duft nach Zimt, Lebkuchen und Brötchen rüber wehte, standen Menschen Schlange. Die Schaufenster waren von warm-weißen Lichterketten eingerahmt und luden einen quasi dazu ein, sich hinzusetzen.

Es begegneten uns eine ganze Menge Leute mit dicken Jacken und wollenen Mützen. Hier und da saß jemand auf einer Bank und tippte auf seinem Handy rum oder laß ein Buch. In den Haustürnischen einiger Gebäude sah man auch den ein oder anderen Raucher stehen, von denen es hier viele gab. Und immer wieder sprang mir auch die Anzahl an Menschen ins Auge, die am Rand der breiten Straßen auf dem kalten schneebedeckten Boden saßen. Manche von ihnen saßen allein dort; Männer und Frauen in verschiedenem Alter, manche hatten einen Hund oder eine Katze bei sich. Ich konnte den Blick nicht von diesen Menschen nehmen.

„Wenn ich dich so sehe könnte ich fast denken, du bist eine der Touristen“, meinte Hailey auf einmal und ich sah sie fragend an.

„Du schaust dich um, als würdest du nichts verpassen wollen.“

„Das trifft es glaube ich ganz gut“, gab ich zurück und ließ den Blick wieder schweifen. „Nicht das mit der Touristin. Ich... will nur irgendwie nichts verpassen. Von nichts, verstehst du? Ich möchte die Augen nicht vor dem verschließen, was eigentlich jeder sehen kann und doch merke ich, wie man immer wieder vorbeiläuft und so tut, als hätte man es nicht gesehen."

Eine kleine steile Falte bildete sich zwischen Haileys schwarzen Augenbrauen. „Du meinst die Obdachlosen." Eine Feststellung.

Bestätigend nickte ich.

„Seit ich denken kann, seit ich hier lebe, kann ich einfach nicht wegsehen. Weil ich ihnen so gerne helfen können würde."

Während wir über eine Ampel liefen und in die nächste lange, von sandsteinfarbenen Häuserreihen gesäumte Straße bogen, schwiegen wir. Ich sah, wie Hailey überlegte.

„Aber...", sagte sie schließlich. „Du hast auch nicht genug Geld, um jedem so viel zu geben, dass er ein Dach über dem Kopf bekommt, richtig?" Vorsichtig hob sie die Schultern und sah mich an.

„Nein, hab ich nicht", gab ich zu. „Ich würde nur irgendwie... keine Ahnung... einfach helfen."

Aus dem Augenwinkel bemerkte ich, wie Hailey sich ratlos umsah, als suchte sie in der Straße, den an den Seiten parkenden Autos oder den an uns vorbei eilenden Menschen eine Antwort.

„Du bist nicht so jemand, oder?", forschte ich zaghaft nach.

„Wie?", wollte sie wissen.

„Jemand, der sich um andere Menschen... sorgt."

Abrupt blieb sie stehen und starrte mich an.

Mist. Das hatte jetzt vollkommen falsch gewirkt. „Hailey, ich... so war das nicht gemeint..."

Doch ihre Schultern entspannten sich langsam wieder. „Ich weiß“, meinte sie. „Und du hast damit ja recht. Menschen... sind nicht so ganz mein Ding. Das sind sie nie gewesen, weil...“

„Weil du nie die Chance hattest, eine andere Seite zu sehen als die, die dir in deiner Familie gezeigt wurde.“

„Ja“, gab sie zu und wir setzten uns wieder in Bewegung. „Und auch irgendwie nein. Bevor ich Stacy kennengelernt hatte, hatte ich auch nie wirklich Freude. Das lag aber vor allem daran, dass ich keine wollte. Ich habe mir mit meiner Art die meisten vom Leib gehalten. Es... fällt mir schwer, jemanden nah an mich ran zu lassen, weil...“

Sie ließ den Satz in der Luft zwischen uns schweben und ich versuchte erst gar nicht, danach zu greifen. Mir war klar, dass für sie gerade alles nicht leicht war. Außerdem wusste ich von Jason, dass Hailey manchmal schwierig sein konnte.

Nur dass *schwierig* ein weit dehnbarer Begriff war. Nichts war wirklich schwierig oder leicht. Es kam immer auf die Person an, die das ganze betrachtete.

Und wenn ich Hailey sah, sah ich nicht einen schwierigen Menschen sondern einen, der gebrochen worden war. Und dass schon sehr früh. Jeder hatte einen eigenen Charakter, der angeboren war. Aber bei Hailey stand neben ihrem Charakter auch die Verteidigung. Mir war dieses Verhalten vertraut. Auch ich hatte diese komplette Verwirrung in mir getragen und hatte Dinge getan und gesagt, die ich so nicht gewollt hatte, einfach weil der Sturm in meinem Innern zu stark geworden war. Um mich selbst zu schützen, hatte ich ihn auf andere abladen müssen.

„Es tut mir leid“, entschuldigte sie sich auf einmal und kaute auf ihrem Finger rum, bevor sie weitersprach. „In den letzten Tagen... Weißt du, ich habe mir etwas vorgenommen, als wir im *Opéra Garnier* waren. Ich möchte wieder tanzen können, wieder stark sein und diese Krankheit in mir besiegen.“

Sie seufzte tief und stockend, so als würden ihr die nächsten Worte nicht leicht fallen. „Aber ich habe festgestellt, dass es so viel schwerer ist, als ich es mir vorgestellt habe. Schwer? Ja. Aber so nahezu unmöglich nicht. Es ist so scheiße schwer, wenn ich von meinem normalen Verstand her weiß, wie einfach es ist, wieder normal zu essen, die beschissene Stimme in meinem Kopf aber zu allem ihren Senf dazugibt. Manchmal fühlt es sich an, als würde ich einen mir sehr wichtigen Menschen total enttäuschen, wenn ich mich ihr mal widersetzen kann. Und danach falle ich wieder zurück. Ergebe mich und krieche zu Kreuze vor diesem *Ding* in mir, von dem ich weiß, dass es mich umbringen will.“

Eine feine Gänsehaut bildete sich auf meinen Armen und ich fröstelte kurz. Doch die kalten Temperaturen hatten damit nichts zu tun. Hailey hatte mir gerade einen Blick hinter ihre Fassade gewährt und das bedeutete mir unglaublich viel. Gleichzeitig versuchte ich mir vorzustellen, wie schwer das sein musste.

Zögerlich legte ich ihr meine Hand auf die Schulter.

„Du enttäuschst vielleicht die Stimme, die dir etwas verspricht, was sie dir nie geben kann“, versuchte ich ihr klarzumachen.

„Dafür machst du aber alle anderen um dich herum stolz, Hailey. Mich zum Beispiel. Denn ich weiß, wie hart manchmal das ganze verdammte Leben sein kann. Und deshalb bin ich auch stolz auf dich. Weil du geschafft hast, was so viele nicht können: Du hast dich der Versuchung, dieser Stimme in dir widersetzt, hast erkannt, dass sie nicht zu dir, zu deinem gesunden Teil gehört. Du hast beschlossen zu kämpfen, hast erkannt wie ernst deine Lage ist. Und *du bist nicht allein*, okay?“

Ihre Lippen verzogen sich zu einem dünnen Lächeln, als sie mich ansah. In ihren Augen erkannte ich tiefe Dankbarkeit, die mich von innen aufzuwärmen schien.

Ob ich sie nun schon lange kannte oder nicht; Hailey McEllen bedeutete mir viel und das konnte ich nicht mehr leugnen. Und ich würde für sie da sein, wie ich mir damals gewünscht hatte, dass es eine Freundin für mich gewesen wäre.

„Danke“, wisperte sie. Dann blieb sie stehen und ihr Strahlen wurde breiter, heller. Ich folgte ihrem Blick und lächelte auch.

Denn da, vor uns in den dunklen Abendhimmel, ragte der hell erleuchtete Eiffelturm und der Wind trug die sanften Klänge von Weihnachtsmusik zu uns herüber.

# Kapitel 27

## *Hailey 2018 (Vor vier Jahren)*

Die Worte auf dem Papier vor mir verschwammen. Immer wieder laß ich mir ein und den selben Satz durch, doch er wollte einfach nicht in mein dämliches Hirn gehen.

Ich fluchte leise vor mich hin und klatschte mir ein paar Mal mit der flachen Hand gegen die Stirn. Überraschung - auch das brachte nichts.

Da ich gestern noch bis um halb drei Uhr morgens wach in meinem Bett gelegen und mein Wecker dann heute morgen schon um halb sechs Uhr geklingelt hatte, war ich todmüde. Mir fielen die Augen in regelmäßigen Abständen zu und mein Kopf fühlte sich an wie mit Watte ausgestopft.

Trotzdem zwang ich mich dazu, diese beschissenen Worte vor mir zu lesen. Diese beschissenen Worte, auf die ich für diese noch beschissenere Klausur eine Antwort wissen musste.

Aber *fuck* da war einfach ein dickes, fettes Nichts.

Ein Nichts, eingehüllt in die Worte meines Vaters.

*„Wenn du langsam nicht mal besser wirst, werden wir einen Lehrer für zu Hause engagieren der dich unterrichtet bis du endlich mal weißt, wie wichtig gute Noten für deine Zukunft sind. Ich lasse nicht zu, dass du unsere Familie blamierst, indem du nichts aus deinem Leben machst.“*

In Gedanken zeigte ich meinem Vater den Mittelfinger.

*Ja ganz genau Dad, es ist* mein *Leben.* Aber ich hielt jedesmal die Klappe und pfefferte ihm meine Wut nur dann an den Kopf, wenn es nicht um einen Privatlehrer oder andere Nachteile für mich ging.

Scheiße, ich war fast siebzehn und mein Vater hatte mich voll und ganz in der Hand. Und irgendwo in mir wusste ich, dass es auch noch so sein würde, wenn ich älter war. Dass ich mich aus diesem eisernen Griff niemals würde losmachen können. Dass ich mich tief in mir auch eigentlich gar nicht losmachen *wollte.*

Ich schnaubte und knallte eine Faust auf diese scheiß Klausur.

Erschrockene Gesichter zuckten in meine Richtung und mein Lehrer mit Halbglatze und dicken Brillengläsern starrte mich vom Pult aus streng an.

*Soll er glotzen*, ging es mir durch den Kopf und mir fiel erst gar nicht ein, mich zu entschuldigen.

Von der Seite bemerkte ich auch Stacys Blick. Sie musterte mich halb skeptisch, halb besorgt, bevor sie sich wieder ihrem Blatt Papier widmete. Oder eher, dem *Stapel* an Papieren.

*Fünf* Seiten Klausur. Nice.

In meinen Adern pumpte pures Adrenalin und mir war es schlicht nicht möglich, mich auf diesen viel zu großen Klassenraum mit der weiten Fensterfront und meinen zehn Mitschülern zu fokussieren. Vor allem nicht auf diese Arbeit, die den größten Teil meiner Abschlussnote ausmachen würde.

*Daddy rettet dir eh wieder den Arsch mit seinem Geld*, dachte eine Stimme in mir grimmig, die nicht ganz zu mir passen wollte. Allerdings kannte ich eben auch die andere Seite der Medaille, die da hieß *Privatlehrer*.

Schließlich wurde diese Unruhe in mir so groß, dass ich nicht mehr still sitzen konnte und einfach aufsprang. Wieder wandten sich meine Mitschüler zu mir um. Paisley, Jason und Stacy inklusive. Aber das war mir egal, als ich zur Tür ging.

„Wo gedenken Sie hinzugehen, Miss McEllen?“, wollte Mr. Tin wissen und funkelte mich durch seine Brillengläser an. Er sah aus wie ein klassischer Lehrer mit Bundfaltenhosen, einem roten Pullunder und einem Hemd darunter. Nur die neuen Turnschuhe wirkten etwas fehl am Platz.

„Auf die Toilette“, entgegnete ich genervter als beabsichtigt.

Misstrauisch beäugte er mich über den Brillenrand hinweg.

„Vor einer Viertelstunde war noch Pause, also hätten Sie...“

„Dann gehen können“, beendete ich seinen Satz, den ich echt schon von mehr als genug Lehrern gehört hatte. Mittlerweile übertönte ein Rauschen in meinen Ohren fast alles, was ich hörte. Das Kribbeln und Pulsieren in meinen Adern wurde heftiger und ich bekam das Gefühl, die Kontrolle über mich zu verlieren.

„Ich hab meine Tage und keinen Bock, später einen wunderschönen fetten roten Fleck in der Hose zu haben“, schnappte ich dann und bemühte mich um einen arroganten Ton. Den, den alle von mir kannten.

„Gehen Sie“, brummte Mr Tin und ich triumphierte kurz, bevor ich aus der Klasse in den blau gestrichenen Flur mit den roten, metallenen Spinden stürzte.

Rasch folgte ich ihm bis zum Treppenhaus und huschte zu den Toiletten direkt gegenüber der Treppe.

Mit einem Klicken schloss ich die Tür ab und sperrte alles aus.

Zittrig und fahrig zugleich fuhr ich mir durch meine langen Haare und ließ mich dann auf die zugeklappte Kloschüssel sinken. Die gelben Wände waren von besonders geistreichen Sprüchen wie *„Julia aus der 10c ist dumm“* mit Edding verziert.

Mein Atem ging hektisch und viel zu unregelmäßig.

Aber ich kannte das schon.

Das Gefühl, wenn der Druck auf einmal viel zu viel wurde.

Wenn ich von allem, was ich tief in mir vergraben hatte, drohte wieder eingeholt zu werden.

Wenn meine Mauer zu bröckeln begann und ich einfach keine Kraft mehr fand, noch mehr Steine aufzuschichten, um sie stabil zu halten.

Dann wuchs diese Unruhe in mir, die mir mittlerweile fast jede Nacht den Schlaf raubte und mich zu jemandem werden ließ, der ich nicht war. Oder zumindest nicht ganz.

Ja, ich war eine impulsive Person und sagte was ich dachte. Doch ich ließ nie raushängen, dass ich keine Geldprobleme hatte. Diese arrogante, kalte Hailey... das war die, die ich vor mir trug wie einen Schutzschild. Und ich wünschte mir so sehr, dass ihn endlich jemand durchstoßen würde.

Ich wünschte es mir und gleichzeitig wollte ich mich für immer hinter ihm verstecken.

Ein frustrierter Schrei löste sich aus meiner Kehle, ehe ich es hätte verhindern können.

In mir rauschten Adrenalin und Verzweiflung.

Wie immer, wenn ich einen Blick nach vorne, einen Blick in meine Zukunft wagte.

Denn da war nichts.

Für meine Eltern war da ein schillerndes Studium mit Master und Bachelor und was weiß ich nicht noch alles, aber vor allem viel Erfolg und ein Haufen Kohle.

Wenn ich dagegen hinschaute, sah ich nur einen tiefen dunklen Raum. Und die einzige Tür, die sich hin und wieder für mich öffnete, war der Tanzunterricht. Mir war es egal, dass alle dachten, ich würde ihn für selbstverständlich nehmen und es gleichgültig sehen.

Denn für diese paar Stunden konnte ich Licht sehen und eine Zukunft war egal. Dann zählte nur das Hier und Jetzt. Nicht das Morgen, Übermorgen, nächste Woche oder in zehn Jahren. Dann zählte *ich*.

Nach einer Weile zog ich mein Handy aus meiner Hosentasche und scrollte mich durch meine Galerie, die nur aus Bildern vom Ballett, Selfies von Stacy und mir und Heathers Hund Charles zu bestehen schien. (Die Bilder von Charles schickte Stace mir fast jeden Tag, wenn sie bei Heather war.)

Mir war klar, dass ich nicht gut genug war, um vom Tanzen leben zu können. Aber das wollte ich auch nicht. Ich wollte *für* das Tanzen leben. *Für* irgendwas, außer die Vorstellungen meiner Eltern. Für meine eigenen Ziele.

Ich musste nur noch herausfinden, welche diese waren.

Einem Impuls folgend schrieb ich Anne eine Nachricht.

`Hi, komme heute doch zum Training :)`

Eigentlich hatte ich für heute Nachmittag abgesagt, da die Klausur über drei Stunden für sich einnahm.

Aber jetzt gerade war es mir egal, als ich die Kabine verließ und mir fest vornahm, noch in der nächsten Pause zu verschwinden.

# Kapitel 28

## *Hailey 2022*

Den Weihnachtsmarkt auf dem *Quai Branly*, dem Seine-Ufer unterhalb des Eiffelturms, zu betreten war als würde man in eine ganz andere Welt eintauchen.

Die warmen Lichter in rot, grün, warm-weiß und teilweise blau hoben sich von dem dunklen Himmel ab. Feine Rauchschwaden stiegen aus den Kaminen einzelner Hütten empor. Am Rand stand eines dieser alten Karussells mit Pferden und Kutschen, aus dem Weihnachtsmusik zu mir rüber drang. Es herrschte ein reges Treiben, Menschen lachten, tranken Punsch und gingen die Stände ab, an denen es massenhaft Weihnachtsdekoration und Essen zu kaufen gab.

Über all dem thronte der leuchtende Eiffelturm, der zu jeder vollen Stunde zu blinken begann. Wie jetzt.

Ein Raunen und laute „ahhh"s und „ohhhh"s gingen durch die Menge und es fühlte sich an, als würden wir alle den selben Zauber spüren. Den Zauber von Paris. Paris im Winter.

In meinem Bauch breitete sich Wärme aus, auch wenn mir die Kälte von außen schon jetzt zusetzte. Ich fühlte mich angekommen und bereit, für diesen Abend alle Sorgen und Ängste weit hinten in meinem Bewusstsein einzusperren. Heute Abend wollte ich einfach wieder frei sein. So wie letztes Jahr.

Kurz verspürte ich das Gefühl eines Déjà-vus, als ich mich mit Chloé ins Getümmel stürzte und mich einfach treiben ließ von der hellen Weihnachtsstimmung, die hier herrschte.

Nur dass wir uns diesmal nicht direkt einen Punsch holten, sondern zielstrebig die Eislaufbahn ansteuerten, die etwas am Rand vom Markt lag. Ein Holzzaun umgab die Fläche, einige Menschen standen drumherum und beobachteten jene, die darauf ihre Bahnen liefen.

„Komm, dort vorne ist die Ausleihe für Schlittschuhe“, wusste Chloé und ich folgte ihr zu einer kleinen Holzhütte.

Wir mussten nicht sehr lange warten, dann waren wir auch schon an der Reihe. Eine kleine rundliche Frau mit freundlichem Gesicht und einer Weihnachtsmütze auf dem Kopf reichte jedem von uns ein Paar Schlittschuhe in unserer Größe. Chloé bestand darauf, das Eislaufen zu bezahlen und so schlängelten wir uns durch die Menschen zurück zur Bahn.

Ein Grinsen breitete sich auf Chloés Gesicht aus.

„Im Vergleich zu den letzten Jahren haben wir fast freie Bahn“, meinte sie mit Blick auf die Eisfläche. Es tummelten sich gut zwei Duzend Menschen - Jugendliche, Kinder mit Eltern und Paare - auf der Bahn. Sie hatte recht, das war für einen so beliebten Markt in Paris nicht viel. Vermutlich war hier tagsüber der meiste Betrieb.

„Warst du mit Louise öfter hier?“, wollte ich wissen, als wir uns auf eine freie Bank an der Holzzaun-Bande niederließen und die Schuhe auszogen.

Chloé nickte. „Aber früher vor allem mit meinen Eltern und mit meinem kleinen Bruder.“ Jetzt nickte ich. Davon hatte sie mir im letzten Jahr erzählt.

Als wir die weißen, schon etwas ausgelatschten Schlittschuhe festgeschnürt und unsere Sachen gut in einem der aufgestellten Spinde verschlossen hatten, stapften wir auf den Eingang der Bahn zu. Inzwischen waren es ein paar mehr Menschen geworden, aber man konnte noch immer gut laufen.

Vorsichtig, eine Hand fest an den Zaun geklammert, setzte ich einen Fuß auf das Eis. Ich hatte keine Ahnung, wann ich das letzte Mal Eislaufen gewesen war, aber sobald ich die glatte Fläche mit den Kufen berührte, fühlte es sich an als wäre es erst gestern gewesen.

Ich ließ die Bande los und glitt über das Eis. Dabei genoss ich dieses Geräusch von den Kufen, die über die mittlerweile etwas rau gewordene Oberfläche schabten.

„Hey!“, rief Chloé hinter mir und ich drehte mich so schnell um, dass ich fast eine Bruchlandung hingelegt hätte.

„Sorry“, sagte ich lachend, als ich bei ihr ankam. Sie klammerte sich mit beiden Händen am Holz der Umzäunung fest und rutschte immer wieder ab. „Du bist ja wirklich mies“, stellte ich fest und hob eine Augenbraue.

„Sehr hilfreich“, kommentierte sie, stemmte empört eine Hand in ihre üppige Hüfte und wäre dabei fast hingefallen. Im letzten Moment jedoch schnappte ich mir ihr Handgelenk und zog sie wieder hoch. Dabei zitterten meine Muskeln protestierend.

*Ich bin schwach geworden*, ging es mir durch den Kopf, bevor ich den Gedanken hatte ersticken können.

„Alles klar?“, wollte Chloé wissen und ich nickte rasch.

„Ich kann dir eine Hand geben und mit der anderen hältst du dich am Rand fest, wie wäre das?“, schlug ich vor und grinste wieder, als ich ihren skeptischen Blick sah.

„Wird das jetzt so eine kitschige Szene wie in neuzig Prozent aller Weihnachtsfilme?“, wollte sie belustigt wissen.

Gespielt gleichgültig zuckte ich mit den Schultern, drehte um und glitt über das Eis davon. „Wie du willst!“, rief ich ihr noch zu.

Ihr entrüstetes „Das ist fies!“, hörte ich kaum noch.

Der kalte Wind rauschte mir in den Ohren und fegte mir mein langes Haar aus dem Gesicht. Ich wurde schneller, setzte intuitiv einen Fuß vor den anderen und fühlte mich so frei. Der dunkle Himmel breitete sich über mir aus und die Lichter von Paris verschwammen an den Rändern meines Sichtfeldes.

Es war, als würde ich über das Eis schweben. Um mich herum hörte ich das Lachen und Reden von Menschen, aber vor allem die Klänge von Weihnachtsmusik. In der Luft hing der Geruch nach Schnee, Punsch und Pfannkuchen. Und tief in meinem Herzen wurde es ein bisschen heller. Zwar war das hier nicht mit dem Tanzen zu vergleichen, aber es fühlte sich so gut an.

Zumindest so lange bis ich spürte, wie meine Muskeln plötzlich protestierten. Meine Knie drohten unter mir einfach einzuknicken und mein Atem ging stockender.

Bei Chloé wieder angekommen, stützte ich mich neben ihr an der Band ab und versuchte, nach Atem zu ringen.

„Das ist so gemein, wie kann es sein, dass du einfach das Eis betrittst, davonschwebst wie die Eiskönigin höchstpersönlich und ich…“ Sie unterbrach sich selbst, als sie mich ansah. „Hailey?“

„Ich…“, keuchte ich und fühlte, wie mein Kopf sich drehte. Die Stelle unterhalb meiner linken Brust tat wieder weh, als würde mir jemand ein Messer dort in den Körper treiben. „… habe keine Kraft“, presste ich hervor und fühlte mich so schwach, so schlecht. Das Hochgefühl war verschwunden.

Meine Emotionen wechselten in letzter Zeit schneller als das Wetter auf Island.

„Das ist ja auch überhaupt kein Wunder“, fand Chloé und rutschte langsam auf mich zu. „Woher sollte die denn auch kommen? Dein Körper braucht Zeit, Hailey. Du kannst nicht davon ausgehen, dass du vier Tage lang wieder etwas isst und dann plötzlich wieder alles funktioniert wie früher. Dein Körper ist weit über seine Grenzen gegangen und muss sich langsam wieder erholen. Das geht nicht von heute auf morgen.“

Ich ballte meine Hände zu Fäusten und ließ sie wieder locker. Da war erneut dieser Wirbelsturm an Gefühlen und Gedanken in mir. So als wäre da wirklich ein eigenständiges Wesen in mir, das eigene Gedanken hatte. Und meine vermischten sich immer wieder mit denen dieses Wesens.

„Alles was ich will ist, wieder tanzen zu können. Mich wieder bewegen zu können. Meinen Körper und seine Dehnbarkeit, seine Kraft bei jedem Sprung wieder spüren zu können." Für einen Augenblick schloss ich die Augen und kaute auf meiner Unterlippe rum, um das Zittern darin zu verbergen. „Was, wenn ich es nie wieder können werde?"

„Doch", hielt Chloé sofort energisch dagegen. „Ich glaube fest daran, dass du das bald wieder kannst. Nein, ich weiß es sogar. Aber das braucht Zeit. Du kannst nicht erwarten, dass du von null, nein weniger als null, plötzlich wieder auf hundert Prozent gehen kannst."

Ich seufzte tief und schlug die Augen auf, um Chloé direkt anzuschauen. Sie hatte recht, ich wusste das. Das alles. Aber es war so schwer, das zu akzeptieren. Zu akzeptieren, dass ich erst wieder *mehr* werden musste, um wieder Kraft zu haben. Es war meine Entscheidung gewesen und doch fühlte sie sich in diesem Moment fast wie eine Niederlage an.

*Du bist nichts wert, wenn du mehr bist. Zu viel.*

Energisch schüttelte ich den Kopf.

„Hey", sagte Chloé sanft und berührte leicht meinen Arm. „Wir können auch wieder von der Bahn runtergehen, wenn dich das zu sehr triggert, okay? Wenn du hierbleiben willst, bleiben wir hier. Du entscheidest."

Eine Weile rang ich mit mir.

*Bleib und lauf noch etwas. Nur noch ein bisschen. Nur noch ein bisschen näher an die Erschöpfung. Du musst das loswerden.*

Meine Kiefer pressten sich aufeinander.

„*Du* entscheidest", betonte Chloé nochmal und sah mich voller Verständnis an. „Nicht die Stimme in dir."

Langsam nickte ich und versuchte, mir selbst zuzuhören. Was wollte ich?

Meine Muskeln schrieen *aufhören!*, mein Herz flüsterte *es tut nicht gut, es tut weh*, mein sich drehender Kopf war hin- und hergerissen.

Doch ich spürte eigentlich ganz deutlich, was ich wollte.

*Pause.*

„Okay", sagte ich nach einer Weile, in denen Chloé geduldig gewartet hatte. „Gehen wir zurück zum Markt."

„Ich bin so stolz auf dich", lobte sie und in mir breitete sich Wärme aus. Diesen Satz zu hören bedeutete mir mehr, als ich hätte in Worte fassen können.

Nachdem wir die Schlittschuhe wieder gegen unsere Winterstiefel eingetauscht und abgegeben hatten, schlenderten wir zurück ins Zentrum des Weihnachtsmarktes.

An einem kleinen Standofen wärmten wir uns kurz auf, bevor wir einen Stand mit heißer Schokolade entdeckten.

Jeder einen dampfenden Becher in den Händen setzten wir uns auf eine der Holzbänke, die am Straßenrand standen. So befanden wir uns zwischen dem bunten Treiben des Marktes und dem Leuchten des Eifelturms, der sich vor uns in den Nachthimmel erhob. Leichte Schneeflocken fielen vom Himmel und landeten kühl auf meinen Wangen und meiner Stirn. Ich reckte mein Kinn in die Höhe und atmete tief ein. Der Geruch von Paris im Winter - Abgase, Kaminrauch, Punsch, Crêpes und einem Hauch Schnee - setzte sich in meiner Nase fest und ich liebte ihn.

„Das ist wirklich wie in einem dieser Weihnachtsfilme", meinte Chloé und ich hörte ein Grinsen aus ihrer Stimme. „Aber viel viel besser. *Unser* Weihnachtsfilm."

Ein kleines Lächeln zupfte an meinen Mundwinkeln. Dann richtete sich mein Blick auf die dunkelbraune Brühe in meinem Becher, die so herrlich nach Schokolade duftete. Durch die Pappe drang die Hitze an meine Hände und kribbelte dort angenehm.

„Darf ich... dich fragen, wie das gerade für dich ist?", fragte sie auf einmal und ich legte fragend den Kopf schief. Kleine weiße Schneekristalle hatten sich in ihren Wimpern und ihren dunklen Locken gesammelt. „Diese heiße Schokolade zu trinken, meine ich. Ist das... schwer? Ich möchte versuchen, dich besser zu verstehen und das, wogegen du kämpfst."

Für einen Wimpernschlag war ich ein wenige überrumpelt und hatte keine Ahnung, was ich erwidern sollte. Nach Stacys Tod letztes Jahr hatten mich viele verschiedene Menschen gefragt, wie es mir ging. Sie hatten sich Sorgen gemacht, wollten mich verstehen. Aber... es waren nie die richtigen gewesen. Nie die, von denen ich mir so sehr gewünscht hatte, dass es sie interessierte wie es mir ging.

*„Nein es geht",* wollte ich fast antworten, aber ich war es leid, zu lügen. „Es... ist komisch", gab ich deshalb zurück und ließ meine Augen wieder zum Eiffelturm schweifen. Menschen standen auf den Plattformen ganz oben und fotografierten runter.

„In manchen Momenten scheint es mir unmöglich, etwas zu essen oder zu trinken, was zu viele Kalorien hat", erzählte ich und driftete in Gedanken weg. „Nicht ganz *unmöglich*, denn ich weiß ja, dass es theoretisch ganz einfach wäre. Dass ich es einfach nur in die Hand nehmen und essen, beziehungsweise trinken müsste. Aber dann ist da etwas in mir, das mich zurückhält... Ein Ziel, das ich erreichen will und nicht erreichen kann, wenn ich es tue..."

Aus dem Augenwinkel sah ich Chloé wie in Zeitlupe nicken.

„Welches Ziel?", hakte sie nach.

„Unsichtbar zu werden, damit ich endlich gesehen werde", erklärte ich und hörte das Zittern in meiner Stimme deutlich.

„Das klingt..."

„Unrealistisch? Dumm? Unlogisch?", unterbrach ich sie, senkte den Kopf und fuhr mir mit einer Hand durchs Gesicht. „Herzlich willkommen in meinen Gedanken. Da gibt nichts einen Sinn, alles ist durcheinander."

„Eigentlich wollte ich sagen... verzweifelt", kam es von Chloé.

Ein freudloses Lachen kam mir über die Lippen. „Das trifft es auch ganz gut."

„Und jetzt gerade?", wollte sie wissen.

Nachdenklich lenkte ich meinen Blick wieder auf meine heiße, oder mittlerweile eher lauwarme Schokolade. „Jetzt gerade fühlt es sich an, als könnte ich ein bisschen freier Atmen. Ich fühle mich... wichtig. Als wäre ich etwas wert“, versuchte ich zu erläutern. „Das nimmt der Stimme ihre Kraft. Nicht komplett, aber ich habe die Macht, lauter als sie zu sein. Sie ist nur dann stark, wenn ich am Boden bin, wenn eine Wunde aufreißt und sie sich darauf stürzen kann. Dann ist sie wieder meine beste Freundin und ich... ich wehre mich nicht dagegen.“

Mir lief ein Schauer über den Rücken. Das auszusprechen kam mir so merkwürdig vor. Ich hatte keine Ahnung, wann ich das letzte Mal so ehrlich zu einem Menschen gewesen war.

„Du bist so unglaublich viel wert“, flüsterte Chloé mit erstickter Stimme. Als ich mich ihr zuwandte, glitzerten Tränen in ihren Augen.

*Meinetwegen?* Es fühlte sich für mich so falsch an, jemandem etwas zu bedeuten. Ja, ich war Stacy wichtig gewesen, aber Stacy hatte nie mein ganzes Ich gekannt.

„Und du *bist* wichtig. Wichtig für mich. Dafür musst du absolut nichts leisten, Hailey.“

Im Hintergrund dudelte die Melodie von *Jingle Bells* in einer Drehorgel, ein paar Autos vor uns auf der Straße hupten und ein altes Ehepaar spazierte inmitten von Touristen, Joggern und Menschen mit Laptop unter dem Arm über die Brücke vor dem Eiffelturm. Die eleganten schwarzen Laternen beleuchteten den

Straßenrand und eine von ihnen hüllte unsere Bank in ein diffuses Licht.

„Ich habe Angst davor, allein zu sein", sprach ich irgendwann aus.

„Das weiß ich", antwortete Chloé „Aber du bist nicht..."

„Nein", fuhr ich ihr harscher als beabsichtig dazwischen. Etwas ruhiger erklärte ich dann: „Das meine ich nicht. Nicht die Angst, allein zu *sein*. Sondern alleine klarkommen zu müssen. So... blöd und dämlich und verwöhnt das klingt; meine Eltern haben mir immer alles gegeben, alles gekauft und mir mein Studium besorgt, meine Termine gemacht und so weiter. Für... dieses reale Leben da draußen ohne reiche Eltern habe ich kein Gefühl. Ich will unabhängig sein, mein eigenes Leben leben und gleichzeitig kann ich nicht loslassen. Weil... weil ich auch heute noch mit der Hoffnung lebe, die Familie zu bekommen, die ich nie gehabt habe. Dass sie plötzlich für mich da sind und sich für mich und meine Träume interessieren. Das ist naiv und dumm, das weiß ich, aber tief in mir hoffe ich immer noch, dass Menschen sich ändern können."

„Deine Mom...", setzte Chloé an, doch ich unterbrach sie schon wieder.

„Ich vertraue ihr noch nicht", gab ich zu und spürte wie meine Unterlippe zu beben begann. „Also... ich würde es gern. Aber... all die Jahre war sie nie wirklich für mich da. Und dass sie sich jetzt auf einmal entschuldigt, dass sie mir sagt, mein Dad hätte sie verändert, macht es nicht ungeschehen."

„Möchtest du ihr denn gar keine Chance geben?“, hakte sie zögernd nach. „Möchtest du nicht sehen, was passiert wenn du einfach zulässt, dass sie sich für dich interessiert oder für dich da ist?“

Einen frustrierten Laut von mir gebend ließ ich de Kopf an die zugeschneite Rücklehne sinken. Das Schneetreiben wurde dichter und der Wind kälter.

„Ja doch“, erwiderte ich. „Oder... nein... ich weiß es nicht.“

Chloé lehnte sich auch zurück, ihren Pappbecher mit beiden Händen umklammert. Inzwischen musste die Schokolade kalt sein.

„Hast du mal darüber nachgedacht, dir Hilfe zu suchen?“

Stumm schüttelte ich den Kopf.

„Dafür bin ich nicht krank genug“, entgegnete ich dann.

„Das bist du, Hailey. Alles an dir schreit nach Hilfe. Selbst wenn du komplett gesund wärst, dürftest du nach Hilfe rufen. Jeder hat Hilfe verdient, ganz besonders du.“

Ich schnaubte und wandte den Kopf zu ihr. „Weißt du, das vor ein paar Tagen Gabriel fast genau das gleich zu mir gesagt hat?“

Perplex starrte sie mich an. Dann grinste sie vorsichtig.

„Vielleicht solltest du das als ein Zeichen sehen.“

„Vielleicht“, murmelte ich und richtete meinen Blick wieder in den dunklen Himmel. Hier in Paris schien er nie ganz schwarz zu sein. Die Lichter der Stadt strahlten ihn immer ein wenig an. So als würde sie sich weigern, die Dunkelheit einzulassen.

„Mir kommt da gerade eine Idee“, meinte Chloé und ich hob fragend eine Augenbraue. Sie lächelte.

„Ich würde Gabriel gerne etwas zu Weihnachten schenken.“

Überrascht aber auch erleichtert über den Themenwechsel, sah ich sie an.

„Komm mit“, forderte sie mich auf, stürzte ihren kalten Kakao runter und hielt mir einen Hand hin. Ich folgte ihrem Beispiel, warf den leeren Becher in den Mülleimer neben der Bank und ließ mich von ihr hochziehen.

„Wir drehen nochmal eine Runde über den Weihnachtsmarkt“, bestimmte sie und ich folgte ihr zurück zu den Holzhütten.

Irgendwie bildete ich mir ein, plötzlich weniger Ballast auf den Schultern zu tragen. Die Lichterketten und Holzhütten lösten in mir sogar eine warme Vorfreude aus. Und in diesem Moment war ich mehr als nur dankbar dafür, Chloé Morel letztes Jahr in der Metro getroffen zu haben.

# Kapitel 29

## *Chloé 2018 (vor vier Jahren)*

Melanie Thornton's *Wonderful Dream (Holidays Are Coming)* lief in unserem kleinen Küchenradio und gedankenversunken summte ich das Lied mit.

Unter der Spitze meines Bleistifts entstand nach und nach der Umriss einer Winterlandschaft. Ich zeichnete einen mit Schnee bedeckten Hügel und eine Reihe an Tannen, die darauf wuchsen. Im Tal begann ich, einzelne Häuser zu zeichnen, legte den Stift leicht quer, um die Schattierungen weicher wirken zu lassen und ließ zarte Schneeflocken darüber schneien.

In Gedanken war ich vollkommen in meinem Bild, in der Landschaft, der ich Leben einhauchte. Ich stellte mir Kinder mit ihren Eltern vor, die Schneemänner vor ihren Häusern bauten und eine Bäckerei in dem kleinen Dorf, aus der der Geruch von frischen Keksen das ganze Tal flutete.

Wenn ich zeichnete, war ich wie in meiner eigenen Welt. Es fühlte sich dann so an, als besäße ich die Macht, mir sie so zu zeichnen, wie ich sie gern hätte. In gewisser Weise stimmte das ja auch.

„Wow“, entfuhr es Lou und ließ mich damit hochschrecken. Sie hob sofort entschuldigend die Hände und lachte. „Tut mir leid ich wollte dich nicht erschrecken. Aber das sieht toll aus.“

„Danke.“ Stolz breitete sich in mir aus. Mir bedeutete es viel, dass Lou meine Bilder so gerne mochte. Mit ihnen hatte sie auch schon etliche Wände unserer Küche und ihres Schlafzimmers tapeziert.

„Magst du vielleicht eine Pause machen, um mit mir ein paar Biscuits zu backen?“, wollte sie wissen und hob auffordernd die Brauen. Mein Herz machte einen Satz. Auf das Plätzchen Backen freute ich mich noch immer wie ein Kind.

„Das du da noch fragst“, gab ich zurück, räumte das Mäppchen mit meinen Bleistiften ein und legte es zusammen mit dem Papier mit der angefangenen Landschaft zur Seite.

„Aber diesmal müssen wir uns beherrschen, Coco“, mahnte meine Tante streng.

„Haha comme ç'est marrant“, lachte ich. „Wem willst du etwas vormachen?“

Lou’s Lippen verzogen sich zu einem verräterischen Grinsen. Wir versuchten jedes Jahr dem köstlichen Teig zu widerstehen und versagten jedes Jahr kläglich. Am Ende reichte er meistens nur noch für die Hälfte an Keksen die wir geplant hatten, weil wir die andere Hälfte einfach aufgefuttert hatten.

„Naja“, sagte sie dann und band sich ihre rote Rentier-Schürze um die Hüften, um ihr buntes Kleid vor Mehl zu schützen. „Aus genau diesem Grund machen wir ja seit letztem Jahr die doppelte Menge Teig.“ Sie schmunzelte und ich strahlte mit ihr.

Es war unglaublich, wie sehr wir in den letzten fünf einhalb Jahren zusammengewachsen waren. Früher war Lou nur meine Tante gewesen, die uns ab und an zu Hause besucht hatte. Und mittlerweile konnte ich mir ein Leben ohne sie gar nicht mehr vorstellen. Wir waren wie Freundinnen geworden, hatten beide Schiss vor jedem gruseligen Film und hatten eine große Liebe für Disney Filme. Wir waren beide absolute Wintermenschen und würden den Sommer sofort an ein anderes Land verschenken, wenn das möglich wäre. Außerdem teilten wir fast genau den gleichen Einrichtungsgeschmack, weshalb wir uns stundenlang gemeinsam in verschiedenen Möbelhäusern rumdrücken konnten.

Vor allem aber konnten wir offen miteinander reden, was ich mehr als alles andere schätzte. Daher wusste ich auch, wie schwer es für sie gewesen war, als sie quasi von heute auf morgen zu einer Mutter für ein zehnjähriges Mädchen hatte werden müssen, das gebrochen und dazu auch noch schwer krank gewesen war.

Ich bewunderte sie für ihre große Stärke und sie war für mich zu einem Vorbild geworden. Während ich in der Schule nie Freunde hatte, hatte ich immer Lou gehabt. Und Anouk.

Die kleine weiße Mischlingshündin schob sich durch den schmalen Türspalt in die Küche und wartete neben meinem Stuhl darauf, dass ich sie auf meinen Schoß hob. Tante Lou hatte sie mir, oder eher uns beiden, zu unserem ersten gemeinsamen Weihnachten geschenkt. Das Weihnachten, das ich noch in einem Krankenhaus hatte feiern müssen.

„Hmmm... Kokosmakronen oder Schoko-Madeleines?“, fragte Lou in meine Gedanken. Sie stand vor dem Herd, ihr altes Backbuch mit den besten Rezepten der Welt in der Hand. „Oder... Macarons?“

Belustigt gab ich ein Schnauben von mir.

„Du gibst den Macarons doch noch eine Chance?“, fragte ich skeptisch und amüsiert zugleich.

Lou hob das Kinn und blitzte mich an. „Jeder hat eine zweite Chance verdient“, meinte sie.

Abwehrend hob ich die Hände und musste mir einen Lachanfall verkneifen. „Wenn du das sagst.“

Im letzten Jahr hatte sie sich schon an dem kleinen gefüllten Baisergebäck in den bunten Farben ausprobiert und war ziemlich kläglich und mit vielen Flüchen gescheitert. Meine Tante konnte wirklich mehr als nur gut backen, aber die Macarons waren bisher immer ein Endgegner für sie gewesen.

„Wir backen Lebkuchen“, entschied sie und kramte bereits im Kühlschrank nach den Zutaten. Derweil lief *Do They Know It's Christmas?* im Radio, mein absolutes Lieblingslied.

Ich sprang von meinem Platz am Esstisch auf und drehte die Musik lauter. Diese Harmonie von den sanften Glocken und Trommeln ließ die Weihnachtsstimmung jedes Mal nur so durch meine Adern fließen. Mit einem Seitenblick auf meine Tante stellte ich fest, dass auch sie den Song erkannte. Wir sangen ihn immer so laut und schief wie nur möglich mit.

Währenddessen kramte ich zwei Schüsseln, Mehl und sonstige Backutensilien und Zutaten aus den Schubladen und Schränken in unserer kleinen Küche.

Anouk wuselte immer wieder durch unsere Beine, in der stillen Hoffnung, dass etwas zu Boden fallen würde. Meistens hatte sie Glück.

Als ich das Lebkuchengewürz fand, riss ich die Packung auf und atmete den Geruch nach Zimt, Nelken, Anis und Kardamom tief ein. Mein allerliebster Geruch zur Weihnachtszeit.

„Wer braucht schon Macarons, wenn es Lebkuchen gibt?“

„Exactement mon avis“, stimmte Lou mir zu und zwinkerte.

Eine ganze Weile rührten wir alle möglichen Zutaten zusammen und improvisierten wie immer noch ein wenig, um möglichst viel Teig zu bekommen.

„Es schneit!“, stellte sie plötzlich fest und ich wirbelte so schnell zum Fenster um, dass ich das halbe Mehl auf den Boden kippte. Aber dem schenkte ich keine Beachtung, sondern schob mich am Esstisch vorbei zur kleinen Fensternische.

Und tatsächlich: Draußen wirbelten kleine zarte Schneeflocken durch die Luft und ließen die Dächer von Paris wie weiß bepudert aussehen.

Ein unbeschreibliches Glücksgefühl machte sich in mir breit und ich konnte es kaum erwarten, später mit Nouki durch den Schnee zu spazieren, auch wenn es nicht viel war.

„Vielleicht reicht es ja für einen Schneemann", überlegte Lou und ich lachte nur. Letztes Jahr war gar kein Schnee da gewesen. Ich war froh, wenn es überhaupt ein wenig weiß wurde. Ein Schneemann war dann das nächste Level.

Und so standen wir einige Minuten einfach am Fenster, sahen den kleinen Flocken zu, wie sie immer mehr und immer dicker zu werden schienen und leicht wie Federn durch die Luft trudelten.

*Wie zwei kleine Kinder*, dachte ich und freute mich, dass meine Tante mir so ähnlich war. Dass wir die Freude für die kleinen Dinge teilten, die im Herzen doch so groß wirken konnten.

Dass ich überhaupt heute hier stehen durfte und nicht in einem Bett im Krankenhaus liegen musste. Dass ich noch auf dieser Welt leben durfte, die noch so viele schöne Dinge, noch so viele Winter und noch so viele Weihnachten für mich bereithielt. Auch wenn meine Familie nicht mehr bei mir sein konnte, war sie es in mir drin doch immer.

Es gab immer wieder Tage, an denen es mehr weh tat, dass sie nicht mehr hier waren, als an anderen.

Aber ich hatte gelernt, was es für ein Geschenk war, leben zu dürfen, auch wenn es manchmal hart war. Wenn es einen oft verletzen konnte.

Doch egal, wer diese Welt verließ, da gab es immer irgendwo diesen Menschen, dem man wichtig war, für den es sich lohnte weiterzumachen. Nicht nur Menschen. Auch Momente wie diese waren es, was Leben für mich bedeutete.

Als die ersten Töne von *All I Want for Christmas Is New Year's Day* von *Hurts* anspielten, wandten wir uns wieder unseren Lebkuchen zu, den Text vor uns hin singend.

Ja, das hier war es, wofür ich jeden Tag aufstand und dankbar dafür war, noch hier zu sein. Das hier und all diese kleinen großen Momente.

# Kapitel 30

## *Chloé 2022*

Der Duft von Crêpes hüllte uns ein, als wir den Stand erreichten, den ich gesucht hatte.

Eine kleine Holzhütte, etwas abseits der anderen Marktstände. Die Auslage bestand aus aneinandergereihten Holzkisten. In jeder waren Bücher nach Alphabet geordnet einsortiert worden.

Bücher über Bücher.

„Du willst Gabriel ein Buch schenken", stellte Hailey fest und lächelte mich an. Sie verstand. „Weißt du schon, welches?"

Eifrig nickte ich und ging mit den Augen alle Kisten ab. Die alte Frau, die hinter der Theke auf einem Holzstuhl saß, beobachtete uns und hoffte scheinbar, noch etwas verkaufen zu können. Ich hatte sie schonmal gesehen. Sie besaß einen kleinen Stand in der Büchermeile hier in Paris, in der ich mich öfter mal gerne aufhielt.

Ihr Gesicht war vom Alter zerfurcht und sie trug einen dicken, dunkelgrünen Poncho aus Strick, ein Kopftuch bedeckte ihre Haare und ihre dunklen Augen musterten uns aufmerksam.

Endlich fand ich **M** und ging mit den eiskalten Fingern die Bücher durch.

„Hier!“, sagte ich schließlich und zog ein Buch mit orangenem Umschlag aus den Reihen. Der Titel **MOMO** stand vorne auf dem Cover und ich lächelte. „Das wird ihm gefallen, falls er es nicht schon kennt.“

Hailey kam neben mich und betrachtete das Buch. „Ich glaube, ich habe das schonmal gesehen“, murmelte sie und schien eine Weile nachzudenken. „Bei Stacys kleiner Schwester Clara.“

„Die Geschichte ist unglaublich schön“, erklärte ich ihr, weil sie sie scheinbar nicht kannte. „Solltest du auch mal lesen.“ Ich reichte der alten Frau das Buch und sie nannte mir den Preis.

„Ne lass mal, Bücher sind nicht ganz so mein Ding“, meinte Hailey und zuckte die Schultern.

Nachdem ich der Frau die sechzehn Euro bezahlt hatte, kehrten wir dem Stand den Rücken zu und machten uns auf den Weg zu einem der Essensstände. Mein Magen knurrte schon seit einer gefühlten Ewigkeit und mir war klar, dass es Hailey auch so gehen musste. Aber sie sagte nichts. Ich verstand, warum.

„Süß oder herzhaft?“, fragte ich sie, als mir der Geruch nach Pizza in die Nase stieg und mir das Wasser im Mund zusammen lief.

Sie zuckte nur mit den Schultern und ließ ihren Blick über die Hütten und das große Karussell schweifen.

„Ich glaube, ich hole mir eine Pizza“, dachte ich laut und folgte dem köstlichen Geruch. Das Buch für Gabriel steckte ich mir in meinen kleinen Rucksack.

„Vielleicht mache ich das auch“, überlegte Hailey und ich hätte in dem Moment nicht stolzer auf sie sein können. Es musste eine große Überwindung für sie sein, das zu sagen. Vielleicht verstand ich nicht alles, was diese Krankheit anging, aber eins war mir mittlerweile bewusst: Sie war eine Art Schutz für Hailey, weil schwach oder krank zu sein bedeutete, dass sich andere um einen sorgten. Weil sie so lange nie wirklich unterstützt worden war oder ehrliche Fürsorge erfahren hatte, wollte sie das mit allem was sie konnte, nachholen. Deshalb wollte sie, oder dieser Teil in ihr nicht gesund werden.

Mein Herz zog sich schmerzhaft zusammen bei dem Gedanken, wie gebrochen sie eigentlich wirklich war. Wie ich es auch damals gewesen war.

*Zwei dunkle gebrochene Seelen, die sich versuchen gegenseitig wieder zusammenzusetzen*, ging es mir durch den Kopf. Ich hatte diesen Abgrund hinter mir gelassen, auch wenn ich ab und an wieder stehenblieb und zurückblickte. Hailey stand noch davor, auf der Suche nach einem Weg über ihn hinweg. Aber manchmal war der Weg auf die andere Seite auch der, durch ihn hindurch zu gehen. In Haileys Fall war es das.

„Eine Pizza Mozzarella s'il vous plaît“, sagte ich schließlich zu dem Mann in dem Pizzawagen. Der nach oben geklappte Teil der Seitenwand, der als Dach fungierte, war mit Tannengirlanden und Lichterketten behängt worden.

„Kommt sofort“, gab er zurück und setzte sich eine Cap auf, ehe er sich am Ofen zu schaffen machte. Dann wandte er sich an Hailey.

„Und Sie?“

Für einen Moment starrte sie schweigend auf die beleuchtete Auslage hinter dem Glas der Theke und knetete ihre Finger. Ich sah sie leicht zittern.

„Es ist okay“, versicherte ich ihr leise und hoffte, ihr damit ein wenig Mut zu schenken. „Du darfst das, du bist es wert.“

Schließlich nickte sie und bestellte sich eine Pizza Margherita.

Stolz nahm ich ihre eiskalte Hand in meine und drückte sie leicht. Ihre zitterte.

Mit unseren Pizzen in der Hand schlenderten wir noch eine ganze Weile den Markt entlang, blieben bei kleineren Fahrgeschäften stehen oder sahen den Menschen auf der Eislaufbahn zu, wie sie über die Eisfläche glitten. Wir liefen vorbei an mini-Ständen, die heiße Maronen verkauften, mindestens fünf Hütten mit dem Schild **Chocolat chaud** und etlichen weiteren, die Gebäck, Punsch oder einfach nur Süßkram anboten. Wenn man so durch den beleuchteten Markt spazierte, konnte man leicht vergessen, dass es eigentlich schon fast Nacht war. Es war berauschend all die Farben zu sehen, der Musik im Hintergrund einiger Hütten zu lauschen und die Menschen zu sehen, die fast alle ein Lächeln auf den Lippen trugen.

Irgendwann erreichten wir den Rand des Weihnachtsmarktes und warfen unsere leeren Pappteller in einen Mülleimer.

Hailey sah erschöpft und ausgezehrt aus. Auch in mir machte sich eine drückende Müdigkeit breit und wir beschlossen, zurück nach Hause zu gehen.

So ließen wir das Treiben des Marktes und dessen Geräusche hinter uns und bogen in eine ruhige Gasse ein. Hier standen links und rechts parkende, leicht mit Schnee bedeckte Autos und zwischen den Häuserfronten waren Lichterketten gespannt, die in der Dunkelheit wie ein kleiner Sternenhimmel wirkten. Im fahlen Licht tanzten Schneeflocken und landeten auf meinem Gesicht.

„Danke für diesen Abend", sagte Hailey auf einmal in die Stille hinein und als ich mich umwandte, strahlte sie müde. „Es war so schön und hat unglaublich gut getan."

Wärme bildete sich in meinem Bauch und ich lächelte zurück. „Ganz uneigennützig war der Abend ja nicht", gab ich zurück und feixte. „Mir hat er auch gut getan."

Den Rest des Heimweges hing jeder seinen eigenen Gedanken nach und wir lauschten dabei einfach den Geräuschen von Paris bei Nacht. Den ab und an hupenden Autos in der Ferne, dem Klappern von Fensterläden, die geschlossen wurden und dem Knirschen unserer Schritte im frischen Schnee.

Immer wieder warf ich Hailey einen Blick zu und fragte mich, ob ich einen Fehler gemacht hatte mit meinem Vorhaben. Auf der einen Seite war ich mir sicher, dass sich ein Teil von ihr darüber freuen würde, doch auf der anderen Seite hatte ich noch ihren verletzten Gesichtsausdruck vor Augen, als ich vorhin noch kurz mit ihr darüber gesprochen hatte. Trotzdem hatte ich es getan und ich wusste auf einmal nicht mehr, ob es das richtige gewesen war...

„Was ist los?“, wollte Hailey wissen. Mein Blick hatte etwas zu lange auf ihr gelegen.

„Nichts, ich denke nur etwas nach“, erwiderte ich und lächelte zögernd.

Sie zog eine Grimasse.

„Und worüber?“

„Wirst du bald erfahren“, antwortete ich geheimnisvoll. Und in Gedanken schob ich noch hinterher: *Ich hoffe du wirst dich dann darüber freuen und mich nicht bis in alle Ewigkeit hassen.*

„Okay“, sagte sie gedehnt und musterte mich. „Du siehst so aus, als hättest du eine Schüssel Rosenkohl gegessen“, meinte sie dann und ich musste lachen.

„Ich *liebe* Rosenkohl“, merkte ich an und sie verzog das Gesicht.

„Das kann nicht dein Ernst sein.“

„Ich hab noch nichts ernster gemeint.“

„Uhhh ich fürchte ich muss dir dic Freundschaft kündigen.“ Sie legte einen Finger ans Kinn und tat so, als müsse sie über eine sehr schwere Entscheidung nachgrübeln.

Bei dem Wort *Freundschaft* breitete sich ein ziemlich breites Grinsen auf meinem Gesicht aus, gegen das ich nichts tun konnte.

„Und jetzt guckst du wie ein Kind, dem gesagt wurde dass sein Geburtstag vorverlegt wurde“, kommentierte sie mein Grinsen.

„So kommt es mir auch gerade vor", bestätigte ich und sie hob eine Augenbraue.

„Du hast eben *Freundschaft* gesagt", erklärte ich und mein Ton wurde ernster. „Das bedeutet mir mehr als jeder Geburtstag, den ich je gefeiert habe."

Ein Lächeln zupfte an ihren Mundwinkeln. Im Schein einer Laterne sah ich die unzähligen Schneeflocken, die sich in ihrem schwarzen Haar niedergelassen hatten.

„Mehr als Rosenkohl?"

Ich prustete los. „Absolut."

Als wir die Wohnung betraten, war alles dunkel. Lou musste schon schlafen gegangen sein.

Doch dann bemerkte ich das Licht, das aus dem Wohnzimmer in den schmalen Flur fiel und hörte die blechernen Stimmen, die nur aus unserem Laptop kommen konnten.

Hailey und ich streiften unsere Schuhe aus, ich warf rasch den Rucksack in mein Zimmer und anschließend schlüpften wir ins warme Wohnzimmer. Ein Feuer prasselte in unserem kleinen Kamin und neben ihm stand der noch nicht dekorierte Baum, den wir uns nach der Aufführung am Platz bei der *Opéra Garnier* gekauft hatten. Er war klein, leuchtete aber in einem schönen Grün und verströmte den Duft nach Harz und Tannennadeln. Lou saß auf unserem Sofa, den Laptop vor sich auf den Couchtisch gestellt, eine Keksdose in den Händen haltend. Anouk hatte sich neben ihr eingekringelt.

„Hey“, begrüßte ich sie. „Was schaust du und dürfen wir uns dir anschließen?“

Mein Tante schaute auf und schob sich noch einen Lebkuchen in den Mund.

„*Kevin allein in New York* und ja, dürft ihr“, beantwortete sie meine Fragen und rutschte auf der Couch etwas zur Seite, sodass auch Hailey und ich Platz darauf fanden.

„Ich liebe diesen Film“, schwärmte ich und lachte bei dem Anblick von Haileys ratloser Miene. „Hast du was dagegen, wenn wir zuerst *Kevin allein zu Haus* anschauen?“, fragte ich an Lou gewandt. „Hailey kennt die Filme nicht.“

Geschockt sah sie zu meiner Freundin.

„Das ist eine Bildungslücke!“, stieß sie dann gespielt dramatisch aus. „Aber klar können wir das, das müssen wir sogar.“

Also tauschte sie die DVD des zweiten Teils gegen den ersten Teil ein. Bevor wir anfingen stand sie jedoch nochmal auf, um uns eine heiße Schokolade zu machen.

*Ein Wunder, wenn wir später nicht im Zuckerkoma liegen*, dachte ich belustigt und freute mich schon jetzt drauf.

„Okay“, sagte ich zu Hailey, die sich neben mir in eine unserer Kuscheldecken eingehüllt hatte und Anouk streichelte. Jetzt sah sie mich abwartend an. „Welche Weihnachtsfilme kennst du noch alle nicht?“

Kurz schien sie zu überlegen.

„Frag mich lieber welche ich *kenne*, die Antwort ist kürzer.“

„Und?“

„Einen“, gab sie zurück und grinste schief.

„Oh mann, wir haben echt was nachzuholen“, stellte ich fest und freut mich schon auf die Filmmarathons.

Lou kam mit einem Holztablett zurück aus der Küche, auf dem drei dampfende Weihnachtstassen voller Kakao standen. Eine Lebkuchenhaus-Tasse, eine Schneemann-Tasse und eine Rentier-Tasse.

„Ich glaube ich kenne niemanden, der Weihnachten mehr liebt als ihr zwei“, murmelte Hailey und sorgte damit für ein Lachen meinerseits. Wie recht sie damit hatte.

Eingekuschelt saßen wir auf der Couch, lachten zusammen über die Einbrecher, die Kevin in jede Falle tappten und tranken heiße Schokolade.

Hailey wirkte so losgelöst und lebendig, dass ich mich abermals fragte, ob ich einen Fehler gemacht hatte. Aber ich konnte es nicht mehr rückgängig machen.

Mein Blick driftete ab zu dem Bild mit meiner Familie, das auf dem Kaminsims stand.

Mir kam es fast so vor, als wäre das Strahlen meiner Maman und das Lächeln meines Papas, das Leuchten in Maëls Gesicht nur für mich bestimmt, obwohl nicht ich dieses Foto aufgenommen hatte. Ich stand zwischen ihnen, war zu dem Zeitpunkt wohl eins der glücklichsten Kinder auf der Welt gewesen.

Doch dieses Bild, die Zuversicht und die Freude, die es für mich ausstrahlte, gaben mir Mut und das Gefühl, dass ich vielleicht doch das richtige getan hatte.

Vielleicht.

Ich sah zu dem großen, halbrunden Fenster rüber und beobachtete gedankenverloren die Dächer der Stadt und die Schneeflocken im Schein der Lichter, die immer dicker wurden.

Vielleicht würde ich morgen schon eine Antwort auf die sich drehende Frage in meinem Kopf bekommen, die sich dort eingenistet hatte, seit ich den Anruf getätigt hatte.

Ja, vielleicht.

# Kapitel 31

## *Hailey 2022*

Ich wachte auf, weil mich ein komisches Gefühl beschlich.

Das Gefühl, dass irgendwas geschah, was ich nicht mitbekam.

Langsam setzte ich mich auf und sah mich im Zimmer um. Chloé musste schon wach sein, denn die Stelle im Bett neben mir war leer.

Vorsichtig stand ich auf und begann damit, mich etwas zu dehnen, wie ich es in letzter Zeit öfter getan hatte.

Allmählich verstand ich, dass ich das ganze langsam angehen musste. Jeden Tag dehnte ich mich ein bisschen, versuchte nichts all zu anstrengendes zu machen, auch wenn die Stimme in mir mich stets dazu zu drängen versuchte.

Mit einem leichten Knacken streckte ich meinen Rücken durch. Vornübergebeugt berührte ich mit meinen Fingern erst den Boden und schließlich meine ganzen Füße. Ich nahm die angenehme Dehnung, das Ziehen in meinen Waden wahr, und genoss das Gefühl, meinen Körper zu spüren.

Ein paar mal wiederholte ich die selbe Übung, bevor ich mich auf den Holzboden setzte und meine Beine zu allen Seiten zu dehnen begann. Am Morgen waren alle Muskeln immer ein wenig verkürzt, aber es tat wahnsinnig gut.

In meinem Bauch breitete sich ein sehnsuchtsvolles Kribbeln aus als ich daran dachte, dass Annes Training auch immer am Morgen stattgefunden hatte.

*Dein Körper braucht Zeit, Hailey*, hallten Chloés Worte in meinem Kopf wieder. Mein Verstand wusste auch, dass das stimmte, aber ich hing zwischen dieser vernünftigen Seite und der, die wollte, dass ich am besten sofort wieder Hochleistungssport trieb. Der, die nicht zu mir gehörte. Das musste ich mir immer und immer wieder bewusst machen.

Mittlerweile fiel es mir jedoch immer leichter, mich der Stimme in mir zu widersetzen. Und ich wusste, dass das an dem Abstand zu meinem Zuhause lag. Das Ziehen in meinem Magen machte mir aber auch bewusst, dass es nicht immer so sein würde.

Nach einer guten Viertelstunde versuchte ich mich an einem Spagat und freute mich wie ein Kind, als ich es schaffte. In mir herrschte ein unbeschreibliches Hochgefühl. Es war das erste Mal seit einem Jahr, dass ich es schaffte, meinen Körper wieder so zu kontrollieren und gleichzeitig die Kontrolle ein wenig loszulassen.

Fertig umgezogen wollte ich mir gerade mein Smartphone von der Fensterbank schnappen, als ich unten vor den verschneiten Häuserblocks eine Gestalt sah, die mich innehalten ließ.

Nein, nicht innehalten, ich erstarrte zu Eis.

*Das kann nicht sein*, dachte ich und klammerte mich an dem Gedanken fest.

*Das kann einfach nicht sein.*

Doch dann drehte sich die Person um, sodass ich ihr Gesicht erkennen konnte.

Mir drehte sich fast der Magen um, als ich die ältere Version von mir selbst dort unten vor der Wohnung sah.

*Mom.*

Wut pulsierte durch meine Adern und ließ mich erzittern. Ich hatte ihr doch deutlich gemacht, dass ich Abstand brauchte!

Mein Handy fest umklammert entfernte ich mich vom Fenster, bevor sie mich noch sehen konnte.

Einen Moment lang versuchte ich mich zu beruhigen und mir einzureden, dass das nur irgendwie ein Missverständnis sein konnte. Dass es nur ein irrer Zufall war, dass sie dort unten stand. Immerhin arbeitete sie öfter in Paris.

*Wen willst du hier eigentlich verarschen?*, fuhr ich mich selbst in Gedanken an. *Sie ist absichtlich gekommen, obwohl du ihr gesagt hast, dass du sie erstmal nicht sehen möchtest. Natürlich hat sie mal wieder genau das gemacht, was sie am besten kann: Deine Wünsche in den Wind geschossen.*

Ich schloss meine Augen und versuchte tief einzuatmen, doch es wollte mir nicht ganz gelingen. Mein Atem ging viel zu hektisch und meine Hände zitterten, als hätte ich zu viel Koffein zu mir genommen.

Dann verließ ich Chloés Zimmer.

Aus der Küche hörte ich das alte Radio dudeln und Geschirr klappern. Es roch nach Waffeln.

Mühsam beherrscht trat ich ein und wäre am liebsten wieder nach draußen gerannt, als mir zuerst das Offensichtliche ins Auge sprang: Auf dem kleinen runden Holztisch standen vier Teller.

*Vier.*

„Was ist hier los?", wollte ich wissen, meine Stimme bebte.

Fast gleichzeitig sahen mich Lou und Chloé an.

„Eine Überraschung", erklärte Chloé etwas unsicher.

Und dann hörte ich eine Stimme hinter mir.

„Hallo Hailey."

Erschrocken wandte ich mich um und starrte in die grünen Augen meiner Mutter.

„Was *machst* du hier?", fauchte ich sie an und es war mir sowas von egal, ob mein Verhalten kindisch war oder nicht.

Das dünne Lächeln auf ihren blassen Lippen gefror und sie sah fast bedauernd aus.

„Chloé hat mich angerufen und gemeint, wir könnten..."

Bevor sie ausreden konnte, wirbelte ich zu Chloé herum, die in der Ecke der Küche stand, Besteck in den Händen und plötzlich aussah, als würde sie im Erdboden versinken wollen.

„*Du* hast sie angerufen?", fragte ich sie, meine Stimme troff vor Enttäuschung. „*Du* hast sie eingeladen? Du wusstest genau, wie sehr ich diesen Abstand wollte!"

„Hailey…“, versuchte es Mom, doch ich ließ sie mit einer einzigen harschen Handbewegung verstummen.

Wut, Enttäuschung und Unverständnis brodelte in meinen Adern und immer und immer wieder kreisten all die Momente, in denen Mom mich abgewiesen hatte durch meinen Kopf.

„Warum hast du das getan?“, fragte ich Chloé, meine Stimme nur noch ein Flüstern. „Warum hast du das zerstört, was mir in den letzten Tagen so viel Kraft gegeben hat?“

Mir war es egal, dass ich Mom damit verletzte. Sie hatte sich auch nie um meine Gefühle geschert bei all den Malen, die ich sie angerufen und sie mich wegen eines Termins oder Meetings abgewimmelt hatte.

„Ich…“, begann Chloé und ich hatte sie noch nie so verzweifelt gesehen. „Ich dachte, du könntest mit ihr reden. Ich dachte, du würdest dich freuen, sie über Weihnachten hier zu haben. Ich… wollte dir nur helfen.“

Ein freudloses Schnauben entwich mir und ich ballte meine Hände zu Fäusten. „Falsch *gedacht*“, zischte ich und konnte die Wut nicht mehr aufhalten, die sich in mir Bahn brach.

„Es tut mir leid, ich wollte wirklich nur helfen“, wiederholte sie.

„Hör auf!“, schrie ich und erschrak vor der Lautstärke und Schärfe meiner eigenen Stimme. „Du kannst nicht jedem helfen! Setz deine rosarote Brille ab, manches ist und bleibt einfach nur zerbrochen! Das ist das *fucking* Leben! Wach endlich auf aus deinem Traum, das Leben ist *scheiße*!“

Nichts von dem meinte ich wirklich so, aber ich konnte nicht mehr aufhören. All die begrabene Wut und Verzweiflung hatten sich einen Weg durch meine Mauer nach draußen gesucht. Ich konnte nicht mehr. Mich nicht mehr verstecken. Es war wie ein Rausch und ich verlor die komplette Kontrolle über die Worte, die meinen Mund verließen.

*Zeig ihnen, wie verletzt du bist, wie krank. Und dann musst du wieder richtig krank werden. Dann sehen hören sie dir wieder zu. Sei stark!*

Ich ließ das Zischen der Stimme in mir zu, hielt sie nicht mehr zurück, es war mir egal. Einfach alles.

„Das ist nicht fair, Hailey", wisperte Chloé und Tränen rannen ihr die Wangen runter. Es tat so weh, es tat mir so leid, aber nichts davon kam mir über die Lippen.

„Genau", stimmte ich ihr bebend zu. „Nichts ist fair."

Und damit schob ich mich an meiner Mutter vorbei, die wie versteinert im Rahmen der Tür stand, schnappte mir Schuhe und Jacke und stürmte aus der Wohnung.

Draußen hielt ich kurz inne, als ich mich in der Scheibe eines parkenden Autos spiegelte. Ich sah meine schwarze Jeans, meine Jacke und mein vor Schmerz verzerrtes Gesicht. Es kam mir so vor, als hätte ich viel zu viel zugenommen. Plötzlich nahm ich alles nur noch verzerrt war. Und in meinem Kopf dominierte ein einziger Satz.

*Du bist zu viel.*

*Du bist zu viel.*

*Du bist viel zu viel.*

*Zu viel, zu viel, zu viel.*

Und dann: *Werde es los.*

Ein ergebener Laut drang aus meiner Kehle, als ich loslief. Gegen die Hände, die sich um mein Herz legten und langsam zudrückten, konnte ich nichts tun. Ich *wollte* nichts tun.

Denn ich hasste mich selbst.

Für das, was ich gesagt hatte.

Dafür, dass so eine scheinbare Kleinigkeit mich derart aus der Bahn werfen konnte.

Dass meine Mom hier aufkreuzte, an diesem Ort, an dem ich mich in den letzten Tagen so viel mehr zu Hause gefühlt hatte als jemals in Brightwood... Dass war der bekannte Tropfen gewesen, der mein viel zu volles Fass zum Überlaufen gebracht hatte.

Dieses Mal rannte ich nicht. Ich ging durch die Straßen und Gassen ohne Ziel vor Augen. Eigentlich sah ich gar nichts mehr.

Mit meiner Mom waren all der Druck und die Ängste wieder in mir aufgetaucht, die in den letzten Tage mehr und mehr verblasst waren.

*Du* bist *die Enttäuschung.*

*Wir werden dich dabei nicht unterstützen.*

*Du wirst es zu nichts bringen.*

*Du musst erwachsen werden.*

*Du musst das allein schaffen.*

Ich hasste mich dafür, dass meine Eltern noch so eine Macht

über mich hatten. Dass ich nicht loslassen wollte, noch immer nicht.

All die Sätze, die mich so verletzt hatten kämpften in meinem Kopf gegen all das an, was Mom zu mir im Krankenhaus und am Bahnhof zu mir gesagt hatte.

*Es tut mir so leid, Hailey. Nichts wird das wieder gut machen, das weiß ich.*

*Ich bin zu jemandem geworden, der ich nie sein wollte.*

*Ich wollte mich gegen den Einfluss deines Dads wehren.*

*Du hättest eine so viel bessere Kindheit verdient.*

*Ich weiß nicht, wie ich dir sagen kann, wie sehr es mir leid tut, wie sehr ich meine Taten bereue und dass ich nie für dich da war.*

Die Wahrheit war, dass auch ich es nicht wusste.

Da war diese Seite in mir, die ihr verzeihen wollte, die nichts lieber wollte, als endlich eine Mom zu haben. Aber diese andere Seite, aus der pure Abscheu troff, war noch zu stark.

Die Schneeflocken fielen mir auf meine heißen, von den nassen Schlieren meiner Tränen bedeckten Wangen und kühlten sie nach und nach ab.

Meine verkrampften Finger lösten sich ganz langsam aus den Fäusten, die ich in meinen Jackentaschen geballt hatte.

Mein Atem wurde flacher, weniger hektisch und meine vom Weinen geschwollenen Lider wurden schwer.

Ich wurde immer ruhiger, je weiter ich lief und desto kälter es wurde.

So lange, bis da nur noch diese Leere in mir war und ich nicht so wirklich wusste, was ich mit ihr anfangen sollte.

# Kapitel 32

## *Chloé 2022*

Es war ein Fehler gewesen.

Das ging mir permanent durch den Kopf.

Ich hatte absolut keine Ahnung, wie lange ich noch einfach in der Küche gestanden hatte, nicht fähig mich zu bewegen.

Lou hatte immer wieder versucht mit mir zu reden, aber ich bekam nichts mit, war wie auf Durchzug geschaltet. In meinen Gedanken hallten nur immer wieder die Worte, die Hailey mir an den Kopf geworfen hatte wider.

Mir tat irgendwie alles weh und gleichzeitig war ich wie betäubt von dem was eben passiert war.

„Bitte setz dich doch, Coco“, bat mich Lou schon zum zehnten Mal und schließlich ließ ich mich doch auf den Stuhl sinken. Und in dem Moment, in dem ich mich wieder bewegte, schien mein kleines Kartenhaus über mir einzubrechen.

Schluchzend vergrub ich mein Gesicht hinter meinen Fäusten und ließ einfach alles raus. Wie hatte ich nur so blöd sein können?

„Ist okay Coco, ist okay“, sagte Lou andauernd als wollte sie mich beschwören. Doch für mich war gar nichts okay. Das eben war nicht die Hailey gewesen, die ich kennengelernt hatte. Und auf einmal fragte ich mich, ob ich sie je richtig gekannt hatte. Ob ich wirklich nie die Realität hatte sehen wollen. Und warum ich verdammt nochmal immer an das Gute in allem glaubte. Oder ob das eben einfach ein Teil dieser verletzten Hailey gewesen war, den sie so lange versteckt hatte.

Ich wusste einfach gar nichts mehr.

Auf meinem Rücken spürte ich Lou's Hand, die beruhigende Kreise darüber strich.

„Tut mir leid“, schluchzte ich irgendwann und strich mir mit dem Handrücken über meine Augen.

Haileys Mom war gegangen.

„Ich weiß“, meinte Lou und nahm mich in den Arm. „Ich weiß“, wiederholte sie.

„Ich muss sie finden“, murmelte ich an ihre Schulter, doch sie schüttelte den Kopf.

„Zuerst muss sie sich selbst wieder finden, Chloé. Lass ihr ein wenig Zeit, sich zu beruhigen. Ich glaube bei ihr sind eben sehr viele Wunden aufgerissen. Lass ihr erstmal die Zeit, bis sie nicht mehr all zu viel bluten.“

„Sie hasst mich“, flüsterte ich und der Gedanke, dass sie mich wirklich hassen könnte, tat unglaublich weh.

„Nein, Coco“, widersprach Lou und schob mich ein Stück von sich weg. „Sie hat nur sehr viel Wut und Hass in sich aufgestaut.

Heute ist es scheinbar alles übergekocht und vielleicht war das auch mal nötig. Du hast es gut gemeint, das weiß ich."

„Aber sie nicht."

„Sie weiß das. Aber Wut und Hass macht uns oft blind, Coco."

Ich schob mich auf den Stuhl am Fenster und blickte auf die in der Sonne glitzernde Schneedecke auf den Dächern und den Straßen. „Eigentlich hoffe ich eher, dass sie mich hasst, als sich selbst", wisperte ich und betrachtete mein Spiegelbild im Fenster. Meine Augen waren rot geweint und glänzende Schlieren zierten meine runden Wangen. „Was, wenn sie sich etwas antut?"

„Das kann ich nicht wissen."

„Es macht mir Angst", gab ich zu. „Sie hat mir gesagt, dass diese Stimme in ihrem Kopf sich immer dann auf sie stürzt, wenn sie am Boden ist, wenn da eine offene Wunde ist, auf die sich die Krankheit stürzen kann. Und ich habe jetzt mehr als nur eine davon wieder aufgerissen. Wenn... wenn sich sich was antut, dann bin ich schuld." Am Ende des Satzes brach meine Stimme.

„Du steuerst nicht ihr Handeln. Ich weiß, das tut sie in dieser Situation auch nicht mehr, aber du bist nicht verantwortlich für diese Dunkelheit, die sie in sich trägt. Die hat ihre Vergangenheit in ihr wachsen lassen. Daran ist keiner wirklich Schuld, weißt du? Nicht einmal ihre Eltern. Worte haben eine große Macht. Und sie bleiben manchmal für immer. Sie formen uns von klein auf. Sie machen uns zu dem, der wir sind. Und wenn wir immer die Worte gehört haben, die uns verletzt haben, dann tragen wir Wunden in unserer Seele mit uns. Und die bleiben.

Hailey ist in einer Familie aufgewachsen, in der viele Worte nicht mit bedacht gewählt wurden. In der Worte mehr gewogen haben als Taten. Wenn sie mehr Zuwendung, eine Umarmung oder ab und zu ein bisschen Mut und Kraft zugesprochen bekommen hätte, wäre ihr Geist auch stärker gegen unbedachte Worte geworden.

Aber selbst du und ich sind nicht immun gegen diese Macht, die Worte haben können. Manche setzen sich einfach in uns fest, wir wachsen in dem Glauben auf, dass sie wahr sind. Wir machen sie zu unserer Wahrheit, auch wenn sie noch so falsch sind."

Eine ganze Weile dachte ich über das Gesagte nach. Dann sah ich Lou in die Augen.

„Wenn man es so sieht wie du sagst, trägt niemand die Schuld an verletzenden Worten", bemerke ich skeptisch.

Sie schüttelt den Kopf. „Das habe ich nicht gemeint. Wir alle könnten das was wir sagen öfter mit bedacht auswählen. Aber manchmal sagen wir etwas, was uns selbst harmlos erscheint, bei jemand anderem aber eine ganze Welt zu Fall bringen kann."

Mir dröhnte der Schädel und ich vergrub mein Gesicht hinter meinen Händen. „Ich will ihr einfach helfen, Lou."

„Das weiß ich", erwiderte sie. „Bei einer Krankheit, die Teil von einem selbst ist und die niemand durch ein Röntgenbild oder einen Verband sichtbar machen kann, ist das einfach so viel schwerer."

„Ich bin so ratlos. Und... ich habe keine Ahnung, wer die echte Hailey ist."

„Das alles ist die echte Hailey, selbst wenn sie sich versteckt. Es hat nur vielleicht einen Schubs gebraucht, der ihre Mauer ein wenig mehr zu Fall bringt. Damit muss sie jetzt zurechtkommen und das ist schwer. Deshalb lass ihr etwas Zeit. Ich denke sie weiß, was sie tut."

Seufzend richtete ich den Blick wieder nach draußen.

Ich war mir da nicht so sicher.

„Weißt du... ich möchte einfach nicht noch jemanden verlieren, der mir so wichtig geworden ist."

# Kapitel 33

## *Hailey 2022*

Irgendwann war ich vor dem Schaufenster irgendeines teuren Ladens stehengeblieben. Im Glas spiegelte ich mich.

Keine Ahnung, wie lange ich da stand und mich einfach nur selbst anstarrte.

Voller Abscheu.

Voller Ekel.

Voller Selbstverachtung.

Alles an mir schien einfach zu viel zu sein. Es kam mir vor, als würde ich alles, was ich in den letzten Tagen gegessen hatte, mehr als deutlich in meinem Magen spüren. Als würde ich jeden Gramm sehen können. Das alles, was mich *zu viel* wirken ließ.

*Zu viel, um beschützt zu werden.*

*Zu viel, um akzeptiert zu werden.*

*Zu viel, um unsichtbar zu werden.*

*Zu viel, um krank genug zu sein.*

Abermals stiegen mir Tränen in die Augen und ich zitterte. Vor Kälte, vor Verzweiflung.

Wie hatte ich nur so schwach sein können? Wie hatte ich nur einfach so sorglos essen können? Wie hatte ich nur denken können, es würde mich glücklich machen, wenn ich wieder gesund sein würde?

Ich hasste mich selbst dafür, dass ich so schwach war.

Dass ich dem Essen nicht hatte widerstehen können.

Mein Magen knurrte laut und machte mir deutlich, dass ich an diesem Morgen nichts gefrühstückt hatte. Gut so.

Die Lippen fest aufeinander gepresst wandte ich mich von dem Spiegelbild ab, ohne wirklich zu sehen, wie dicht ich dran war, für immer unsichtbar zu sein.

Meine Sicht war verzerrt, ich war blind für die Realität.

Die Anorexie ließ mich sehen, was sie mich sehen lassen wollte und ich glaubte ihr, weil mir die Kraft fehlte, mich dagegen zu wehren.

Es war fast so, als trüge ich eine dieser Virtual Reality Brillen, die einen etwas sehen ließen, was eigentlich gar nicht wirklich da war. Aber man glaubte dem Bild das man sah, auch wenn man genau wusste, dass es nicht real war.

Meine Beine trugen mich eine schmale Gasse entlang, bis ich am Ufer der Seine landete. Ich erkannte die Brücke *Pont Maréchal Juin* und die kleine Insel in Mitten des Flusses, auf die sie führte sofort wieder. Denn das war die Île de la Grande Jatte, auf der das Hotel lag, in welchem ich letztes Jahr für zwanzig Tage gelebt hatte.

Unschlüssig stand ich an der großen Kreuzung und überquerte schließlich die Straße, um zur Brücke zu kommen. Ich lief rüber, bog links ab bis ich vor dem kleinen pariser Hotel mit der weißen Fassade und den weißen Sprossenfenstern stand. ***Hotel de la Jatte*** stand in weißen Buchstaben auf dem seitlich an der Hauswand angebrachten schwarzen Schild. Schnee hatte sich darauf gesammelt, sowie auf den von schwarzen Geländern gerahmten Fensterbänken.

„Das schönste Hotel hier in der Stadt wie ich finde“, sagte auf einmal eine dunkle Stimme so dicht an meinem Ohr, dass ich zusammenfuhr und einen Sprung zur Seite machte.

„Du schon wieder“, stellte ich mit gereizter Stimme fest, als ich Gabriel erkannte. Er stand neben mir, den Mantel von Chloé fest um sich zugezogen, sein zerfleddertes Buch unter einen Arm geklemmt. Sein Haar wirkte umgeben vom Schnee noch grauer, sein Gesicht noch kantiger und mitgenommener.

Gabriel lachte. „Ja, ich schon wieder, Hailey.“

Misstrauisch beäugte ich den alten, dürren Mann und vergrub meine Hände in den Taschen meiner Jacke. Die Sonne verzog sich und eine dicke Wolke ließ die Welt etwas dunkler werden.

„Wie kann es sein, dass du mich immer dann findest, wenn es gerade absolut nicht passt?“, wollte ich bissig wissen. Ich konnte nichts gegen den harschen Ton in meiner Stimme machen. Er war einfach da und ich hatte nicht die Kraft, ihn zu ändern.

Doch Gabriel ließ sich davon nicht beirren. Er wandte mir sein Gesicht zu und lächelte. „Hast du vielleicht schonmal darüber nachgedacht, dass ich dich gerade dann finde, *wenn* es passt?“ Wissend ließ er seinen Blick über mein Gesicht gleiten, welches natürlich noch rot und nass vom Weinen sein musste.

*Ganz toll.*

„*Mir* passt es aber nicht“, schnappte ich und wollte ihn einfach stehenlassen, als er nachhakte: „Bist du ganz sicher?“

Frustriert schnaubte ich und blieb stehen.

Irgendwie wollte ich hier bei ihm bleiben, um nicht komplett allein zu sein. Er hatte das letzte Mal schon so vieles gesagt, was mir ein Stück weit die Augen geöffnet hatte. Ein Teil von mir hoffte darauf, dass er das wieder tun würde.

*Wach mal auf, du vertraust hier einem fremden und hoffst, dass er deine Probleme löst? Ehrlich Hailey, wie tief kann man sinken.*

Ja okay, vielleicht war ich leichtgläubig geworden, aber bei unserem letzten Treffen hatten mir seine Worte wirklich gut getan, auch wenn ich es nicht hatte wahrhaben wollen.

„Gehen wir ein Stück?“, fragte er, als hätte er meine Gedanken erraten. „Die Seine ist im Winter besonders schön, wie ich finde.“

Ich nickte nur, während ich innerlich über mich selbst den Kopf schüttelte.

Wir folgten dem Gehsteig und liefen eine Weile einfach nur geradeaus, der Fluss rechts, die Restaurants und Cafés der Insel links von uns. Alles war mittlerweile weiß und der Schnee ließ selbst die dunkelsten Ecken strahlen. Es war… magisch.

„Du hast nicht mehr ganz so viel angestaute Wut in dir wie beim letzten Mal, als wir uns gesehen haben“, stellte er fest und ich fragte mich, wie zum Geier er das wissen konnte.

Statt meine Frage auszusprechen gab ich nur ein Grunzen von mir. „Ja, seit ich den Großteil meiner Wut auf einen Menschen geladen habe, der absolut nichts für sie kann.“

Aus dem Augenwinkel sah ich Gabriel nicken.

„Deine angestaute Wut hat sich Platz geschafft. Niemand kann das steuern. Und wenn jemand wie du sehr viel davon in sich trägt ist das noch sehr viel schwerer. Du bist ein sehr impulsiver Mensch.“

„Genau das hasse ich“, stieß ich hervor, ehe ich es noch hatte verhindern können.

Verstehend gab er ein Brummen von sich.

Eine ganze Weile vernahm ich nur das Knirschen des Schnees unter unseren Schritten und das Geräusch fahrender Autos und Krankenwagen in der Ferne.

„Du versuchst, dich anzupassen. Jemand zu sein, der ein Teil von dir ist, aber nicht wirklich du. Um Erwartungen zu erfüllen, die du gar nicht erfüllen willst.“

Perplex blieb ich stehen und starrte diesen mir vollkommen fremden Mann an. „Bist du ein Hellseher?“

Wieder lachte Gabriel dieses leise Lachen. „Nein, Hailey. Ich habe Menschen nur sehr lange beobachtet. Weißt du, was mich an ihnen so fasziniert?“

Ich schüttelte den Kopf. Er holte tief Luft und ließ seinen Blick über die breite Seine schweifen, auf der gerade ein Schiff an uns vorbeifuhr. Auf dessen Deck standen Menschen mit Kameras und Handys, unterhielten sich oder tranken etwas. Weihnachtsmusik drang von dem Schiff an mein Ohr und ich sah die gespannten Lichterketten unter dem Dach und die Tannengirlanden, die um die Reling gewickelt worden waren.

„Menschen sind sich alle sehr ähnlich. Wir teilen oft ähnliche Ängste und Sorgen, haben vielleicht die gleichen Macken und oft sehr ähnliche Gewohnheiten." Kurz machte er eine Pause. „Aber doch sind wir komplett verschieden. Jeder ist auf seine Art und Weise einzigartig und darum so unentbehrlich. Kein Mensch dieser Welt kann ersetzt werden, selbst wenn jemand versuchen würde, seinen Platz einzunehmen."

Ein schmales Lächeln schlich sich auf meine Lippen und ich folgte seinem Blick in die Ferne zur anderen Seite des Flusses.

*„Wusstest du, dass jede Schneeflocke einzigartig ist? Jeder Kristall ist wunderschön und keinen gibt es zweimal, auch wenn sie vielleicht gleich auszusehen scheinen. Und wir... sind auch so. Wir sind einzigartig wie Schneeflocken."*

Chloés Worte kamen mir in den Kopf, die denen von Gabriel gar nicht so unähnlich waren.

„Was willst du mir damit sagen, Gabriel?"

„Dass der Wert eines jeden Menschen nicht von seinem Können oder seinem Aussehen abhängt, sondern von dem, was er wirklich ist. Wir können versuchen, so zu tun als gäbe es das nicht, können unseren Kern ignorieren, aber Fakt ist, er wird immer da sein. Zu sein wer wir sind, dazu zu stehen, das macht unseren Wert und unsere Einzigartigkeit aus. Und wenn Menschen von außen auf einmal wollen, dass wir diese Einzigartig aufgeben um von ihnen geachtet zu werden, ist es vielleicht Zeit, genau diese loszulassen."

Scheinbar zufrieden mit sich selbst schmunzelte er und wandte den Blick wieder mir zu.

„Ich will meine Eltern aber nicht loslassen!", protestierte ich und senkte den Kopf. „Zu... zumindest Mom nicht."

„Du sagst, du willst sie nicht loslassen, schiebst dann aber noch hinterher, dass du deine Mutter nicht gehen lassen möchtest. Das heißt du erkennst etwas in ihr, das du besser kennenlernen willst. Du willst ihr eine Chance geben."

„Nein", entgegnete ich stockend. „Ja... ich weiß es nicht. Was, wenn sie mich wieder enttäuscht? Wenn sie mich wieder allein lässt?"

„Dann hast du ihr eine Chance gegeben, die sie nicht genutzt hat. Aber ist das wirklich schlimmer, als niemals zu wissen, ob sie sich nicht doch verändert hat?"

„Schon möglich", murmelte ich und spürte, wie sich in meiner Brust etwas regte. Plötzlich fiel ein ganz anderes Licht auf all die Situationen mit meiner Mom. Mir fielen mit einem Mal Dinge auf, die ich bisher immer ignoriert hatte.

Mom selbst hatte nie direkt abwertend über mich gesprochen, höchstens sehr unsensibel. Sie hatte bei meinem Autounfall vor zwei Jahren geweint, während Dad sich nichtmal erkundigt hatte, ob ich überhaupt noch lebte. Vor ein paar Wochen war sie von Paris nach Brightwood geflogen und aufgebracht in mein Zimmer im Krankenhaus gestürzt aus Angst, mir könnte etwas schlimmes zugestoßen sein. Als mein Dad mich niedergemacht hatte, hatte sie immer geschwiegen. Ja, das war furchtbar gewesen und ich hasste sie dafür irgendwo tief in mir auch. Was aber, wenn auch sie sich eine Mauer aufgebaut hatte, um sich zu schützen?

„Ich weiß nicht, ob ich es nochmal schaffe, im Stich gelassen zu werden."

Verständnisvoll sah mich Gabriel an.

„Kann es denn wirklich noch schlimmer werden als jetzt?"

Langsam schüttelte ich den Kopf.

„Ich war so unfair zu Chloé" sagte ich plötzlich und meine Kehle schnürte sich zu, als ich ihren verletzten Gesichtsausdruck wieder vor mir sah.

„Wir alle haben schon Fehler gemacht und waren unfair. Wenn du ehrlich zu ihr bist und ihr zeigst, dass du ihr vertraust, wird sie dir vergeben, da bin ich sicher."

Mit zwei großen Schritten war ich am Geländer, das uns von dem Fluss trennte. Gedankenverloren malte ich einen Smiley in den Schnee darauf.

„Weißt du, du solltest mal so einen Ratgeber schreiben", schlug ich vor. Doch als ich mich umdrehte, war der alte Mann spurlos verschwunden. „Echt jetzt?", fragte ich und sah mich um. Er war weg.

Ein paar Augenblicke noch stand ich am Seine-Ufer und dachte über das Gesagte nach. Er hatte so recht.

In mir keimte ein kleines bisschen Hoffnung auf.

*Du musst weniger werden, es darf dir nicht gut gehen.*

„Halt die verdammte Fresse!“, fauchte ich die Stimme in mir an. Ich merkte erst, als eine Frau, die mit ihrem kleinen Chihuahua spazieren ging, mich erschrocken ansah, dass ich fast geschrien hatte.

Doch ich grinste nur zurück.

Da war es wieder. Das Island-Wetter in mir.

Und ich beschloss zurück zu Chloé zu gehen, bevor wieder der Sturm zurückkehren würde.

# Kapitel 34

## *Chloé 2022*

Nervös schlug ich mir mein Handy immer und immer wieder gegen die Hand, während ich nach unten auf unsere Straße starrte wie eine Katze, die eine Maus fokussierte. Nur das meine Maus einfach nicht zurückkehrte.

Doch dann erblickte ich lange schwarze Haare von oben, die sich ziemlich schnell auf unsere Haustür zubewegten. Mein Herz blieb kurz stehen, nur um dann fünfmal so schnell weiter zu schlagen.

„Hailey!“, rief ich, obwohl sie mich unmöglich hören konnte.

So schnell ich konnte stürmte ich in den Flur, zog mir rasch ein Paar Schuhe über und rauschte die Treppe runter zum Eingang.

Kaum hatte ich die Tür aufgerissen, warf ich mich Hailey schon entgegen. Erschrocken keuchte sie kurz und taumelte rückwärts.

„Pardon“, entschuldigte ich mich, doch sie hielt mich fest und schüttelte den Kopf.

„*Ich* muss mich entschuldigen“, wisperte sie.

„Nein“, widersprach ich und drückte sie noch fester. Ihr Geruch nach diesem Mandelshampoo stieg mir in die Nase. „Niemand muss sich für seine Gefühle entschuldigen, okay?“

„Okay.“

„Es tat weh, ja. Aber am meisten hat mir weh getan, dass ich dir nicht helfen kann.“

Abermals schüttelte sie den Kopf. „Das tust du schon, Chloé. Seit einem Jahr kann ich wieder lachen und sowas wie Freude fühlen. Und das warst du. Nur du. Okay und ein bisschen auch Paris.“ Ich musste lachen.

„Ich hab also Konkurrenz?“

„Absolut.“

„Wie soll ich denn gegen *Paris* gewinnen?“, fragte ich und legte dramatisch viel Verzweiflung in meine Stimme.

„Das musst du nicht“, antwortete sie. „Du bist ein Teil dieser Stadt, du gehörst dazu. Du verkörperst alles, was diese Stadt ist. Mit allen schönen und dunklen Ecken. Alles gehört dazu.“

Darauf wusste ich nichts zu erwidern. Ich schloss einfach die Augen aus purer Dankbarkeit, diesen Menschen meine Freundin nennen zu dürfen. Wenn nicht sogar meine beste Freundin.

Nach einer Weile löste sie sich von mir und wischte sich mit einer Hand über die Augen. „Wo ist meine Mom?“, wollte sie wissen und spähte an mir vorbei hoch zur Wohnung, als könnte sie sie dort noch sehen.

Mir wurde augenblicklich schwer ums Herz.

„Sie… wollte noch heute wieder abreisen.“

„Was?“, entfuhr es Hailey zu meiner Überraschung.

„Du willst sie sehen?“

„Lange Geschichte“, erklärte sie. „Wann hat sie die Wohnung verlassen?“

„Vor guten zwei Stunden, warum? Hailey, was ist los?“

Hektisch sah sich nach links und rechts in die Straße, so als könnte sie sie noch entdecken, was natürlich nicht möglich war. Dann sah sie mir tief in die Augen und ich konnte in ihren so etwas wie Hoffnung sehen, gemischt mit Schmerz und Aufregung, vielleicht auch Angst.

„Ich... will ihr vielleicht eine Chance geben“, sagte sie dann und ich schnappte nach Luft.

„Merde!“, fluchte ich. „Warum stehen wir dann noch hier wie der Vater und sein verloren geglaubter Sohn? Auf zum Flughafen!“

„Wirklich kein passender Vergleich“, brummte sie, setzte sich aber schon in Bewegung. „Los ab zur Metro Station! Wie weit ist es zum Flughafen?“ Hailey wirkte plötzlich so lebendig, wie ich sie seit der *Nussknacker* Aufführung nicht mehr gesehen hatte.

„Weit“, gab ich zu bedenken. „Aber mit der Metro sind wir wohl am schnellsten. Mit dem Auto hast du hier keine Chance.“

„Dann los.“

Ich nickte und tippte noch schnell eine Nachricht an Lou, dass sie wusste wo wir waren.

Dann rannten wir los zur *Avenue Victor Hugo*. Es fing wieder an zu schneien und ich fror erbärmlich, weil ich in der Eile keine Jacke angezogen hatte, aber das blendete ich aus.

Hailey versuchte immer wieder ihre Mom anzurufen, doch sie ging einfach nicht ran.

Schließlich erreichten wir die breite Straße, eilten an Touristen mit Koffern, Joggern und Senioren mit ihren Hunden vorbei zur Metro Station.

Immer zwei Stufen auf einmal nehmend hasteten wir die Rolltreppe nach unten bis wir uns in den unterirdischen Tunneln von Paris wiederfanden.

Der Geruch nach Urin und abgestandenem Wasser bohrte sich mir in die Nase, aber ich war ihn gewohnt.

Wir lösten so schnell es ging ein Ticket und kamen genau dann an der Haltestelle an, als die Bahn losfuhr.

Hailey fluchte und tippte etwas auf ihrem Handy ein. Dann ließ sie die Schulter plötzlich sinken und ihr Blick verdunkelte sich.

„Was ist?“, fragte ich sie noch immer leicht atemlos.

„Der Flug nach Hut Valley…“, begann sie und mir wurde klar, was sie sagen wollte. „Das Flugzeug ist vor zehn Minuten gestartet und meine Mom somit auf den Weg nach Hause.“

Die Worte *nach Hause* betonte sie dabei ganz so, als wäre Brightwood genau das nicht mehr für sie. Ein Zuhause.

„Ruf sie an, sobald sie gelandet ist“, schlug ich halbherzig vor.

Sie lachte freudlos auf. „Nochmal wird sie sich nicht die Mühe machen, zurückzufliegen. Wenn sie überhaupt die Zeit hat.“

„Oh Hailey es tut mir so leid.“

„Nein“, sagte sie nur. „Wenn ich gleich geblieben wäre, wenn ich mich nicht wie ein Kind aufgeführt hätte, wäre sie jetzt nicht wieder weg. Ich habe mir diese Chance selbst verbaut.“

# Kapitel 35

## *Hailey 2022*

Die letzten Tage waren rasend schnell vergangen.

Zusammen mit Louise und Chloé hatte ich alle irgendwie existierenden Weihnachtsfilme geschaut und war jetzt offiziell süchtig nach *Prinzessinnentausch*. Wir hatten gemeinsam noch mehrere Mal den Weihnachtsmarkt unterhalb des Eiffelturms besucht und hatten Kekse gebacken.

Ich hatte Weihnachtslieder lieben gelernt und mit den beiden laut mitgesungen, wenn sie im Radio gespielt worden waren. Chloé hatte mich mit zum *Louvre* genommen und zu der weißen Kirche *Sacre Coeur*, die im Schnee aussah wie ein Schloss aus einem Märchenbuch.

Immer häufiger hatte ich es geschafft, die Stimme in mir zum Schweigen zu bringen. Besonders in den schönsten Momenten. So hatte ich wieder vieles zu essen gelernt, wovor ich mich vor einem Monat noch gefürchtet hatte.

Chloé und Louise gaben mir eine große Sicherheit und ich war bei ihnen immer mehr zu mir selbst und immer mutiger, immer ein wenig stärker geworden.

Natürlich hatte es auch wieder Rückschläge gegeben. Aber ich hatte ein Ziel: Ich wollte tanzen, ich wollte wieder leben.

Trotzdem war all die letzten Tage etwas in mir gewesen, was mich doch immer ein wenig runtergezogen hatte.

Mom.

Sie hatte sich nicht mehr gemeldet und nahm keinen meiner vielen Anrufe entgegen.

Ich machte mir Sorgen und gleichzeitig war da dieses Gefühl in mir dass sich einfach nur wie ein großes leeres Loch anfühlte. Die Hoffnung in mir, die enttäuscht worden war. Schon wieder.

Man sollte glaube, ich hätte mich daran gewöhnt. In Wahrheit aber war ich noch immer das Kind, das sich wünschte, Mommy würde zurückkommen und mich in den Arm nehmen.

„Wir wollen nochmal kurz zur *Champs Elysées* und bei der *Petite Boulangerie* einen Christstollen für heute Abend mitnehmen. Und eventuell noch Macarons, denn weißt du, Lou kann zwar backen, aber Christstollen und Macarons sind einfach nicht ihre Freunde. Und vielleicht sehen wir ja Gab...“

Chloé hielt inne.

„Hailey?“

Ich löste meinen Blick vom Fenster, hinter dem es in dicken Flocken bereits den ganzen Tag schon schneite und sah meiner Freundin ins Gesicht.

„Heute ist Heiligabend“, sagte ich und lachte trocken auf. „Ich hatte gehofft, wenigstens heute von ihr zu hören.“

„Ja, ich weiß.“ Sie kam über das Bett zu mir auf die Fensterbank gekrabbelt und setzte sich mir gegenüber hin. „Aber ich habe deine Mom im Krankenhaus gesehen und mir ihr gesprochen. Ich bin mir sicher, nein ich *weiß,* dass es einen Grund gibt, warum sie sich nicht bei dir meldet.“

„Danke“, flüsterte ich und lehnte den Kopf an die Holzwand der Fensternische.

Chloé hielt mir das Buch **Momo** unter die Nase. „Vielleicht sehen wir ja Gabriel und ich kann ihm sein Geschenk geben“, beendete sie dann ihren Satz von vorhin.

„Das wäre schön“, bestätigte ich und freute mich doch auf den kleinen Ausflug zur *Champs Elysées*.

Besagte Straße war so voller Menschen, dass es zuging wie in einem Ameisenhaufen.

Aus den Läden drangen Weihnachtslieder, in der eiskalten Luft haftete der Geruch nach Weihnachtsgebäck und Punsch und man konnte fast in jedem Gesicht, dem man begegnete, ein freudiges Funkeln sehen.

Louise sprang schnell in die Bäckerei um das Gebäck für heute Abend zu kaufen, als mir ein ganz bestimmter Mantel am Rand einer der Häuser mit den sandfarbenen Stuckfassaden auffiel.

„Gabriel!“, stieß ich hervor und zog an Chloés Ärmel. Sie folgte der Richtung in die mein Finger deutete und lächelte.

„Er hat recht“, sagte sie dann. „Man findet einander wohl echt immer dann, wenn man sich finden soll.“

„Komm“, forderte ich sie auf und zog sie ein paar Schritte nach rechts, wo der alte Mann seelenruhig in einer Nische eines Ladeneingangs hockte, sein Buch aufgeschlagen und den Blick ganz darin vertieft.

„Frohe Weihnachten“, sagten wir gleichzeitig und Gabriel sah überrascht zu uns auf.

„Hailey, Chloé!“, begrüßte er uns voller Freude und klappte sein Buch zu. „Frohe Weihnachten ihr zwei.“

Wir setzten uns zu ihm auf den Boden in den Schnee. Meine Jeans war sofort nass, aber das war mir egal.

Ich warf Chloé einen kurzen Blick zu und sie zog aus ihrem Rucksack ein kleines rechteckiges Päckchen.

Schließlich reichte sie es Gabriel, der es perplex annahm.

„Für mich?“, fragte er und wirkte plötzlich wieder wie ein Kind.

„Ja“, bestätigte ich. „Ein Weihnachtsgeschenk.“

„Ich…“, stammelte er und nahm das Päckchen mit zitternden Händen entgegen. „Ich weiß nicht, wie ich euch danken soll.“

„Machs erstmal auf, bevor du dich bedankst“, warf ich ein und er lachte. Dann riss er das Papier mit den Rentieren darauf vorsichtig auf und entfaltete das Buch von Michael Ende.

Einen Moment lang starrte er das Buch einfach nur ungläubig an, dann sah ich Tränen seine Augen füllen.

„Das... das ist... *danke*.“

„Von Herzen so gern“, kam es von Chloé und ich nickte. Mir wurde ganz warm ums Herz wie ich Gabriel so glücklich sah. Doch noch hatte er die kleine Karte im Buch nicht gelesen, die er in dem Moment entdeckte.

Sie war von Louise.

Lieber Gabriel,

Wir möchten dich ganz herzlich zu unserem Essen am Heiligabend einladen. Nach der Kirche um 18:00 Uhr in der Rue Saint Didier.

Frohe Weihnachten!

Louise, Chloé und Hailey

Mit zitternden Händen faltete er die Weihnachtskarte wieder zu und sah uns mit einem Blick so voller Dankbarkeit an, dass ich fast mit ihm vor Freude weinen musste, auch wenn ich normal nicht so emotional war.

„Das bedeutet mir mehr, als ich in Worte fassen kann“, gab er zurück. „Ich komme sehr gern.“

# Kapitel 36

## *Chloé 2022*

Ich lauschte der Pfarrerin, wie sie die Weihnachtsgeschichte las und wie ihre Stimme in der Weite der Kirche widerhallte.

Dabei genoss ich voll und ganz dieses Gefühl, das meine Adern flutete und mir diese Wärme schenkte.

Als sie endete, setzte die Orgel ein und spielte *Stille Nacht, Heilige Nacht* und alle sangen mit. Eine Gänsehaut breitete sich auf meinen Armen aus und ich beobachtete Hailey von der Seite, wie auch sie die Musik und die ganze Atmosphäre genoss.

Diese alten Weihnachtslieder, die jedes Jahr in der Kirche an Weihnachten gesungen wurden, bedeuten für mich mehr Heimat, als es ein Ort mir je bedeuten könnte. Die Art, wie sie mein Herz berührten und mir diese Vorfreude schenkten die ich als Kind immer gespürt hatte, wenn wir in der Kirche gewesen waren. Denn für Maël und mich hatte Kirche damals immer bedeutet, dass es danach Bescherung gab.

Beim Gedanken daran musste ich grinsen. Jetzt war es so viel mehr für mich und doch noch irgendwo das selbe.

Für das letzte Gebet standen alle Anwesenden auf. Es waren nicht übermäßig viele, die meisten hatten Lou und ich mit der Zeit sogar kennengelernt. Trotzdem war die Kirche bis auf die letzte Bank voll.

Ich betete für meine Maman, Papa und Maël und wünschte ihnen Frohe Weihnachten.

Dann sprachen wir alle zusammen das Vaterunser und ich genoss das Geräusch der läutenden Glocken, die währenddessen einsetzten.

Am heutigen Tag würde so vieles noch kommen, auf das ich mich freute, das die ganze Zeit über ein freudiges Prickeln in mir herrschte und ich kaum still sitzen konnte.

Gabriel würde kommen und mit uns am Weihnachtsessen teilnehmen. Es war komisch und doch fühlte es sich so richtig an.

Außerdem wollten Hailey und ich einen Filmmarathon zu den *A Christmas Prince* Filmen machen, die Hailey noch nicht kannte. Ich freute mich darauf, ihr ihr Weihnachtsgeschenk zu geben und war so gespannt auf ihre Reaktion darauf. Und fast am meisten freute ich mich auf das gemeinsame Schmücken unseres Baums, das wir traditionell immer erst am Heiligabend zusammen machten.

Im Stillen betete ich aber auch für Hailey und dass auch sie noch ihr Happy End finden würde. Denn ich kannte sie mittlerweile gut genug um ihr anzusehen, dass sie kämpfte. Sie kämpfte gegen die Krankheit, aber viel mehr noch gegen sich selbst. Noch immer gab sie sich die Schuld daran, dass sie die zweite Chance für ihre Mutter verloren hatte.

Ich dagegen glaubte nicht daran. Nein, ich war mir sicher, dass es eine Erklärung dafür gab.

Trotzdem aber hatte Hailey in den wenigen vergangenen Tagen eine Veränderung durchgemacht. Sie kam mir nicht mehr ganz so blass und müde vor. Ihre Augen leuchteten mehr und sie zeigte mir immer voller Begeisterung, wenn sie sich wieder etwas weiter dehnen konnte. Diese kleinen Dinge waren es, die ihr auf einmal wieder sowas wie Licht schenken konnten.

Nachdem das letzte Lied mit den letzten Tönen der Orgel verklang, schlängelten wir uns durch die Menschen nach draußen in die Dunkelheit des Abends.

Es hatte zwar aufgehört zu schneien, aber alles war von einer dicken Schneeschicht überzogen, die in den Lichtern der Stadt glitzerte.

Ich beobachtete zwei kleine Mädchen, ich schätzte sie auf zehn Jahre, wie sie ihre Eltern ungeduldig in Richtung Auto zogen und immer wieder sagten: „Das Christkind kommt gleich!"

Bei dem Anblick lachte ich leise und schüttelte den Kopf. Es war wie bei uns damals.

„Fahren wir mit dem Bus oder mit der Metro zurück?" wollte Hailey wissen uns sah zwischen Lou und mir hin und her. Wir grinsten uns wissend an.

„Weder noch“, antwortete ich ihr. „Wir laufen traditionell nach Hause.“

„Das ist ein Scherz.“

„Nein“, lachte Lou. „Das ist kein Scherz.“

Hailey stöhnte, als wäre sie schon jetzt zehn Kilometer gelaufen und das im Sprint. Ein wenig besorgt war ich schon, wegen ihrer Herzrhythmusstörung, mit der sie immer noch zu tun hatte. Aber Lou hatte mir versichert, dass wir Pausen machen würden.

Also liefen wir los, die Mützen tief ins Gesicht gezogen und mit den Stiefeln durch den Schnee stapfend.

Tatsächlich waren wir schneller unterwegs gewesen als gedacht, schon nach einer Stunde erreichten wir unsere Wohnung in der *Rue Saint Didier*. In den Wohnungen auf der anderen Seite der Straße und unter uns brannten Lichter, Sterne hingen in den Fenstern und neben der Eingangstür stand sogar ein kleiner Schneemann.

„Wir müssen definitiv auch noch einen bauen“, bestimmte ich begeistert.

„Auf jeden Fall“, stimmte mir Lou zu und Hailey rollte mit den Augen. Ich sah ihr aber an, dass sie darauf genauso viel Lust hatte wie ich.

Die Wohnung war herrlich warm geworden durch den Kamin, auf den wir vorsichtshalber etwas Kohle gelegt hatten, damit er nicht ausgehen würde.

Als wir eiskalt und mit steifen Gliedern eintraten roch es nach

Holz und Christstollen, der in der Küche bereitlag. Wie ich diesen Geruch liebte...

Gemeinsam gingen wir in die Küche und deckten schonmal den Tisch, als es klingelte.

„Ich gehe ihm aufmachen!“, rief ich euphorisch und freute mich auf Gabriel. Rasch zog ich mir meine Turnschuhe über und lief nach unten.

Doch als ich öffnete, stand dort nicht der alte Mann.

## *Hailey*

„Würdest du gerade noch die Kekse hier rein füllen?“, bat mich Louise und reichte mir eine Porzellanschüssel mit kleinen feinen Weihnachtsmotiven am Rand.

„Klar“, erwiderte ich lächelnd und wollte mir gerade die Dose holen, als Chloé meinen Namen aus dem Flur rief.

Die Ernsthaftigkeit in ihrer Stimme ließ mich innehalten, die Schüssel und die Kekse auf dem Tisch abstellen und zusammen mit Lou auf den Flur eilen.

Was, wenn Gabriel etwas passiert war?

Doch als ich den Flur betrat und den alten Mann dort stehen sah, war ich erleichtert. Zumindest so lange, bis ich erkannte, wer hinter ihm die Wohnung betrat.

Mein Herz schlug mir heftig gegen die Rippen und ich fragte mich, ob ich mir das einbildete.

„Mom?“, hauchte ich und als sie meinen Namen als Antwort flüsterte, stürzte ich schon auf sie zu.

In dem Moment war es mir egal, wie enttäuscht ich von ihr war, wie sehr sie mich verletzt hatte. In diesem Moment wollte ich einfach nur meine Mom in den Arm nehmen.

Und sie ließ es geschehen. Sie erwiderte die Umarmung sogar, was mich aufschluchzen ließ.

Ich atmete ihr teures Rosenparfum ein, das ich schon so lange kannte. Aber neu war die Wärme, die sie ausstrahlte.

Verwirrt ließ ich sie los.

„Was... was ist hier los?“, wollte ich wissen und sah einen nach dem anderen an. Doch tatsächlich schien niemand etwas davon gewusst zu haben.

„Kommt erstmal alle in die Küche“, forderte uns Louise auf und wir folgten ihr. Gabriel lächelte freudig vor sich hin, unter seinem Arm klemmten nun zwei Bücher.

Bevor auch Mom und ich die Küche betraten, hielt ich sie am Arm zurück und sah sie abwartend an.

Sie seufzte tief.

„Ich wollte abreisen“, erklärte sie in einer Tonlage, die ich noch nicht von ihr kannte. Alles andere als Strenge lag darin. „Denn ich wollte dich nicht bedrängen und dir auch nicht im Weg stehen, was deine Freundschaft zu Chloé angeht. Ich war also am

Flughafen. Aber dann hast du angerufen und ich musste plötzlich an alles denken, was du meinetwegen nie hattest.

Ich wollte einen Neuanfang, aber ich habe nichts getan, als zu warten, dass du zurückkommst. Und damit wollte ich aufhören. Es war an der Zeit endlich etwas zu tun.

Und… ich hoffe ich kann dir damit zumindest ein schönes Geschenk zu Weihnachten machen."

In mir wirbelte ein Durcheinander aus Gefühlen.

Freude.

Unglauben.

Skepsis.

Verwirrung.

Angst.

Glück.

Nichts passte zusammen und doch irgendwie schon. Deshalb fragte ich: „Was meinst du damit?" Mein Puls wurde immer schneller und mein Blut rauschte in meinen Ohren.

Das alles hier war so surreal.

Mom lächelte knapp und es sah so ungewohnt aus, dass mich erneut das Gefühl überkam, alles bloß zu träumen.

„In den letzten Tagen habe ich hier in Paris viel zu tun gehabt", erklärte sie und meine Schultern sackten nach unten. Klar hatte sie das. Sie arbeitete ja auch hier.

Plötzlich packte sie mich fest bei den Schultern und sah mir in die Augen. „Für *dich*", ergänzte sie dann und ich war vollends raus.

„Was...?“

„Wenn du möchtest, kannst du nächstes Jahr an die *Ecole de danse parisienne* gehen“, sprach sie schließlich aus und mir blieb die Spucke weg.

„Wie... was...“, stammelte ich vollkommen überrumpelt.

„Ich habe mich um einen festen Platz dort gekümmert und sogar in der Nähe eine Wohnung für dich gefunden. Der Mietvertrag muss...“

„Mom“, unterbrach ich sie und sah ein verräterisches Glitzern in ihren Augenwinkeln, das der Schein der Kerzen im Flur noch verstärkte. „Weißt du, ich möchte gar nicht an diese Schule gehen“, sagte ich mit festerer Stimme als erwartet.

„Oh“, machte sie nur.

„Dass du aber an mich glaubst, dass du mir das ermöglichen wolltest, bedeutet mir sehr viel“, fügte ich schnell hinzu und lächelte schmal. „Erstmal möchte ich aber wieder zu mir selbst finden und gesund werden. Und das wird noch ein sehr harter Weg werden. Danach... ich weiß ehrlich gesagt noch nicht, was danach sein wird. Aber ich möchte wieder bei Anne tanzen. Nur für mich.“

„Dann wirst du das“, sagte sie und diese vier Worte brachten die Mauer um mich herum zu Fall.

Es war, als hätte ich plötzlich eine neue Tür entdeckt, der ich vorher keine Beachtung geschenkt hatte. Eine Tür, die die ganze Zeit über da gelegen hatte. Im Dunkeln, vor meinem Auge verborgen, weil ich im Dunkeln kein Licht mehr erwartet hatte.

Und doch war es jetzt hier und hüllte mich in seinen Schein. Ich wusste, dass auch noch zwischen Mom und mir ein langer Weg, eine lange Reise liegen würde, aber ich war festentschlossen sie anzutreten. Ich wollte sie kennenlernen und wieder lernen, ihr zu verzeihen. Ich wollte sie verstehen lernen.

Aber jetzt gerade wollte ich einfach nur mit meiner neuen Familie zusammen Weihnachten feiern, wie ich es noch nie in meinem Leben hatte feiern können.

„Essen ist fertig!“, rief Louise in dem Moment aus der Küche.

Bevor wir jedoch eintraten, hielt ich Mom nochmal kurz zurück.

„Ich möchte mir Hilfe suchen“, presste ich hervor und kämpfte gegen die Stimme in meinem Innern an, die sich gegen diese Entscheidung aufbäumte. „Denn ich werde diese Krankheit nicht allein besiegen können, das schaffe ich nicht. Ich denke ich brauche Hilfe dabei.“

Mom nickte.

„Wir werden gemeinsam danach suchen und ich verspreche dir, wir finden diese Hilfe.“

Bei dem Wort *gemeinsam* wäre ich fast komplett in Tränen ausgebrochen, so sehr freute ich mich über dieses witzige Wort.

*Worte*, kam es mir in den Sinn und ich musste grinsen, als wir die Küche betraten und Gabriel mich anstrahlte.

Er hatte so recht gehabt.

Mit allem.

„Wow das sieht ja köstlich aus", meinte Mom als sie die Kekse, den Christstollen, die Macarons, Das Baguette und die frisch gekochten Kartoffeln sah.

„Bunt gemischt aber einfach perfekt", stimmte Chloé ihr zu.

Wir setzten uns und Louise sprach noch ein Dankgebet für uns alle. Aus dem Radio dudelte Weihnachtsmusik und vor dem Fenster hatte es wieder zu schneien angefangen.

„Das alles hier ist das schönste Weihnachtsgeschenk, das ich je bekommen habe", gab ich zu und alle vier stimmten mir zu. Mom jedoch räusperte sich kurz.

„Was das angeht…", setzte sie an und wandte den Blick auf Chloé. „Im Fotostudio war ich nicht gerade freundlich zu dir und das tut mir mehr als nur leid. Ich habe mitbekommen, dass es dir aber generell nie sonderlich gut gegangen ist bei Madame Durant, also habe ich ihr einen Vorschlag gemacht…"

Chloés Augen wurden groß und auch ich vergaß fast mein Essen auf dem Teller.

„Ich habe ihr gesagt, dass ich treue Kundin bleibe, wenn du ab sofort für die Werbefotos zuständig sein kannst. Das würde bedeuten, du kannst mit Kunden zusammenarbeiten und…"

„Ja ich weiß was das bedeutet", fuhr Chloé dazwischen und ihre Stimme nahm eine hohe Tonlage an. Ihr ganzes Gesicht strahlte.

„Danke."

Mom schüttelte den Kopf. „Nicht dafür. Das war das mindeste, was ich habe tun können."

„Also...“, kam es von Gabriel. „Essen wir jetzt oder essen wir jetzt? Ich habe seit Jahren nichts mehr gegessen.“

Wir verstummten und sahen ihn an. Dann lachte er.

„Das war nur ein Scherz.“

Wir lachten mit und aßen zusammen. Und zum ersten Mal seit langer Zeit hatte ich das Gefühl, wirklich Teil einer Familie zu sein. Einer sehr bunt zusammengewürfelten, alles andere als perfekten Familie.

Später begaben wir uns ins Wohnzimmer - wir passten gerade so alle rein - und schmückten den Baum zusammen.

Im Hintergrund lief *Do They Know It’s Christmas?* und Louise und Chloé sangen lauthals mit.

Ich piekte mich mehr als nur einmal an den Nadeln beim Versuch die roten Glaskugeln aufzuhängen. Aber es machte Spaß und das Glücksgefühl in mir blieb. Die Stimme in mir verstummte. Zumindest für diesen Abend.

Und darauf war ich stolz.

Das hier war es, wofür es sich zu leben lohnte und ich würde dafür kämpfen, egal wie hart der Weg noch werden würde.

# Epilog

## *Hailey (Ein Jahr später)*

Als ich die Tür der Praxis hinter mir zuzog, wehten mir die ersten Schneeflocken des Tages ins Gesicht.

Es würde weiße Weihnachten geben!

Ich ging wie jede Woche den Kiesweg entlang zu meinem Auto und machte mich auf den Weg zurück nach Brightwood, bevor das Schneetreiben zu dicht werden würde.

Seit einem Dreiviertel Jahr ging ich nun regelmäßig in Therapie und lernte nach und nach, meine Vergangenheit zu verarbeiten, nach vorne zu schauen und gegen die Anorexie zu kämpfen.

Im vergangenen Jahr hatte es immer wieder Tage gegeben, an denen ich hatte aufgeben wollen, weil ich mir sicher war, es nicht zu schaffen. An denen die Stimme in mir so laut wie am ersten Tag gewesen war. Aber ich lernte, diese Rückschritte zu akzeptieren.

Ich war nach Brightwood zurückgekommen und als der Arzt mir nach drei Monaten bestätigt hatte, dass die Herzrhythmusstörung sich fast auskuriert hatte und mein Gewicht nicht mehr im lebensgefährlichen Bereich gewesen war, hatte ich wieder das Training bei Anne aufnehmen dürfen. Langsam und erst Schritt für Schritt mit vielen Pausen, aber das war mehr als ich mir hätte wünschen können.

Nächstes Jahr im Frühjahr würde ich an der Musikschule in Paris studieren, denn ich hatte Heimweh nach der Stadt bekommen und ich lebte für die Musik. Ich freute mich darauf, denn ich würde nichtmal eine Wohnung brauchen, sondern bei Chloé und Louise wohnen.

Chloé war im letzten Jahr oft zu Besuch gewesen, hatte mein Dorf noch besser kennengelernt und das neue Haus, in dem ich mit Mom lebte.

Wir waren uns näher gekommen und zwischen uns hatte sich etwas wie eine Freundschaft entwickelt. Unser Weg war noch nicht zu Ende, aber das war okay.

Ich konnte endlich wieder den Lichtpunkt in der Ferne, in meiner Zukunft sehen und das gab mir unendlich viel Kraft.

Stacys Familie hatte mich öfter mal mit Mom zu sich nach Hause eingeladen und wir sahen uns fast täglich, da ich bis zu meinem Studienbeginn bei John in der Bäckerei jobbte. Stacy war im Herzen immer dabei, wir sprachen oft über sie.

Als ich in Brightwood einbog, schaltete ich das Radio ein, aus dem mir sofort *Holly Jolly Christmas* entgegen johlte.

Morgen war Heiligabend und Chloé und Louise würden zu uns kommen. Dieses Jahr wollten wir Weihnachten hier feiern. Hier, mit unserer Familie.

Ja, ich hatte wirklich wieder zu leben gelernt und freut mich auf alles, was dieses Leben noch für mich bereithalten würde. Denn da war noch so viel davon.

## *Chloé*

„Hast du auch wirklich an alles gedacht, ma petit Coco?", zog mich Lou auf mit einem Blick auf meinen prall gefüllten Koffer.

„Man kann nie wissen", verteidigte ich mich.

„Schon klar…", entgegnete Lou lachend und drückte mir dann Noukis Leine in die Hand. „Geh nochmal eine Runde mit ihr raus, ich packe den Rest."

„Du bist die beste."

„Ich weiß", trällerte sie und verschwand wieder im Flur. Ich schnappte mir Schuhe und Mantel und dann das kleine Fellbündel namens Anouk und schlüpfte zur Tür raus. Im gleichen Moment ging die Wohnungstür gegenüber auf.

„Guten Morgen", grüßte ich.

„Salut Chloé", erwiderte Gabriel.

Ich strahlte.

Haileys Mom hatte Gabriel letztes Jahr diese Wohnung gekauft, die schon seit einigen Jahren leer gestanden hatte. Gabriel hatte das nicht annehmen wollen, doch er hatte quasi keine andere Wahl gehabt. Grace McEllen hatte darauf bestanden.

*Wie die Tochter, so die Mutter*, oder andersrum.

Jedenfalls war Gabriel jetzt mein Nachbar und arbeitete seit einem halben Jahr in der *Petite Boulangerie*, um sich etwas dazu zu verdienen, denn viel arbeiten konnte er nicht mehr. Den größten Teil der Kosten übernahm Haileys Mom.

Denn Gabriel war zu einem echten Freund geworden. Er ging gern mit Anouk spazieren, wenn ich im Fotostudio war oder passte auf sie auf, wenn Lou und ich unterwegs waren.

Mittlerweile hatte er zugenommen, sah gesünder aus und trug saubere Klamotten. Aber noch immer besaß er nur zwei Bücher, die er immer und immer wieder las.

Mein Job machte mir mehr Spaß denn je und sogar Madame Durant war netter geworden.

Außerdem hatte ich im nächsten Jahr sehr viel vor. Ich wollte eine Art Suppenküche für Obdachlose in Paris aufmachen, hatte sogar schon ein paar Menschen gefunden, die mir dabei helfen wollten.

Aber das würde nächstes Jahr sein.

Jetzt hieß es erstmal auf nach Brightwood Weihnachten feiern.

Auf zu Hailey, die im letzten Jahr so eine Verwandlung durchgemacht hatte. Die mir jeden Tag mehr ans Herz wuchs.

Hailey, die meine beste Freundin geworden war und mir, ohne dass ich es erst so richtig bemerkt hatte, dadurch ein großes Stück Selbstbewusstsein geschenkt hatte.

Hailey, die so viel mehr war als ein schwieriger Mensch.

Ich schloss die Augen und war einfach dankbar für unser kleines Happy End und für alles, was uns noch bevorstehen würde.

*Ende*

# Danksagung

## *Danke an…*

Wow. Ich habe das Gefühl, mit diesem Wort beginn jede meiner Danksagungen, aber das beschreibt es einfach am besten.

Vor allem diese Geschichte.

Haileys Geschichte.

Das Buch, das es eigentlich nie geben sollte. Denn ich hatte so viele Zweifel was das Thema Anorexie angeht, ob es nicht zu drückend ist, ob ich es richtig rüberbringen kann, vor allem da ich ja selbst betroffen bin.

Aber jetzt, nachdem ich die letzten Zeilen getippt habe, weiß ich einfach, dass es richtig war. Es fühlt sich so richtig an.

Ich habe hier so viel Schmerz verarbeitet, den ich in meinem eigenen Kampf gegen die Anorexie durchlebt habe und immer noch durchlebe. Deshalb geht mir dieses Buch so wahnsinnig nah.

Und ich möchte jetzt den Menschen danken, ohne die ich nie so weit gekommen wäre…

Mama und Papa... ohne euch hätte ich nie genug an mich geglaubt, um jemals ein ganzes Buch zu schreiben. Und jetzt? Jetzt sind es SIEBEN Bücher!

Ich bin so unglaublich dankbar, dass ich euch und durch euch eine so so tolle Familie habe. Ihr bedeutet mir alles und deshalb ist das Buch vor allem euch gewidmet. Weil ihr mich nie nie nie aufgegeben habt, als ich es getan habe. Weil ihr die besten Eltern seid, die ich mir hätte wünschen können 🩶

Lara... ohne dich stände ich heute vielleicht gar nicht hier. Ich habe dir schon Band eins gewidmet weil du meine Stacy bist und ich unglaublich dankbar für deine Freundschaft bin. Wenn es eine Definition für eine Traum-Beste-Freundin gäbe, wärst das einfach nur du.

Danke, dass du immer da bist und ich die jeden kleinen Kram erzählen kann auch wenn er noch so wenig Sinn macht. DANKE, dass auch du mich nie aufgegeben hast 🩶

Oma... mein treuster Fan und Leser. Danke, dass du mich so unterstützt und dich mit mir über jedes neue Buch freust, das ich veröffentliche. Danke, dass du an mich als Autorin glaubst, wenn andere zweifeln 🩶

Giulia… ich bin dir so dankbar dafür, dass ich mich mit dir über dieses Buch austauschen konnte, dass wir zusammen gehyped darauf waren und ich mit dir über meine ganzen Ideen sprechen konnte. Ich freue mich so sehr, dass wir wieder den Kontakt gefunden haben.

Danke, dass du mir Harry Potter nahegebracht hast und wir in fünfzehn minütigen Audios über Hagrid und Sirius Black schwärmen können 🖤😂

Elli… danke dir für die Zeit, die du dir immer für mich nimmst und dass ich mit dir offen reden kann. Ich bin wahnsinnig dankbar für unsere Freundschaft und unser Verständnis zueinander. In Chloé steckt auch ein großer Teil, den ich an dir wahrnehme. Danke dir, dass es dich gibt, du absolut wertvoller Mensch 🖤

Sina, Sofia & Giulia… danke meine liebsten Testleserinnen und Bloggerinnen, dass ihr dabei wart, wie Haileys Geschichte entstanden ist. Dass ihr euch mit mir gefreut habt und dass mir eure Worte so viel Mut gegeben haben, diese Geschichte in die Welt zu tragen 🖤

Freunde & Familie… euch alle hier namentlich zu nennen würde nochmal ein ganzes Buch für sich beanspruchen, aber ich hoffe ihr wisst alle, wie viel ihr mir bedeutet und wie sehr ich euch schätze und eure Unterstützung, dass ihr an mich glaubt 🖤

Liebe/r Leser/in... danke, dass du zu einem meiner Bücher gegriffen hast, dass du es bis hierhin gelesen hast und mich und Hailey auf dieser Reise begleitet hast. Danke an meine unglaublich tolle Community auf Bookstagram, ihr zeigt mir auch in meinen größten Zweifelmomenten, wofür ich das hier mache, wofür es sich weiterzumachen lohnt. Danke, dass es euch gibt. Jeder einzelne von euch ist unglaublich wertvoll und für mich ist es alles andere als selbstverständlich, dass es mittlerweile so viele von euch da draußen gibt 🖤

So, jetzt ist es 04:00 Uhr morgens und ich habe diese Nacht noch keine fünf Minuten geschlafen, weil ich nur geschrieben habe 😂
In dem Sinne bis ganz bald und... je nach dem wann du das Buch liest:

Frohe Weihnachten!

Hannah 🖤